www.einaudi.it

ISBN 978-88-06-19476-5

Racconti musicali

A cura di Carlo Boccadoro

Einaudi

Introduzione

«L'essenza della musica sfugge talmente a qualunque possibilità di conoscenza, che l'uomo tenta di spiegarsela mediante spiegazioni immaginarie; sia, come Pitagora, assimilandola ai numeri («toi arithmoi de ta pant'epeoiken»); sia, come Goethe, presentandola come una «architettura fluida» (...) sia, come Schopenhauer, facendo di lei l'immagine della volontà pura.

Ma a che tentar conoscere l'inconoscibile? A che voler spiegare l'inesplicabile? La sola definizione che si addica alla musica è: «la Non Mai Conoscibile».

Queste parole di Alberto Savinio provengono da uno scritto intitolato significativamente *Musica estranea cosa*. Per Savinio è proprio questo senso di estraneità, di non appartenenza e intangibilità della musica ad esercitare sull'uomo un'attrazione magnetica irrefrenabile; il mistero che avvolge l'universo sonoro risulta allo stesso tempo impenetrabile e trascendente per chi cerchi di decodificarlo.

D'altronde Savinio non è certo l'unico scrittore che abbia testimoniato la problematicità di esegesi che la musica si porta dietro, come un marchio a fuoco, fin dal suo primo apparire.

Uno dei luoghi comuni piú triti che vengono ripetuti quando si affronta quest'argomento, infatti, è quello che vede la musica prendere corpo unicamente «dove finiscono le parole» come se, essendo loro stessi inesprimibili, i suoni organizzati si trovassero in posizione privilegiata per poter descrivere qualcosa di altrettanto impossibile da verbalizzare (perlopiú si tratta, nella media, di emozioni incontenibili, commozioni fluviali e squadernamenti d'anime innamorate), neanche fossero pallidi tedofori al servizio del linguaggio, costretti a raccoglierne il testimone per proseguire controvoglia la corsa verso altitudini espressive non raggiungibili in altro modo.

Questa apparente afasia del significante attribuita alle note è uno dei motivi principali per cui la stragrande maggioranza degli ascoltatori non riesce ad accettare il fatto musicale in quanto tale, ma ha un disperato bisogno di sovrapporgli un'immagine purchessia.

Dal 'chiaro di luna' al 'destino che bussa alla porta', il povero Beethoven si è trovato progressivamente sulle spalle una gravosa zavorra di immagini arbitrarie, a cui non aveva minimamente pensato durante la composizione di quelle celebri pagine, per tacere del *Trio dei Birilli* e della *Messa dei Passeri* di Mozart, o della *Sinfonia dell'Orso* di Haydn, autore che (a quanto se ne sa) mai aveva cercato in vita di rappresentare musicalmente il robusto plantigrado.

La deleteria abitudine, cresciuta esponenzialmente durante il Romanticismo, a considerare l'arte musicale unicamente come impermanente stampella di qualche raffazzonata impressione visiva è continuata, inossidabile, attraverso i secoli (uno degli esempi piú celebri vide Stravinskij sentirsi chiedere da un giornalista americano se l'assolo di clarinetto basso con cui termina il primo movimento della sua *Sinfonia in tre movimenti* potesse essere considerato come 'una risata'; memorabile la sua risposta: «Che differenza fa?»).

Molto probabilmente il reiterarsi di un atteggiamento mentale che svilisce la ricchezza dell'esperienza musicale a semplice protesi di altre discipline del pensiero è alla base della scarsa frequentazione musicale da parte di molti scrittori (e non solo), forse inclini a concedere maggior credito a forme artistiche considerate piú autonome e solidamente indipendenti, come la pittura o la poesia; una balaustra composta da note impalpabili deve essere sembrata a costoro troppo precaria per potercisi appoggiare con assoluta fiducia.

Se si guarda nel proprio circondario si scopre che l'Italia è da sempre considerata come un'autentica patria della musica, mentre nella realtà ci troviamo di fronte a una situazione drammaticamente differente: il grado medio di alfabetizzazione musicale nostrana è vicino allo zero, complice l'assoluta inadeguatezza dei programmi scolastici (che disvela con luce fosforescente il disinteresse per l'argomento sonoro da parte di Giovanni Gentile e Giuseppe Lombardo Radice, i quali elaborarono per primi questi programmi nel 1923).

Non è certo questo il luogo per analizzare in dettaglio le ragioni di tutto ciò, ma una cosa è indubbia: qualche ora distrattamente passata in classe ad insufflare zufoli di polimero colorato o a battere le mani non è mai stata condizione sufficiente per garantire l'accesso al mondo complesso della musica.

I risultati di questa progressiva e inesorabile disaffezione scolastica verso l'arte dei suoni si sono manifestati in particolare nell'Italia del dopoguerra, dove un'intera generazione di intellettuali di prim'ordine (da Pasolini a Pavese, da Moravia a Tobino, dalla Ginzburg a Levi, da Bassani a Vittorini), pur impegnata allo spasimo su diversi fronti culturali, non ha sentito mai il bisogno di dedicare alla musica praticamente nulla di significativo all'interno della propria produzione.

Che un autore celebrato come Eugenio Montale si interessasse di musica lirica e avesse in gioventú studiato per diventare baritono era considerato un'eccentricità simpaticamente bizzarra, seppur tollerabile; come se il Poeta andasse d'abitudine in giro con le scarpe rosa o il cappello alla rovescia.

Massimo Mila ha a sua volta raccontato le fatiche di Si-

sifo cui dovette sottoporsi piú volte per convincere Giulio Einaudi a pubblicare libri di argomento musicale, generalmente considerati adatti solo a un pubblico di nicchia e in fin dei conti irrilevanti o marginali.

Invano si cercherebbe nelle pagine del «Politecnico», di «Nuovi Argomenti», dei «Quaderni Piacentini» o di «Officina», giusto per citare alcune delle pubblicazioni letterarie storicamente piú importanti nei decenni successivi al secondo conflitto mondiale, qualche pagina che abbia specificamente a che fare con l'argomento musicale.

Con l'eccezione delle tradizioni popolari (rivalutate nella propria dignità culturale grazie al lavoro di studiosi come Ernesto de Martino e Diego Carpitella) il fenomeno musicale veniva sempre e comunque relegato dalla maggior parte degli intellettuali nello sgabuzzino dell'intrattenimento, fosse quello della balera o dello sfavillío che troneggiava nei teatri d'opera; essa non era realmente presente nel dibattito culturale dell'epoca (e anche oggi purtroppo assai poco è cambiato), c'erano altri problemi di cui occuparsi; l'ermetismo, la poetica neorealista, il *Noveau Roman*, lo strutturalismo, il *repulisti* delle avanguardie legate al Gruppo 63; chi aveva tempo da perdere con le note?

Molti dei brani che troverete in questo libro, quindi, sono autentici *hapax* nella produzione dei rispettivi autori, il che nulla toglie alla qualità di scrittura che ne innerva ogni riga.

A qualsiasi categoria stilistica appartengano, questi scrittori raccontano dell'effetto indelebile e ineludibile che la musica ha sui personaggi che abitano le loro storie; in certi casi per loro tutto cambia dopo che sono stati esposti al mondo dei suoni, il baricentro stesso dell'esistenza viene spostato e non è piú possibile ritornare allo stato precedente a quello dell'ascolto. In altri la musica è una cartina di tornasole, che assorbe fatti e personaggi rivelando appieno le loro reali o segrete intenzioni, in altri ancora essa è il mastice che tiene fortunosamente assieme brandelli di memoria altrimenti destinati a dissolversi.

Addentrandosi piú specificamente nel volume, si noterà che la categoria dei compositori (non casualmente) fa la parte del leone, siano essi entità ambiguamente presenti nella vita quotidiana (ad esempio Liszt reincarnato nel gatto descritto da Roald Dahl) o personaggi la cui esistenza venga fatta riaffiorare di lontano come nel caso di Marc Blitzstein, evocato nel racconto di Truman Capote.

Il diabolico Paganini ha l'onore di un doppio ritratto ad opera di autori assai differenti, che piegano questa celeberrima figura di musicista-sciamano al proprio stile trasformandolo in un virtuoso dall'abilità esilarante (Campanile) o incantatrice (Walser), restituendo assai bene il clima di meraviglia che le esecuzioni paganiniane in concerto erano in grado di creare presso gli ascoltatori a lui coevi, mentre l'originalissima biografia di Stradivari che Savinio ci propone parte nientemeno che dall'Antico Egitto.

Non mancano alcune incursioni nel mondo dei Teatri d'opera, la cui eleganza a base di palchi imbottiti, velluti, penombre e sipari sembra creare una perfetta scenografia per vicende inquietanti.

I melomani dai gusti culinari non proprio ortodossi di Julio Cortázar, l'omicidio accompagnato dagli acuti della *Tosca* pucciniana raccontato da Agatha Christie e i ridicoli personaggi appassionati del melodramma investiti dall'ironia corrosiva di Gadda ne *La Madonna dei Filosofi* sono i lati di uno stesso ipotetico triangolo, in cui la rigida formalità dell'evento social-mondano-musicale è solo un fragile involucro che nasconde al proprio interno il gas nervino della malvagità, mentre i tasti abitualmente considerati innocui del pianoforte vengono utilizzati da James Baldwin e John Cheever per raccontare storie inchiavardate nella disperazione piú completa, implacabili cronache di esistenze vissute al margine.

Alcune pagine dalle tonalità maggiormente ironiche punteggiano periodicamente il volume, come quelle di Trevisan e Tournier, conservando tuttavia al loro interno un fulcro nero e compatto, che emana sinistri barbagli.

Sotto il propizio influsso delle altezze musicali può persino capitare di incontrarsi con il personaggio di una celebre canzone, come capita a Murakami Haruki, o di incrociare per strada il misconosciuto compositore della *Marsigliese* evocato da Stefan Zweig, o di venir presi da subitanei e indesiderati attacchi di tosse in sala da concerto, come impietosamente descritto nel suo brevissimo racconto da Heinrich Böll.

Sfogliando le pagine forse verrà da chiedersi come suonerebbe la musica eseguita dall'inesistente strumento cinese che Villiers de l'Isle-Adam ha progettato per portare scompiglio all'interno dell'atmosfera *pompier* dell'Académie Nationale de Musique (e nel contempo per farsi beffe di Richard Wagner e dei suoi seguaci).

In chiusura di libro troviamo una storia il cui protagonista riesce a percepire il mondo che lo circonda solamente attraverso l'ascolto, trasformando anche il dettaglio acustico apparentemente piú insignificante (sia esso musica o rumore) in un elemento cruciale per la comprensione di ciò che si svolge attorno a lui.

Forse non è un caso che proprio questo racconto, cosí attento alle piú vibratili screziature sonore, abbia (a differenza degli altri) effettivamente compiuto un processo di transustanziazione tra verbo e suono, tra pagina scritta e musicale, trovando vita sul palcoscenico in forma di opera lirica; le disavventure musical-visive di Sacks si sono trasformate in un autentico manifesto del postmoderno musicale per mano dell'intelligenza ironica di Michael Nyman, un compositore che ha sempre riconosciuto nella letteratura una potente fonte di ispirazione e stimolo intellettuale per il suo lavoro, tra i pochi capaci di trovare quella sintesi di pensiero tra segno e suono troppo a lungo trascurata e che sarebbe auspicabile si verificasse maggiormente (e reciprocamente) anche negli anni a venire.

CARLO BOCCADORO

Grazie di cuore a:

Brunella Antomarini, Andrea Bajani, Stefano Bartezzaghi, Roberto Cerati, Mariella Ghiro, Valerio Magrelli, Fabiano Massimi e a tutti gli amici e le amiche della Einaudi.

Un ringraziamento speciale a Simona e alla mia famiglia.

Racconti musicali

Compositori I

Roald Dahl

Liszt

Con uno strofinaccio in mano, Louisa si fece sulla porta della cucina sul retro della casa e uscí fuori, nel freddo sole d'ottobre.

– Edward! – chiamò. – Edwaaard! La colazione è pronta!

Rimase un attimo in ascolto, poi avanzò sul prato e l'attraversò – seguita dalla propria piccolissima ombra – superando l'aiuola delle rose e sfiorando con un dito la meridiana nel passare. Aveva un'andatura abbastanza aggraziata per essere piccolina e rotondetta, con una certa cadenza nel passo e un lieve dondolio delle spalle e delle braccia. Passò sotto il gelso lungo il sentiero di mattoni, quindi arrivò in fondo a questo fino al punto in cui poté guardare nell'avvallamento al limite del vasto giardino.

– Edward! La colazione!

Lo vedeva ora, a neppure un'ottantina di passi, in fondo all'avvallamento, ai margini del bosco limitrofo: la figura alta e sottile, in pantaloni color cachi e maglione verde scuro, stava dandosi da fare davanti a un grande falò con un forcone in mano; infilzava i rovi e li trasferiva tra le fiamme. Queste erano alte e arancioni e levavano una nube di fumo bianco che veleggiava verso il giardino, recando un profumo di autunno e foglie bruciate.

Louisa s'avviò giú per il pendio verso il marito. Volendo, avrebbe potuto chiamare di nuovo e questa volta lui avrebbe sentito, ma c'era qualcosa in quel bellissimo falò che l'attirava: voleva avvicinarsi, avvertire il calore, sentire lo schioppettio.

– La colazione, – annunciò, avvicinandosi.

– Ah, ciao. Bene... vengo subito.

– Che bel fuoco!

– Ho deciso di fare una bella pulizia, – disse il marito. – Sono stufo da morire di tutti questi rovi –. Aveva un viso lungo e stretto e in quel momento era bagnato di sudore che gli imperlava i baffi come rugiada, mentre due rivoletti gli scorrevano giú lungo la gola per andare a infilarsi nel collo del maglione.

– Attento a non strafare, Edward.

– Louisa, vorrei che la smettessi di trattarmi come un vecchio ottantenne. Un po' di esercizio non ha mai fatto male a nessuno.

– Sí, caro, lo so. Oh, Edward! Guarda. Guarda.

Il marito si girò e guardò la moglie che stava indicando dall'altra parte del falò.

– Guarda, Edward. Il gatto!

Piazzato cosí vicino alle fiamme che a volte sembravano addirittura lambirlo c'era un grosso gatto di un colore quanto mai insolito. Se ne stava accoccolato lí immobile, col capo piegato di lato e il muso in aria, e guardava l'uomo e la donna con freddi occhi gialli.

– Si brucerà! – esclamò Louisa. Lasciò cadere a terra lo strofinaccio e si precipitò verso la bestia. L'afferrò con tutt'e due le mani allontanandola e la depose sull'erba, lontano dalle fiamme.

– Gatto scemo, – disse poi, strofinandosi le mani. – Cosa ti prende?

– I gatti sanno quello che fanno, – disse il marito. – Non esiste un gatto che faccia qualcosa che non gli va di fare. Nessun gatto lo fa.

– Questo di chi è? L'hai già visto altre volte?

– No, mai. Ha uno stranissimo colore.

Ora il gatto s'era accoccolato sull'erba e li guardava in tralice. Aveva uno strano sguardo velato negli occhi, qualcosa di assorto, e tutto il muso aveva come una vaghissima aria di disprezzo, come se la vista di quelle due persone anziane – una piccola, rotondetta e rosea e l'altro magro e tutto sudato – fosse insieme una sorpresa e una novità di ben poca importanza. Per essere un gatto aveva certamente un colore insolito: un grigio argenteo puro, senza alcun riflesso blu. Il pelo era lungo e morbido.

Louisa si chinò a carezzargli la testa. – Devi andare a casa, – disse. – Fa' il bravo, gatto, vattene a casa tua.

L'uomo e la moglie s'avviarono a passo lento su per il pendio verso la casa. Il gatto s'alzò e li seguí, dapprima a distanza poi sempre piú vicino, man mano che andavano. Presto gli camminò al fianco, poi li precedé, gli fece strada attraverso il prato verso la casa, camminando come se fosse il padrone del posto, con la coda dritta in aria come l'albero di una goletta.

– Vattene a casa tua, – disse l'uomo. – Vattene a casa. Non ti vogliamo.

Ma quando ebbero raggiunto la casa il gatto entrò insieme con loro e in cucina Louisa gli diede un po' di latte. Mentre facevano colazione, poi, la bestia saltò sulla sedia vuota in mezzo a loro due e per tutto il pasto rimase lí, con la testa poco sopra il livello del tavolo, guardando quello che essi facevano con quegli occhi giallo scuro che si spostavano lentamente dalla donna sull'uomo e viceversa.

– Questo gatto non mi piace, – disse Edward.

– Oh, io lo trovo bello. Spero che si fermi un po'.

– Stammi a sentire, Louisa. Non è possibile che si fermi qui. Appartiene a qualcun altro. S'è solo perso. E se nel pomeriggio ancora insiste a fermarsi sarà bene che lo porti alla polizia. Gli ritroveranno casa sua.

Dopo colazione Edward tornò a lavorare in giardino. Louisa, come al solito, si mise al piano. Era una brava pianista e un'autentica amante della musica, quasi ogni pomeriggio dedicava un'ora o piú al proprio piacere, che era appunto suonare. Il gatto intanto s'era steso sul divano e nel passargli accanto lei si fermò a carezzarlo. La bestia aprí gli occhi e la guardò un attimo, poi li richiuse e tornò a dormire.

– Sei davvero un gran bel gatto, – disse Louisa ad alta voce. – E hai un colore eccezionale. Mi piacerebbe tanto tenerti –. Muovendole sulla pelliccia del gatto, avvertí sotto le dita come un piccolo bitorzolo proprio sopra l'occhio destro.

– Poverino, – esclamò. – Hai un bitorzolo su quella bella faccia. Evidentemente stai invecchiando.

Andò al piano a coda e prese posto sullo sgabello, ma non cominciò a suonare subito. Uno dei suoi piccoli, particolari piaceri era di trasformare ognuna di quelle sue sedute al piano in una specie di concerto, con un programma accuratamente studiato fin nei particolari prima di mettersi a suonare. Non voleva infatti rovinarsi il piacere fermandosi a pensare che cosa suonare dopo ciascun pezzo; desiderava fare solo brevi pause tra un pezzo e l'altro, sentendo intanto il pubblico applaudire entusiasta e chiedere bis. Era cosí bello immaginarsi queste cose, figurarsi un pubblico, e a volte – nei giorni fortunati, naturalmente – mentre lei suonava la stanza cominciava a riempirsi e a diventare buia, e lei non vedeva altro che un mare di facce bianche tutte rivolte verso di lei che ascoltavano rapite e adoranti.

Talvolta suonava a memoria, talaltra con lo spartito davanti. Quel giorno avrebbe suonato a memoria, cosí le andava. Sí, ma quale sarebbe stato il programma? Stava seduta davanti al piano con le piccole mani poggiate in grembo, il faccino rotondo e ancora grazioso, i capelli raccolti in una ordinata crocchia dietro la nuca. Guardando leggermente a destra vedeva il gatto acciambellato che dormiva sul divano: contro il rosso porpora del cuscino la pelliccia grigio argento era bellissima. Le andava Bach, tanto per cominciare? O, ancora meglio, Vivaldi? L'adattamento per organo di Bach del Concerto Grosso. Sí: cominciamo con questo. Poi magari un po' di Schumann. *Carnaval*?

Non sarebbe male. E dopo... be', un pochino di Liszt, tanto per cambiare. Uno dei *Sonetti di Petrarca*. Il secondo, il piú dolce, quello in mi maggiore. E poi ancora un altro Schumann, un altro dei suoi pezzi allegri: *Kinderscenen*. E finalmente, come bis, un valzer di Brahms, o addirittura due, se se la sentiva.

Vivaldi, Schumann, Liszt, Schumann, Brahms: proprio un bel programma, uno che lei poteva eseguire facilmente senza spartito. S'avvicinò di piú al piano, un po' di piú, e aspettò un attimo che un tale lí tra il pubblico – già sentiva che quello sarebbe stato uno dei suoi giorni fortunati – un tale lí tra il pubblico smettesse di tossicchiare, dopodiché, con la lenta grazia che distingueva quasi tutti i suoi movimenti, portò le mani sulla tastiera e cominciò a suonare.

In quel particolare momento naturalmente non stava guardando il gatto – anzi, per la verità lo aveva addirittura dimenticato – ma mentre le prime profonde note di Vivaldi risuonavano nella stanza notò, guardando di lato con un angolo dell'occhio, una improvvisa agitazione, un certo movimento sul divano alla sua destra. Smise immediatamente di suonare. – Cosa c'è? – chiese, rivolta al gatto. – Cosa ti piglia?

La bestia, che pochi secondi prima stava dormendo tranquilla, ora stava seduta eretta sul divano, molto tesa, il corpo un fremito solo, le orecchie dritte e gli occhi spalancati, fissi sul piano.

– Ti ho spaventato? – chiese lei con voce dolce. – Forse non hai mai sentito della musica prima?

No, si disse, non credo si tratti di questo. Ripensandoci, trovò che l'atteggiamento del gatto in quel momento non era certo quello d'una bestia spaventata. Non si ritraeva, non si raggomitolava, semmai era tutto teso in avanti; c'era come una specie di impazienza nell'atteggiamento di quella creatura, e la faccia... be', era proprio una strana espressione quella, un misto tra la sorpresa e lo sgomento. Naturalmente la faccia di un gatto è piccola e solitamente abbastanza inespressiva, ma studiando bene gli occhi e le orecchie, vedendo come si muovono in sintonia, e osservando ancora quella particolare zona sotto le orecchie, leggermente di lato, a volte s'indovinano i riflessi di fortissime emozioni. E ora, in quel momento, Louisa stava studiando attentamente la faccia di quel gatto e, poiché era curiosa di veder cosa sarebbe successo una seconda volta, allungò le mani sulla tastiera e suonò di nuovo l'inizio di Vivaldi.

Questa volta il gatto era pronto e, agli inizi appena, ci fu solo un piccolo accrescersi della tensione nel suo corpo. Man mano, però, che la musica procedeva e acquistava quell'eccitante ritmo dell'introduzione alla fuga, una strana espressione, qualcosa paragonabile forse all'estasi, cominciò a invadere la faccia del gatto. Le orecchie, che fino a quel momento erano state ben dritte, vennero lentamente ritratte all'indietro, le palpebre calarono, la testa s'inclinò di lato e lei, Louisa, in quel momento avrebbe giurato che la bestia stava davvero *apprezzando* l'esecuzione.

Ciò che vedeva (o credeva di vedere) era un qualcosa che aveva notato molte volte sulla faccia della gente che ascolta assorta la musica. Quando il suono s'impossessa completamente di essa e la trascina, sulle facce compare una particolare espressione di intensa estasi che è facilmente riconoscibile, come lo è un sorriso. E in quel momento, per quel che lei poteva vedere, la faccia del gatto aveva esattamente quel tipo di espressione.

Finí la fuga, quindi eseguí la siciliana senza mai perdere un attimo di vista il gatto sul divano. Ma la prova, per lei decisiva, che la bestia stava effettivamente ascoltando venne alla fine, quando la musica cessò. Batté le palpebre, si mosse un tantino, allungò una zampa, si sistemò in una posizione piú comoda, lanciò una rapida occhiata intorno alla stanza, quindi guardò di nuovo in direzione di lei. In attesa. Esattamente come reagisce il pubblico dei concerti. Quando la musica s'interrompe un attimo nell'intervallo tra due movimenti di una sinfonia e la tensione diminuisce. Quel modo di comportarsi era cosí umano che lei provò subito una strana agitazione.

– Ti piace? – chiese. – Ti piace Vivaldi?

Nel momento stesso in cui lo chiese si sentí ridicola, ma – e questo le parve un tantino preoccupante – non tanto ridicola quanto in effetti avrebbe dovuto sentirsi.

Bene, ora non restava altro da fare che proseguire, passare al numero successivo del programma, che era *Carnaval*. Appena attaccò, il gatto s'irrigidí e si tese di nuovo; poi, man mano che lentamente e deliziosamente si saziava del suono, si sciolse in quello strano ed estatico stato d'animo che ha a che vedere apparentemente col sogno. Uno spettacolo decisamente insolito, e anche un po' ridicolo, quel gatto grigio argenteo appollaiato sul divano che si lasciava trascinare in quel modo. E ciò che lo rendeva piú bizzarro che mai, trovava Louisa, era il fatto che la musica che la bestia sembrava apprezzare tanto, era chiaramente troppo *difficile*, troppo *classica*, per essere apprezzata in genere persino dagli umani.

Forse, pensò, lui non l'apprezza affatto. Forse è una specie di reazione ipnotica, come per i serpenti. Dopotutto, se puoi incantare un serpente con la musica perché non potresti fare altrettanto con un gatto? Solo che milioni di gatti ne ascoltano ogni giorno, alla radio, al grammofono, al piano, e per quanto ne sapeva lei nessuno mai di essi si comportava cosí. Si trattava certo di un fatto eccezionale.

Ma, al tempo stesso, non era anche meraviglioso? Certo che lo era. In verità, a meno che lei non stesse prendendo un grosso granchio, era una specie di miracolo, uno di quei miracoli che con gli animali capitano una volta ogni cento anni.

– Vedo che questo qui t'è proprio piaciuto, – disse, sempre ad alta voce, quando il pezzo fu finito. – Anche se, e mi dispiace, oggi non l'ho eseguito troppo bene. Chi ti è piaciuto di piú, Vivaldi o Schumann?

Il gatto non rispose e allora lei, temendo di perdere l'attenzione del suo pubblico, il suo unico ascoltatore, passò immediatamente alla parte successiva del programma: il secondo dei *Sonetti di Petrarca* di Liszt.

Questa volta successe una cosa davvero fantastica. Aveva suonato appena le prime tre quattro note che la bestia cominciò a muovere i baffi. Si tirò su, al massimo della sua altezza, piegò la testa da un lato, poi dall'altro, e prese a guardare nel vuoto con una specie di espressione concentrata e seccata, come se dicesse: – Che cos'è questo? Non dirmelo. Lo conosco benissimo, ma sul momento non riesco a individuarlo –. Louisa rimase affascinata e, con la piccola bocca socchiusa, mezzo sorridendo, continuò a suonare in attesa di quel che sarebbe successo ancora.

Il gatto si spostò verso l'estremità del divano, tornò a sedere e si dispose di nuovo all'ascolto; poi, all'improvviso, balzò a terra e, con un salto, fu sullo sgabello accanto a lei. S'accomodò lí, ascoltando con attenzione il bellissimo sonetto, non con aria sognante questa volta, sempre però eretto e teso, i grandi occhi gialli fissi sulle dita di Louisa.

– Bene! – esclamò questa, sull'ultima nota. – Cosí sei venuto vicino a me, dunque. Ti piace piú che sul divano? D'accordo, ti lascio stare, ma devi star buono, senza saltare qua e là –. Allungò una mano e lo carezzò sul dorso, dalla testa alla coda. – Questo era Liszt, – aggiunse poi. – Bada che a volte può essere terribilmente volgare. Ma in cose come queste è davvero incantevole.

Cominciava a piacerle la pantomima di quello strano animale. Passò subito al pezzo successivo del programma, le *Kinderscenen* di Schumann.

Non stava suonando da neppure un paio di minuti quando s'accorse che il gatto s'era mosso di nuovo, era tornato al posto di prima sul divano. Guardava le mani sulla tastiera, forse per questo non se n'era accorta subito; in ogni modo, doveva essere stato rapidissimo ed estremamente silenzioso. La bestia continuava a guardarla, sempre apparentemente presa dalla musica, e tuttavia a lei parve che ora non ci fosse piú quell'entusiasmo rapito che aveva mostrato durante il pezzo precedente. In piú, il fatto che avesse lasciato lo sgabello per ritornare sul divano poteva anche essere prova di un lieve ma deciso disappunto.

– Cosa ti piglia? – chiese alla fine del pezzo. – Cosa c'è che non va in Schumann? E cosa c'era di tanto bello in Liszt?

Il gatto la fissava ora, con quegli occhi gialli con le due piccole e nerissime losanghe al centro.

La cosa, si disse lei, comincia a farsi davvero interessante. E anche un tantinello sinistra, a pensarci. Ma un'occhiata alla bestia appollaiata sul divano, attenta e raggiante, cosí evidentemente in attesa di altra musica, la rassicurò.

– E va bene. Ti dirò cosa faccio ora. Cambio programma, esclusivamente per te. Ti piace tanto Liszt? Te ne suonerò ancora.

Rimase a pensare, frugando nella memoria in cerca di un buon Liszt; quindi, calma, cominciò a suonare uno dei dodici piccoli pezzi da *Der Weihnachtsbaum*. Ora non perdeva d'occhio il gatto e la prima cosa che notò fu che stava muovendo di nuovo i baffi. Poi saltò giú, rimase un attimo sul tappeto, immobile, col capo reclino, fremendo per l'eccitazione, quindi con passo lento, leggerissimo, girò intorno al piano, saltò sullo sgabello e sedette accanto a lei.

Erano in pieno Liszt quando Edward arrivò dal giardino.

– Edward! – esclamò Louisa, saltando in piedi. – Oh, Edward, caro! Sapessi. Sapessi cos'è successo.

– Cosa può essere successo? Vorrei del tè –. Edward aveva un viso lungo e stretto color magenta, proprio cosí, con un naso acuminato, e in quel momento il sudore glielo faceva brillare come se fosse un lungo grappolo d'uva bagnato.

– Si tratta del gatto, – esclamò Louisa, indicando la bestia, appollaiata tranquilla sullo sgabello del piano. – Aspetta e sentirai.

– Non t'avevo detto di portarlo alla polizia?

– Ma, Edward, sta' a sentire. È *terribilmente* eccitante. Questo è un gatto *melomane*.

– Davvero?

– Questo gatto ama la musica. E la capisce anche.

– Smettila con queste sciocchezze, Louisa, e per l'amor di dio beviamoci un po' di tè. Sono accaldato e stanco per aver tagliato tutti quei rovi e preparato tutti quei falò.

Edward sedette in una poltrona, prese una sigaretta dalla scatola lí accanto e l'accese con un enorme accendino.

– Tu non capisci, – fece Louisa. – Qui, in casa nostra, mentre eri via, è successo qualcosa di estremamente eccitante, qualcosa che potrebbe anche essere... be'... quasi storico.

– Ne sono sicuro.

– Edward, ti prego!

Louisa stava davanti al piano, il piccolo viso piú rosso che mai, ogni guancia una rosa scarlatta. – Se proprio vuoi saperlo, ti dirò cosa ne penso.

– Sono tutto orecchi, mia cara.

– Io credo che è molto probabile che in questo momento noi ci troviamo alla presenza di... – Louisa s'interruppe, come se si fosse improvvisamente resa conto dell'assurdità dell'idea.

– Sí?

– Tu lo troverai sciocco, Edward, ma io lo penso veramente.

– Alla presenza di chi, santo cielo?

– Di Franz Liszt. In persona.

Il marito tirò una lunga boccata alla sigaretta e sbuffò il fumo verso il soffitto. Aveva le guance incavate, con la pelle tesa di chi da anni ormai porta la dentiera, e ogni volta che tirava una boccata quelle guance gli s'incavavano ancor piú e gli zigomi gli sporgevano come quelli di un cadavere. – Non capisco.

– Edward, mi senti? Da quello che ho visto questo pomeriggio con i miei occhi, direi che potrebbe essere stata una specie di reincarnazione.

– Stai alludendo a quel gattaccio?

– Non parlare cosí, caro, ti prego.

– Non sarai per caso malata, Louisa?

– Sto benissimo, grazie. Sono solo un po' confusa, questo lo ammetto senz'altro, ma chi non lo sarebbe dopo quello che è successo? Edward, ti giuro...

– E cosa è successo, se è lecito?

Louisa glielo raccontò e mentre parlava il marito, stravaccato nella poltrona con le gambe allungate, continuava a tirare lunghe boccate e a sbuffare fumo verso il soffitto. Sulle labbra aveva un sorriso tra lo scettico e il cinico.

– Non ci vedo niente di straordinario, – disse alla fine. – È... un trucco. Un trucco da gatto. Un trucco insegnatogli. Tutto qui.

– Non essere sciocco, Edward. Ogni volta che suono Liszt s'eccita tutto e corre a sedersi sullo sgabello accanto a me. Lo fa solo quando suono Liszt, e nessuno può insegnare a un gatto la differenza tra Liszt e Schumann. Non li distingui neppure tu. Lui invece li distingue, ogni volta. E un Liszt anche abbastanza sconosciuto.

– Due volte. L'ha fatto solo due volte.

– Bastano.

– Voglio vedere se lo rifà. Avanti, su.

– No. Decisamente no. Perché se lui è Liszt, e io credo che lo sia, insomma l'anima di Liszt o quel che mai ritorna sulla terra, allora certamente non è giusto, e neppure gentile, sottoporlo a una quantità di stupide prove poco dignitose.

– Donna! Questo è un *gatto*, uno stupido gatto grigio

che per poco si bruciava il pelo questa mattina accanto al falò, là nel giardino. E in ogni modo, che ne sai tu di reincarnazioni?

– Se esiste l'anima, a me basta, – rispose Louisa, decisa. – Non conta altro.

– Via, su. Vediamo come rifà. Vediamo se capisce la differenza tra la propria musica e quella di un altro.

– No, Edward. Te l'ho detto, mi rifiuto di sottoporlo a sciocche prove. Altre stupide prove. Né ha già avuto abbastanza per oggi. Ti dico però cosa farò. Gli suono un altro po' della *sua* musica.

– Sai che bella prova.

– Tu sta' a guardare. Una cosa è certa: appena la riconosce, si rifiuterà di scendere da quello sgabello sul quale sta seduto ora.

Louisa andò allo scaffale dove teneva gli spartiti, ne prese uno di Liszt, lo sfogliò rapidamente e scelse una delle sue migliori composizioni: la Sonata in si minore. Aveva intenzione di eseguire solo la prima parte ma quando ebbe cominciato, vedendo il gatto che letteralmente tremava per il piacere, gli occhi fissi sulle sue mani con sguardo rapito e concentrato, non ebbe il cuore di smettere. Eseguí l'intera sonata. Alla fine guardò il marito e sorrise. – Ecco, – disse, – non puoi venire a dirmi che non l'abbia *adorata*.

– Gli piace il chiasso, tutto qui.

– L'ha *adorata*. Vero, tesoro? – disse Louisa, prendendo il gatto in braccio. – Oh, mio Dio, se solo potesse parlare. Pensa, caro: ha conosciuto Beethoven in gioventú. Ha conosciuto Schumann e Mendelssohn, Berlioz, Grieg, Delacroix, Ingres, Heine, Balzac. E chi altro?... Santo cielo, era suocero di Wagner! Ho in braccio il suocero di Wagner!

– Louisa! – esclamò il marito, brusco, tirandosi su a sedere. – Controllati –. Aveva cambiato tono e alzato la voce.

Louisa si voltò subito a guardarlo. – Edward, credo che tu sia geloso.

– Di un miserabile gatto grigio?

– E allora non essere cinico, non lasciarti irritare da questo fatto. Se continui cosí, sarà meglio che ritorni al tuo giardinaggio e lasci in pace noi due. Sarà meglio per tutti noi, non trovi, caro? – disse Louisa, rivolta al gatto, carezzandogli la testa. – Piú tardi, stasera, suoneremo altra musica insieme, tu e io, altre due composizioni. Oh sí, – fece, baciando varie volte il gatto sul collo, – e potremo anche eseguire un po' di Chopin. Sí, sí, lo so... lo so che adori Chopin. Eravate grandi amici, vero, caro? Anzi, per la verità, se ricordo bene fu proprio in casa di Chopin che incontrasti il grande amore della tua vita, Madame Comesichiama. Avesti tre figli illegittimi da lei, vero? Sí, tre figli, cattivello, non cercare di negarlo. Quindi ascolterai un po' di Chopin –. Baciò di nuovo il gatto. – Probabilmente ti risveglierà una quantità di bei ricordi, non è cosí?

– Louisa, smettila. Immediatamente.

– Oh, non essere noioso, Edward.

– Ti stai comportando come una perfetta cretina, donna. Inoltre hai dimenticato che stasera dobbiamo uscire, c'è la canasta con Bill e Betty.

– Oh, ma ora è assolutamente impossibile che io esca. Non se ne parla proprio.

Lentamente, Edward s'alzò dalla poltrona, poi si chinò a spegnere con forza la sigaretta nel portacenere. – Dimmi una cosa, – disse, calmo. – Tu credi davvero a queste... a queste scemenze? Ci credi davvero?

– Certo che ci credo. Penso che ormai non ci sia piú alcun dubbio al riguardo. E, ciò che piú conta, sono convinta che tutto questo ci investe di una tremenda responsabilità, Edward... tutti e due. Anche te.

– Sai cosa penso? Penso che devi andare da un medico. E anche presto. Di corsa.

Dopodiché le voltò le spalle e uscí dalla stanza per la portafinestra. Uscí fuori in giardino.

Louisa rimase a guardarlo mentre attraversava il prato diretto verso il falò e i rovi; aspettò che fosse scomparso, dopodiché, sempre tenendo il gatto in braccio, corse verso la porta d'ingresso.

Pochi attimi dopo era in macchina, diretta verso la città.

Parcheggiò davanti alla biblioteca, lasciò il gatto chiuso in macchina, corse su per i gradini ed entrò nell'edificio. Andò dritto allo schedario dove cercò tra i titoli su due argomenti: REINCARNAZIONE e LISZT.

Sotto REINCARNAZIONE trovò un libro intitolato *Vite ricorrenti: Come e perché*, di un certo F. Milton Willis, pubblicato nel 1921. Sotto LISZT trovò due biografie. Richiese e ottenne tutt'e tre i volumi e tornò alla macchina e a casa.

Una volta lí, sistemò il gatto sul divano, gli si sedette accanto con i tre libri e si apprestò a un'attenta lettura. Decise di cominciare dal Willis. Era un volume esile e un pochino malandato, ma aveva una certa aria austera, mentre il nome dell'autore suonava autoritario.

La dottrina della reincarnazione, lesse, stabilisce che le anime spirituali passino da una forma animale a un'altra superiore. – Un uomo, per esempio, non può rinascere come animale piú di quanto un adulto possa ridiventare bambino.

Rilesse di nuovo. E cosa ne sapeva lui? Come poteva essere cosí sicuro? Non poteva. Non era umanamente possibile essere sicuri di una cosa del genere. Al tempo stesso, quell'affermazione la smontò, e parecchio anche.

«Intorno al centro di consapevolezza di ognuno di noi esistono, al di fuori del denso corpo esterno, altri quattro corpi, invisibili all'occhio della carne ma perfettamente visibili a coloro le cui facoltà di percepire quanto c'è di superfisico siano state sottoposte al necessario sviluppo...»

Questa, poi, non la capiva proprio, ma continuò a leggere e presto giunse a un'interessante frase a proposito del tempo in cui mediamente un'anima può restare lontana dalla terra prima di ritornarvi nel corpo di qualcun altro. Questo periodo di tempo variava secondo il tipo e il Willis forniva il seguente schema:

Ubriaconi e inabili al lavoro	40/50	anni
Lavoratori non specializzati	60/100	–
Operai specializzati	100/200	–
Borghesi	200/300	–
Classi medio alte	500	–
Classe piú alta dei gentiluomini di campagna	600/1000	–
Coloro che sono sul Sentiero dell'Iniziazione	1500/2000	–

Sfogliò subito uno degli altri due libri per scoprire da quanto tempo era morto Liszt. Il libro diceva che era morto a Bayreuth nel 1886, cioè sessantasette anni prima. Quindi, secondo il Willis, doveva essere un operaio non specializzato per essere tornato cosí presto. I conti non tornavano. D'altronde lei non stimava molto il metodo di classificazione del Willis. Secondo questi infatti, «la classe piú alta dei gentiluomini di campagna» comprendeva piú o meno gli esseri superiori di questa terra. Giacche rosse, bicchieri della staffa e la sanguinaria, sadica uccisione della volpe. No, pensò Louisa, non è giusto. Fu quasi un piacere scoprirsi a dubitare del Willis.

Piú avanti nel libro s'imbatté in un elenco delle piú famose reincarnazioni. Epitteto, apprese, ritornò sulla terra come Ralph Waldo Emerson, Cicerone come Gladstone, Alfredo il Grande come Regina Vittoria, Guglielmo il Conquistatore come Lord Kitchener. Ashoka Vardhana, re dell'India nel 272 a.C., ritornò in terra come colonnello Henry Steel Olcott, un noto e stimato avvocato americano. Pitagora come Master Koot Hoomi, il signore che insieme con Madame Blavatsky e il colonnello H. S. Olcott (lo stimato avvocato americano, ovvero Ashoka Vardhana, re dell'India) fondò la Società Teosofica. Non diceva però chi era stata Madame Blavatsky. «Theodore Roosevelt, – diceva invece, – per numerose incarnazioni ha svolto grandi ruoli come capo... Da lui discese la generazione regnante nell'antica Caldea, essendo stato nominato governatore della Caldea verso il 30 000 a.C. da quell'Ego che conosciamo come Cesare e che era stato padrone della Persia... Roosevelt e Cesare si sono ritrovati spesso insieme come capi militari e come regnanti; a un certo punto, molte migliaia d'anni fa, furono marito e moglie...»

Questo era troppo per Louisa. Quelle di F. Milton Willis chiaramente non erano altro che congetture. Quelle sue dogmatiche affermazioni non la impressionavano per niente. Probabilmente l'amico era sulla strada giusta, ma le sue asserzioni rasentavano la stravaganza, specie la prima di tutte, quella sugli animali e l'uomo. Presto si ritrovò a sperare di sconvolgere l'intera Società Teosofica con la prova di cui lei disponeva, cioè della possibilità certa da parte di un uomo di ricomparire come animale inferiore. E inoltre che non doveva essere necessariamente un operaio non specializzato per tornare in terra dopo meno di cent'anni.

Si dedicò ora a una delle biografie di Liszt e stava sfogliandole quando il marito rientrò dal giardino.

– Cosa stai facendo ora? – le chiese.

– Oh, sto facendo dei controlli, cosí. Senti, caro, sapevi che Theodore Roosevelt una volta è stato moglie di Cesare?

– Louisa, senti... perché non la smettiamo con queste sciocchezze? Non mi va di vederti sprofondare nel ridicolo in questo modo. Dammi quel maledetto gatto e lo porto io alla stazione di polizia.

Louisa parve non sentire. Stava fissando a bocca aperta un ritratto di Liszt nel libro che aveva in grembo. – Dio mio! – esclamò. – Edward, guarda!

– Cosa?

– Guarda! Le verruche che ha in faccia! Me n'ero dimenticata! Aveva queste grandi verruche in faccia, erano famose. I suoi studenti, per somigliargli, si facevano crescere dei ciuffi di peli in faccia.

– E cosa c'entrano?

– Niente. Voglio dire, gli studenti non c'entrano, ma le verruche sí.

– Oh, Cristo! Cristiddio santissimo!

– Ce l'ha anche il gatto! Guarda, ti faccio vedere.

Si prese la bestia in grembo e le esaminò la faccia attentamente. – Ecco. Qui ce n'è una. E qui un'altra! Un momento! Credo che siano nello stesso posto! Dov'è il ritratto?

Era un famoso ritratto del musicista da vecchio nel quale il bel viso imponente era incorniciato da una massa di lunghi capelli grigi che gli coprivano le orecchie e gli scendevano quasi fin sulle spalle. Sulla faccia, le verruche erano state riprodotte fedelmente una per una: ce n'erano cinque in tutto.

– Ora, nel ritratto ce n'è una sopra il sopracciglio destro –. Louisa controllò sopra al sopracciglio del gatto. – Sí! C'è! Esattamente nello stesso posto! E ce n'è un'altra sulla sinistra, sopra al naso. E anche qui un'altra! E una proprio sotto la guancia! E due molto vicine sotto al mento, sulla destra. Edward! Edward! Vieni a vedere! Sono esattamente le stesse!

– Non dimostrano niente.

Lei guardò il marito, in piedi al centro della stanza, in maglione verde e pantaloni cachi, sempre tutto sudato. – Tu hai una paura del diavolo, vero, Edward? Hai paura di perdere la tua preziosa dignità e che la gente pensi che per una volta tanto ti sei esposto al ridicolo.

– Mi rifiuto di abbandonarmi all'isteria, ecco tutto.

Louisa rivolse di nuovo la sua attenzione al libro e riprese a leggere. – Questa è interessante, – disse poi. – Qui dice che Liszt amava tutte le composizioni di Chopin tranne una: lo Scherzo in re bemolle minore. A quanto pare l'odiava addirittura. Lo chiamava lo «Scherzo della governante» e diceva che doveva essere riservato esclusivamente alle governanti.

– E con questo?

– Senti, Edward. Se insisti a fare l'antipatico riguardo a tutto questo, sai cosa faccio? Suonerò questo scherzo, adesso, subito, cosí se stai qui vedi cosa succede.

– E dopo magari ti degnerai di preparare un po' di cena.

Louisa s'alzò e prese dallo scaffale un grosso volume color verde che conteneva tutta l'opera di Chopin. – Ecco. Oh, sí, lo ricordo. È proprio brutto, è vero. Ora ascolta... o meglio, guarda. Guarda cosa fa.

Sistemò lo spartito sul leggio e sedette. Il marito rimase in piedi. Teneva le mani in tasca e la sigaretta tra le labbra e, suo malgrado, stava guardando il gatto, che dormicchiava sul divano. Quando Louisa cominciò a suonare il primo effetto fu quanto mai straordinario. La bestia saltò su come se fosse stata punta e rimase immobile per almeno un minuto, le orecchie dritte, il corpo corso da fremiti. Poi divenne inquieto e prese ad andare su e giú sul divano. Alla fine saltò a terra e col muso e la coda in aria uscí lentamente, maestosamente, dalla stanza.

– Visto? – esclamò Louisa, saltando in piedi e correndogli dietro. – Volevi la prova?, Eccola! – Tornò col gatto in braccio e lo adagiò di nuovo, sul divano. Il viso le brillava per l'eccitazione, stringeva i pugni, le cui nocche erano diventate bianchissime. La crocchia dietro la testa si stava sciogliendo e i capelli le cascavano da una parte. – Che ne dici ora, Edward? Che te ne pare? – parlando rideva nervosamente.

– Devo dire che è abbastanza divertente.

– *Divertente?* Edward, è la cosa piú strabiliante del mondo questa che è successa, la piú bella! Oh, santiddio! – esclamò Louisa, riprendendo il gatto in braccio e stringendoselo al seno. – È meraviglioso pensare che abbiamo Franz Liszt in casa con noi!

– Louisa, via, non fare l'isterica!

– Non riesco a controllarmi, proprio non riesco. E se praticamente *si ferma* con noi per sempre?

– Cosa dici?

– Oh, Edward! Quasi non riesco a parlare tanta è l'eccitazione. E sai ora cosa faccio? Tutti i musicisti del mondo vorranno incontrarlo, conoscerlo, questo è un fatto, chiedergli di coloro che ha conosciuto, di Beethoven, Chopin, Schubert...

– Louisa, quello non parla!

– Be'... non fa niente. Insomma almeno vorranno incontrarlo, giusto per vederlo, toccarlo, suonargli la sua musica e quella moderna, che lui non ha mai sentito.

– Non era poi tanto grande, dopotutto. Fosse stato Bach o Beethoven...

– Non interrompermi, Edward, ti prego. Dicevo che dunque non farò altro che informare tutti i piú grandi compositori viventi del mondo intero. Devo, è un dovere. Gli dico che Liszt è qui e li invito a venire a trovarlo. E sai una cosa? Voleranno qui da ogni angolo della terra.

– A vedere un gatto grigio?

– Caro, fa lo stesso. È *lui*. Il suo aspetto non interessa a nessuno. Oh, Edward, sarà la cosa piú eccitante mai successa.

– Ti prenderanno per pazza.

– Aspetta e vedrai –. Louisa aveva il gatto in braccio e lo coccolava ma intanto guardava il marito, il quale a quel punto andò alla portafinestra e rimase lí a guardare fuori in giardino. La sera cominciava a scendere e a poco a poco il prato da verde stava diventando nero; lontano vedeva il fumo del falò che si levava in una bianca colonna.

– No, – disse alla fine, senza voltarsi. – Non lo sopporto. Non in questa casa. Ci faremo la figura di due perfetti imbecilli.

– Edward, che vuoi dire?

– Quello che ho detto. Mi rifiuto nella maniera piú assoluta di suscitare tanto scalpore per una stupidaggine del genere. Il caso ha voluto farti trovare un gatto imbroglione. Okay, va benissimo. Tienitelo, se ti va. Ma niente piú di questo. Capisci, Louisa?

– Piú di cosa?

– Non voglio piú sentire discorsi pazzeschi. Ti stai comportando come una matta.

Lentamente, Louisa rimise il gatto sul divano poi, sempre lentamente, si levò in tutta la sua piccola altezza e fece un passo avanti. – *Maledizione* a te, Edward! – gridò, pestando il piede. – Per la prima volta in vita nostra succede qualcosa di veramente eccitante e tu hai una paura folle di prenderla in considerazione solo perché qualcuno potrebbe ridere di te! È cosí, vero? Non puoi negarlo!

– Louisa. Basta cosí. Controllati e smettila immediatamente –. Andò al tavolino a prendere una sigaretta nella scatola e l'accese con l'enorme accendino. La moglie intanto lo guardava, con le lacrime, spuntate negli angoli degli occhi, che cominciavano a scorrerle giú, creando due lucidi rivoli sulla cipria che ricopriva le guance.

– Ne abbiamo già avute abbastanza di queste scenate negli ultimi tempi, Louisa, – stava dicendo il marito. – No, ora non interrompermi tu. Stai a sentire. Sono prontissimo a riconoscere che questo può essere un periodo increscioso della tua vita e che...

– Oddio! Imbecille! Imbecille borioso! Ma non vedi che questa volta è diverso, che questo... questo è una specie di miracolo? Non lo vedi? Non lo capisci?

A quel punto lui attraversò la stanza e andò da lei. La prese per le spalle, deciso. Aveva la sigaretta appena accesa tra le labbra e lei notò i vaghi contorni dei tratti di pelle sui quali il sudore s'era asciugato.

– Senti, – disse il marito. – Ho fame. Ho rinunciato a giocare a golf e ho lavorato tutto il giorno nel giardino, ora sono stanco e ho fame e voglio cenare. E anche tu. Ora vai in cucina e prepara qualcosa da mangiare.

Louisa indietreggiò portandosi ambedue le mani davanti alla bocca. – Mio Dio! – esclamò. – Me ne sono completamente dimenticata. Dev'essere affamato. A parte un po' di latte, da quando è qui non gli ho dato niente.

– A chi?

– A *lui*. A chi altro? Devo correre a preparargli qualcosa di veramente speciale. Mi piacerebbe tanto sapere quali erano i suoi piatti preferiti. Secondo te, cosa gli piacerà di piú, Edward?

– *Maledizione*, Louisa!

– Via, Edward, ti prego. Per una volta tanto questa me la sbrigo io, a modo mio. Tu rimani qui, – disse Louisa, chinandosi e sfiorando appena il gatto con le dita. – Non starò via molto.

Andò in cucina e rimase un attimo immobile, chiedendosi quale piatto speciale poteva preparare. Un soufflé? Un bel soufflé al formaggio? Sí, era abbastanza speciale. Naturalmente a Edward non piaceva molto, ma questo non aveva importanza.

Non era bravissima come cuoca e non era mai sicura che il soufflé riuscisse bene, ma questa volta ci mise il doppio dell'attenzione e della cura e aspettò a lungo per essere sicura che il forno si fosse riscaldato a dovere, alla temperatura giusta. Mentre il soufflé cuoceva, poi, e lei cercava di preparare qualcosa per accompagnarlo, si rese conto che probabilmente Liszt in vita sua non aveva mai assaggiato l'avocado né il pompelmo, cosí decise immediatamente di metterglieli in un'insalata. Sarebbe stato divertente assistere alla sua reazione. Proprio interessante.

Quando tutto fu pronto lo mise su un vassoio e lo portò nel soggiorno. Nel momento esatto in cui vi metteva piede vide il marito rientrare dal giardino attraverso la portafinestra.

– Ecco la cena, – annunciò, mettendo il vassoio sul tavolino e girandosi verso il divano. – Dov'è andato?

Il marito chiuse la portafinestra e attraversò la stanza per andare a prendere una sigaretta.

– Edward, dove è andato?

– Chi?

– Lo sai chi.

– Ah, sí. Sí, hai ragione. Be'... ti dirò –. Era leggermente piegato in avanti per accendere la sigaretta e teneva le mani a coppa intorno all'enorme accendino.

– Sono andato fuori un momento a vedere come va il falò, – disse alla fine.

Lei spostò leggermente lo sguardo e lo posò sulle mani di lui.

– Brucia ancora. Credo che brucerà per tutta la notte, – disse Edward.

Ma era a disagio per come la moglie lo guardava fisso.

– Cos'è? – esclamò poi, mettendo giú l'accendino. Poi abbassò lo sguardo e per la prima volta notò il lungo graffio che gli correva diagonalmente lungo tutto il dorso della mano, dalle nocche al polso.

– *Edward!*

– Sí, – fece lui, – lo so. Quei rovi sono terribili. Ti fanno a pezzi. Un momento, Louisa. Cosa ti piglia?

– *Edward!*

– Oh, santiddio, donna! Siediti e calmati. Non è il caso di agitarsi tanto. Louisa! Louisa, *siedi*!

Truman Capote

Musica per camaleonti

È alta e snella, forse sui settanta, capelli argentei, *soignée*, né nera né bianca, un chiaro e dorato color rum. È un'aristocratica della Martinica che risiede a Fort de France ma ha anche un appartamento a Parigi. Ci troviamo seduti sulla terrazza della sua abitazione, una casa leggiadra, elegante, che sembra fatta di trina di legno: mi ricorda certi vecchi edifici di New Orleans. Beviamo tè di menta ghiacciato, lievemente profumato di *absinthe*.

Tre camaleonti verdi si rincorrono attraverso la terrazza; uno si ferma ai piedi di Madame, facendo guizzare la lingua, e lei commenta: – Camaleonti. Creature straordinarie. Come riescono a mutare colore. Rosso. Giallo. Verdino. Rosa. Lavanda. E lo sapeva che amano moltissimo la musica? – Mi osserva con i suoi begli occhi neri. – Non mi crede?

Nel corso del pomeriggio mi ha raccontato molte cose curiose. Che di sera il suo giardino è invaso da gigantesche farfalle notturne. Che il suo autista, un personaggio solenne che mi ha accompagnato qui in una Mercedes verde scuro, aveva avvelenato la moglie ed era poi evaso dall'Isola del Diavolo. E mi ha descritto un villaggio su tra le montagne a nord, interamente abitato da albini: – Dei piccoletti con gli occhi rosa, bianchi come il gesso. Ogni tanto se ne incontra qualcuno nelle strade di Fort de France.

– Certo che le credo.

Inclina la testa argentea. – No, non è vero. Ma glielo dimostrerò.

Cosí dicendo sparisce nel suo fresco salotto caraibico, un locale immerso nell'ombra con ventilatori al soffitto che girano lentamente, e si accomoda a un piano perfettamente accordato. Io mi trovo ancora sulla terrazza ma posso osservarla, questa donna chic, anziana, il prodotto di stirpi diverse. Comincia a eseguire una sonata di Mozart.

In breve i camaleonti si affollarono: una dozzina, un'altra dozzina per lo piú verdi, alcuni scarlatti, lavanda. Attraversarono saltellando la terrazza per precipitarsi nel salotto, pubblico sensibile, assorto nella musica aleggiante. E poi interrotta perché d'un tratto la mia ospite si alzò e batté il piede, e i camaleonti si dispersero come scintille da una stella esplosa.

Adesso mi guarda. – *Et maintenant? C'est vrai?*

– Sicuro. Ma è talmente strano.

Sorride. – *Alors*. Tutta quest'isola galleggia nel fantastico. Questa stessa casa è infestata. Molti spettri vi abitano. E non col buio. Alcuni compaiono nella luce vivida del mezzogiorno, sfacciati al massimo. Impertinenti.

– È cosa usuale anche ad Haiti. Succede spesso che i fantasmi se ne vadano a passeggio di giorno. Una volta ne ho visto uno sciame lavorare in un campo vicino a Petionville. Stavano eliminando i parassiti dalle piante di caffè.

L'accetta come un dato di fatto. – *Oui. Oui*. Gli haitiani fanno lavorare i loro morti. Sono famosi per questo. I nostri noi li lasciamo alle loro pene. E ai loro giochi. Cosí volgari, gli haitiani. Cosí creoli. E là non si può fare il bagno, gli squali sono un tale pericolo. E le loro zanzare: che dimensioni, che audacia! Qui in Martinica non ci sono zanzare. Nemmeno una.

– L'ho notato; mi sono chiesto come mai.

– Anche noi. La Martinica è l'unica isola dei Caraibi dove non esistono zanzare, e nessuno sa spiegarlo.

– Forse le farfalle notturne le divorano tutte.

Ride. – Oppure i fantasmi.

– No. Credo che i fantasmi preferirebbero le tarme.

– Sí, forse le tarme sono cibo piú spettrale. Se fossi uno spettro affamato mangerei di tutto fuorché zanzare. Desidera altro ghiaccio? Dell'*absinthe*?

– *Absinthe*. Ecco una cosa che non si trova da noi. Nemmeno a New Orleans.

– La mia nonna paterna era di New Orleans.

– Anche la mia.

Versa l'*absinthe* da una scintillante caraffa smeraldina: – Allora forse siamo parenti. Il suo nome di ragazza era Dufont. Alouette Dufont.

– Alouette? Davvero? Graziosissimo... So di due famiglie Dufont a New Orleans, ma non sono imparentato con nessuna delle due.

– Peccato. Sarebbe stato divertente chiamarla cugino. *Alors*. Claudine Paulot mi ha detto che questo è il suo primo viaggio in Martinica.

– Claudine Paulot?

– Claudine e Jacques Paulot. Li ha conosciuti alla cena dal Governatore, l'altra sera.

Rammento: lui era un bell'uomo, alto, Primo Presidente della Corte d'Appello per la Martinica e la Guiana Francese, che comprende l'Isola del Diavolo. – I Paulot. Sí. Hanno otto figli. Lui è molto favorevole alla pena di morte.

– Visto che lei sembra viaggiare tanto, come mai non è venuto qui prima?

– In Martinica? Be', provavo una certa riluttanza. Un mio caro amico è stato assassinato qui.

I begli occhi di Madame sono un tantino meno amichevoli di prima. Dichiara lentamente: – L'assassinio è un evento raro, qui. Non siamo una popolazione violenta. Seri, ma non violenti.

– Seri. Sí. La gente nei ristoranti, per le strade, perfino sulle spiagge ha un'espressione cosí severa. Sembrano tutti preoccupati. Come i russi.

– Bisogna tenere presente che qui la schiavitú è stata abolita solo nel 1848.

Il nesso mi sfugge ma non faccio domande perché lei sta già dicendo: – Inoltre la Martinica è *très chère*. Una saponetta che a Parigi si compera per cinque franchi, qui costa due volte tanto. Qui tutto costa il doppio perché tutto deve essere importato. Se questi scalmanati la spuntassero e la Martinica ottenesse l'indipendenza dalla Francia, sarebbe la fine. La Martinica non può sopravvivere senza gli aiuti economici della Francia. Andremmo sicuramente in rovina. *Alors*, alcuni di noi hanno un'espressione grave. Ma, in linea di massima, trova attraente la popolazione?

– Le donne. Ho visto donne di bellezza straordinaria. Flessuose, aggraziate, un portamento cosí splendidamente altero, una struttura elegante come quella dei felini. Inoltre possiedono anche una certa seducente aggressività.

– È il sangue senegalese. Abbiamo molti senegalesi, qui. Ma gli uomini... Non li trova altrettanto belli?

– No.

– Sono d'accordo. Gli uomini non sono belli. Paragonati alle nostre donne risultano insulsi, privi di personalità: *vin ordinaire*. La Martinica, vede, è una società matriarcale. Quando ciò avviene, come in India ad esempio, gli uomini non sono mai granché. Vedo che sta guardando il mio specchio nero.

Infatti. I miei occhi nervosamente lo consultano, ne sono attratti contro la mia volontà, come a volte dai tremolii disordinati di un televisore non ben regolato. Ha quello stesso potere frivolo. E quindi lo descriverò minutamente, secondo lo stile di quegli scrittori francesi *avant garde* che, avendo deciso di rinunciare a vicenda, personaggi e struttura, si limitano a paragrafi lunghi una pagina in cui si addentrano nei contorni di un singolo oggetto, nella meccanica di un movimento isolato. Dunque: l'oggetto nel salotto di Madame è uno specchio nero. È alto diciotto centimetri e largo quindici. È chiuso in una custodia di consunta pelle nera a forma di libro. Anzi, la custodia giace aperta su un tavolo, come fosse un'edizione di lusso pronta per essere raccolta e sfogliata, ma non vi è nulla da leggere o da vedere salvo il mistero della propria immagine rifratta dalla superficie dello specchio nero prima che indietreggi nelle sue profondità senza fine, nei suoi meandri di tenebre.

– Apparteneva a Gauguin, – mi spiega. – Saprà, naturalmente, che ha vissuto e lavorato qui prima di stabilirsi tra i polinesiani. Quello era il suo specchio nero. Erano molto diffusi tra gli artisti del secolo scorso. Van Gogh ne usava uno. E cosí pure Renoir.

– Non capisco bene. A che scopo?

– Per ricaricare la propria capacità visiva. Ravvivare la reazione al colore, alle variazioni di tono. Dopo un certo periodo di lavoro, con gli occhi affaticati, si riposavano contemplando questi specchi neri. Cosí come i *gourmets* a un banchetto, tra una portata e l'altra, rigeneravano il palato con un *sorbet de citron* –. Prende dal tavolo il volumetto che contiene lo specchio e me lo passa. – Vi ricorro sovente, quando i miei occhi sono stati colpiti da troppo sole. È distensivo.

Distensivo, ma pure inquietante. Quel buio, man mano che lo si scruta, cessa di essere nero e diviene di uno strano azzurro argenteo, la soglia verso segrete visioni; come Alice, mi sento sul limitare di un viaggio attraverso uno specchio, un viaggio che esito a intraprendere.

Da lontano mi giunge la voce di lei: velata, serena, raffinata. – E cosí aveva un amico che è stato ucciso qui?

– Sí.

– Americano?

– Sí. Era un uomo molto dotato. Un musicista. Compositore.

– Oh, ricordo... Quello che scriveva opere! Ebreo. Con i baffi.

– Si chiamava Marc Blitzstein.

– Ma è accaduto molto tempo fa. Almeno quindici anni. O di piú. Se non sbaglio lei sta al nuovo albergo, *La Bataille*. Come lo trova?

– Molto piacevole. C'è un po' di baraonda perché stanno per aprire un locale notturno. La persona incaricata di dirigerlo si chiama Shelley Keats. Dapprima ho creduto che fosse uno scherzo, invece è proprio il suo nome.

– Marcel Proust lavora al *Le Foulard*, quel grazioso ristorantino specializzato in pesce, a Schoelcher, il villaggio di pescatori. Marcel fa il cameriere. È rimasto deluso dai nostri ristoranti?

– Sí e no. Sono i migliori di tutti i Caraibi, ma troppo cari.

– *Alors*. Come le dicevo, è tutto importato. Non coltiviamo neppure la verdura. Gli indigeni sono troppo indolenti –. Un colibrí giunge sulla terrazza e si tiene senza sforzo in equilibrio nell'aria. – Ma il nostro pesce è eccezionale.

– Sí e no. Non ho mai visto aragoste cosí enormi. Vere balene, mostri preistorici. Ne ho ordinata una ma era insipida come gesso, e cosí dura da masticare che mi è partita un'otturazione. Come la frutta della California: splendida a vedersi, ma priva di sapore.

Lei sorride, non lieta: – Be', me ne scuso... – e io mi pento della critica, mi rendo conto di non essere molto cortese.

– Sono andata a colazione al suo albergo, settimana scorsa. Sulla terrazza che dà sulla piscina. Sono rimasta esterrefatta.

– Come mai?

– I bagnanti. Le straniere raccolte attorno alla vasca non portavano nulla in alto e ben poco in basso. È consentito, da voi? Donne che si esibiscono praticamente nude?

– Non in luoghi frequentati come la piscina di un albergo.

– Appunto. E secondo me non dovrebbe essere ammesso, qui. Ma naturalmente non possiamo permetterci di contrariare i turisti. Si è dedicato a qualcuna delle nostre attrazioni turistiche?

– Ieri siamo andati a vedere la casa dove è nata l'Imperatrice Josephine.

– Non consiglio mai a nessuno di andarci. Quel vecchio, il curatore, che chiacchierone! E non saprei cosa è peggio, se il suo francese o l'inglese o il tedesco! Un vero seccatore. Come se il tragitto per arrivarci non fosse già abbastanza sfiancante.

Il nostro colibrí prende congedo. In lontananza sentiamo le bande che suonano strumenti di latta, tamburelli, cori di ubriachi (*«Ce soir, ce soir nous danserons sans chemise, sans pantalons»*: Stasera, stasera balleremo senza camicia, senza calzoni), a rammentarci che in Martinica è la settimana di Carnevale.

– Di solito, – mi comunica, – lascio l'isola durante il Carnevale. È insopportabile. Il baccano, il puzzo.

Quando mi ero preparato a questa esperienza della Martinica, che comprendeva il viaggiare con tre amici, ignoravo che la nostra visita avrebbe coinciso con il Carnevale: nato a New Orleans, ne ho viste abbastanza di faccende del genere. Tuttavia la versione della Martinica si era rivelata inaspettatamente vitale, spontanea e intensa come un'esplosione in una fabbrica di fuochi artificiali. – Noi lo troviamo divertente, i miei amici e io. Ieri sera abbiamo visto sfilare un gruppo straordinario: una cinquantina di uomini con ombrelli neri, cilindri di seta e ossa fosforescenti dipinte sul torso. E mi piacciono molto le vecchie con le parrucche dorate e la faccia tutta coperta di lustrini. E tutti quegli uomini con addosso gli abiti bianchi da sposa delle mogli! E quelle miriadi di bambini muniti di candele, che splendono come lucciole. A dir la verità ci è capitata una mezza catastrofe. Ci eravamo fatti dare un'auto dall'albergo ed eravamo appena arrivati a Fort de France, arrancando in mezzo a tutto quel brulichio, quando uno dei nostri pneumatici è scoppiato e immediatamente ci siamo visti circondati da diavoli rossi muniti di forconi...

Madame è divertita. – *Oui. Oui.* I ragazzini vestiti da diavoli rossi. È una tradizione vecchia di secoli.

– Già, ma quelli si sono messi a ballare sopra la macchina. Combinando danni spaventosi. Il tetto era diventato una pista da samba. Ma non potevamo abbandonarla, per paura che la facessero completamente a pezzi. Cosí il piú calmo dei miei amici, Bob MacBride, si è offerto di cambiare la gomma. Il problema era che aveva un abito nuovo di lino bianco e non voleva rovinarlo.

– E quindi si è spogliato. Molto ragionevole.

– O quanto meno buffo. Vedere MacBride, che è un tipo piuttosto solenne, in mutande, a trafficare per cambiare una gomma, con il delirio del *Mardi Gras* che gli vorticava attorno e diavoli rossi a dargli addosso con i forconi. Per fortuna erano forconi di carta.

– Ma il signor MacBride ce l'ha fatta.

– In caso contrario dubito che sarei qui ad abusare della sua ospitalità.

– Non sarebbe accaduto nulla. Non siamo un popolo violento.

– Oh, certo, non voglio dire che fossimo in pericolo. Era solo... be', faceva parte del divertimento.

– *Absinthe? Un peu?*

– Una goccia. Grazie.

Il colibrí ricompare.

– Il suo amico, il compositore?

– Marc Blitzstein.

– Ci ho pensato. Era venuto qui a cena, una volta. Portato da Madame Dorain. E quella sera c'era anche Lord Snowdown. Con suo zio, quell'inglese che ha costruito tutte quelle case a Mustique...

– Oliver Messel.

– *Oui. Oui.* Mio marito era ancora vivo. Mio marito aveva molto orecchio per la musica. Ha invitato il suo amico a suonare il piano. Ha eseguito alcune canzoni tedesche –. Adesso è in piedi, si sposta di qua e di là e io noto la sua linea squisita, eterea, che si delinea sotto l'abito parigino di tenue pizzo verde. – Questo lo ricordo, ma non riesco a rammentare come sia morto. Chi l'ha ucciso?

Per tutto questo tempo lo specchio nero mi è rimasto in grembo, e ancora una volta i miei occhi ne scrutano le profondità. Strano dove le nostre passioni ci conducono, incalzandoci sferzanti, costringendoci a sogni indesiderati, a destini malaccetti.

– Due marinai.

– Di qui? Della Martinica?

– No. Due marinai portoghesi di una nave in porto. Li aveva incontrati in un bar. Stava lavorando a un'opera e aveva preso in affitto una casa. Li ha invitati a casa sua...

– Adesso ricordo. Lo hanno rapinato e picchiato a morte. Atroce. Una tragedia spaventosa.

– Un tragico incidente –. Lo specchio nero mi deride: «Perché l'hai detto? Non è stato un incidente».

– Ma la polizia rintracciò quei marinai. Vennero processati, condannati e mandati in Guiana. Chissà se sono ancora laggiú. Posso chiedere a Poulot. Lui dovrebbe saperlo. Dopotutto è il Primo Presidente della Corte d'Appello.

– Non ha importanza.

– Non ha importanza! Quegli sciagurati avrebbero dovuto andare alla ghigliottina.

– No. Ma non mi spiacerebbe vederli al lavoro nei campi di Haiti, a spidocchiare le piante di caffè.

Alzando gli occhi dal bagliore demoniaco dello specchio mi accorgo che la mia ospite ha momentaneamente lasciato la terrazza ritirandosi nel salotto in penombra. Un accordo di piano echeggia, e poi un altro. Madame sta riprendendo il motivo di prima. In breve gli appassionati di musica si radunano, camaleonti scarlatti, verdi, lavanda, un pubblico che, schierato sul pavimento di terracotta, somiglia a una serie di note musicali trascritte. Un mosaico mozartiano.

Su corde di violino

Achille Campanile

La verità su Paganini

– Indovina chi voglio che commemoriamo, oggi?
– Sentiamo.
– Nicolò Paganini.
– L'avrei giurato. Anch'io lo commemorerei volentieri. Comincitu?
– No, comincia tu.
– Quanti anni dalla sua morte! Pensa che, se non fosse morto, il grande violinista avrebbe oggi circa 180 anni.
– Che commemorazione da imbecille!
– E allora commemoralo tu e non mi seccare.
– Centottanta anni! Che peccato che sia morto!
– Ma di che è morto?
– Non te lo so dire.
– Poveretto! Chi glielo avrebbe detto! Un cosí gran violinista.
– E come! Di lui si raccontano cose straordinarie.
– Che non ripeteva?
– Questo è niente. Sai che nei suoi concerti (naturalmente non nei concerti altrui, ché non glielo avrebbero permesso), prima di attaccare un pezzo, spezzava tre corde del violino e poi suonava su una corda sola?
– Meraviglioso.
– Pensa che ogni suo concerto costava un occhio del capo soltanto di corde rotte.
– È straordinario.
– Perché lui le spezzava sempre. Era piú la spesa per le

corde spezzate che l'incasso. Gli impresari avevano un diavolo per capello.

– Lo credo bene. Ma invece di spezzare le corde prima di suonare...

– Non poteva spezzarle dopo, vuoi dire?

– No. Dico: non poteva presentarsi con un violino a una corda sola?

– Monocorde, intendi?

– Me l'hai tolto di bocca.

– Be', non lo so. In ogni modo era una cosa sorprendente e di sicuro effetto vederlo spezzare le corde con tanta maestria prima di cominciare il concerto. Certe volte era piú la fatica per spezzare le corde che quella per suonare. Perché sono corde resistentissime. Ci voleva una forza di leone. La gente andava al concerto non tanto per sentirlo suonare, quanto per vedere com'era bravo a spezzare le corde. Appena spezzate le corde, la gente se ne andava. Spesso era necessario dargli manforte nella bisogna. Allora, per il pubblico era una pacchia: tutti a tirare la corda da una parte e dall'altra. E, poi, certi ruzzoloni da alzar l'idea. Insomma, un carnevaletto.

– Bellissimo.

– Quando lui doveva dare un concerto, mica si esercitava a suonare. Si esercitava a strappare le corde.

– Fortuna che non era un concertista d'arpa.

– E se ti dicessi che io ho conosciuto un celebre suonatore di campane, bravissimo, un grande sacrestano, insomma, che una volta strappò la corda della campana e poi la suonò?

– La corda?

– La campana, sciocchino.

– E come fece?

– Agitò a batacchio con la mano.

– Meraviglia delle meraviglie. Ma Paganini ha fatto cose ben piú straordinarie.

– Non tenti per caso di fare impressione sulle anime semplici con ragguagli mendaci?

– No. Una volta, mentre eseguiva un concerto, strappò prima una corda, poi un'altra, indi la terza e all'ultimo la quarta. E continuò a suonare.

– Senza corde?

– Se ti dico che le aveva strappate! E poi strappò gli applausi.

– Lui strappava tutto.

– Tutto. Non si salvava niente. Una volta, pensa, dopo avere strappato le corde, si strappò persino le falde della marsina e continuò a suonare.

– A Parigi?

– Non so se a Parigi o nei dintorni.

– Era un diavolo.

– Un'altra volta, dopo aver strappato le corde, si strappò i capelli.

– Per la disperazione di non avere altro da strappare?

– No, perché non poteva suonare. Un'altra volta suonò con un violino rotto. A Parigi, dopo aver strappato le corde, spezzò l'archetto e continuò a suonare. A Vienna ruppe anche il pianoforte dell'accompagnatore, e continuò a suonare.

– Lui continuava sempre a suonare.

– Sempre. Non smetteva nemmeno con le cannonate.

– Magnifico, superbo, immenso.

– Umile, serafico sentimentale. Quanto piú poteva rompere piú era contento. Ma la maggiore impresa, la cosa piú straordinaria la fece a Lucca.

– Sentiamo. Ardo.

– Prima di cominciare un concerto, spezzò le corde, infranse l'archetto, sfondò il violino in testa al pianista, prese a calci tutti gli spettatori della prima fila e poi suonò un bellissimo pezzo.

– Con un altro violino?

– Questo non te lo so dire.

– Comunque, è sempre una cosa meravigliosa.

– Indubbiamente. Una volta strappò tre corde ed eseguí la *Sesta* di Beethoven sulla quarta, una terza sotto per la seconda volta a una prima.

– Dove?

– A Ottawa.

Alberto Savinio

Antonio Stradivari

Piogge torrenziali gonfiarono il lago Tana, questo a sua volta gonfiò il Nilo Azzurro, il Nilo Azzurro si uní al Nilo Bianco: scesero entrambi a fecondare le terre di re Tot. Questi come tutti gli anni aspettò che la periodica fecondazione si compisse, e quando le acque rientrarono nell'alveo, uscí dal palazzo per sgranchirsi le gambe e passeggiò per la campagna lucida come la pelle della foca. Mentre cosí passeggiava, re Tot si sentí penetrare da un suono dolcissimo. Si guardò attorno: era solo. Ai suoi piedi giaceva la spoglia di una tartaruga...

Quando i frequentatori dei concerti domenicali dell'Adriano si sciolgono di piacere alla cavata di un Hubermann o di un Veczey, dimentichino per un istante le delizie di quei suoni e volgano un pensiero riconoscente al re Tot, perché quella spoglia di tartaruga, i cui nervi inariditi mandavano al contatto del vento quelle dolcissime sonorità, è l'antenata del violino.

Come tutti sanno, viola viene dal basso latino *vitula* e riporta al classico *vitulari* che significa rallegrarsi, ballare, e propriamente «sgambettare come fa il vitello» (lat. *vitulus*).

Prima di arrivare alla voce viola, vitula si raddolcí in vidula, quindi passò successivamente per viula, vuola, violla.

L'us men harpa, l'autre viula
L'us flautella, l'autre siula

L'us mena giga, l'autre Rota
L'us is mots e l'autr' els nota[1].

Viola è donna. Toccava a un italiano dare alla viola un figlio. Questo benemerito è l'antico Testori o Testator il Vecchio, il quale verso il 1450, «avendo dato migliore forma e ricavato da una piccola violina o violetta una sonorità bella e maestosa, volle dare a questo miracolo di arte un nome mascolino».

Si è creduto per molto tempo che Greci e Romani non conoscessero se non gli strumenti a pizzico e a plettro, ma era un errore. Non solo conoscevano l'uso dell'archetto, ma l'invenzione di questo preziosissimo ausiliare degli strumenti a corda è merito di Saffo poetessa.

La stessa lira, che come *lyra mendicorum* o «rustica» aveva forma di testuggine, era sonata con l'arco. Apollonio Filostrato di Tiana, che insegnava eloquenza e retorica in Atene ai tempi di Nerone (60 d.C.), ha lasciato scritto che Orfeo teneva il piede destro in atto di battere il tempo, mentre tirava l'arco sulla lira.

Quanto all'uso del *bàrbytos*, ossia della tiorba, esso è tipicamente romano. Dice Ovidio: *Non facit ad lacrimas barbytos ulla meas*.

Trattandosi di Antonio Stradivari, che non ebbe vita di fatti ma solo di suoni dolcissimi e vaganti, conviene ricostituire con una leggerezza, una abilità di ragno la tenuissima trama delle analogie arcane, delle ineffabili coincidenze.

Non gettiamo via nulla. Il *sordino* per ballare era il *linterculus* dei latini. E il *linterculus* era detto cosí, perché la cassa armonica era a guisa di navicella. Ecco la coincidenza: Cremona stessa era paragonata a nave che solca un ma-

[1] Giraud de Cabrera, *Roman de Flamenca*.

re di smeraldo, e il paragone era suggerito dalla forma oblunga della città, delineata da forti bastioni e alberata nel mezzo dal Torrazzo, che in certe stagioni le brume scendono a vestire di fantastiche vele.

Magna phaselus dicevano gl'invidi della prosperità cremonese.

Antonio Stradivari nacque da peste e carestia. Mi spiegherò meglio. Tra il 1628 e il 1629 una terribile carestia devastò Cremona. Poi nel 1630, a cavallo su una brenna pezzata come la pelle della rana, la falce in ispalla e in mano il martello di legno, Peste fece il suo ingresso nella capitale della liuteria. Chi poteva scappare scappò. Per quale ragione Alessandro Stradivari si sarebbe indugiato nella città in cui la morte nera andava bussando di porta in porta? L'amicizia forse... Ma Gerolamo Amati, sua moglie, le sue figliole già erano caduti sotto la falce della terribile cavaliera. Allora Alessandro Stradivari raccolse moglie e figlioli e se ne andò lontano, in quell'ignoto luogo – città? borgo? villaggio? – ove in data altrettanto oscura nacque colui che dall'acero, dalla vernice e da quattro budellucci tesi, doveva trarre la voce del pianto e quella dell'amore.

Il nome stesso – Stradivari – è nome «ad arco» e che dà suono alle idee. Variamente scritto, il cognome Stradivari era portato fin dal XII secolo da cittadini piú o meno noti di Cremona. Stradivari è il plurale di Stradivare, variante lombarda del vocabolo stradiere, o come dire «gabelliere o esattore della strada che percepisce il pedaggio dei passanti».

Strade varie...

Il gran segreto degli Stradivari è che a differenza degli Amati, degli Stainer, dei Guarnieri, di tutti i violini passati presenti e futuri, ogni Stradivari è diverso dall'altro.

In che anno Alessandro Stradivari tornò a Cremona? A che età il piccolo Antonio fu messo a bottega di Nicola

Amati? Perché fu scelto per lui questo mestiere «di tradizione», quando nessuno in famiglia, né intrinseco né alleato, era stato liutaio?

Non musico, ma dei musici fedele alleato, Stradivari abitava in borgo Santa Cecilia? Una calma oscurità nasconde i primi anni di Antonio. E quando il velo un poco si squarcia, una data appare nello sdrucio, per meglio dire attraverso le «ff» di uno dei primi violini creati da Antonio Stradivari: 1666.

In quell'anno Stradivari probabilmente stava ancora a bottega di Nicola Amati.

Due anni prima, un'archibugiata aveva richiamato in piazza Sant'Agata (oggi piazza Garibaldi) una folla di cremonesi costernati. Era tra questi un giovine che reggeva in mano un manico di violino, come se con quel punto interrogativo in mano andasse proponendo enigmi ai passanti. Che era accaduto? A tutta prima l'unica risposta alla curiosità e all'allarme fu quel punto interrogativo che il giovine liutaio reggeva in mano. Un uomo giaceva a terra, la faccia bruttata di sangue e di fumo, e una donna bellissima, fatta anche piú bella dal dolore, gli stava sopra, torcendosi le braccia e strappandosi i capelli.

Come si traduce *coup de foudre* in cremonese? Tre anni dopo, l'uomo dal punto interrogativo sposava Francesca Feraboschi, vedova di quel Giacomo Capra che tre anni prima si era ucciso in piazza Sant'Agata, con un'archibugiata alla testa.

L'assurda opinione espressa da Napoleone che «il matrimonio uccide l'amore», noi la confutiamo come falsa. Ma ancorché non uccida l'amore, anzi lo rinutra e avii a rifioriture sempre piú gagliarde, non è men vero che il matrimonio determina nella vita dell'uomo un mutamento profondo, e costituisce il passaggio da un'èra di esperimentazione e di per cosí dire tasteggiamento, in altra di piena e fattiva attività. Coniugato alla bella vedova del suicida, Stradivari capí che tempo non era piú di abbandonarsi ai sogni ma di pigliare pesci, e a questo fine lasciò la parrocchia di Santa Cecilia e si trasferí in quella della sua giovane sposa, in una casa che a ragione veduta si chiamava Casa del Pescatore.

Antonio aveva 23 anni, Francesca 26.

Circa di questa età è uno dei presunti ritratti di Antonio Stradivari: quello scoperto a Parigi presso gli eredi Vuillaume. Un giovane dai capelli castani e un po' ricci, baffi nascenti, occhi rotondi e spalancati, sguardo insognato, è figurato nell'atto di sonare la viola di gamba. Un'altra viola ma non di gamba e disegnata con precisione anatomica, mette in mostra sulla parete la sua facciona di pesce torpedine.

Hill, biografo di Stradivari ed esegeta del sullodato ritratto, non si accorge che ciò che nei musici egli scambia per poetico trasognamento, è appena una nebbia che raccorcia lo sguardo anziché prolungarlo, e prepara a quell'intorbidamento da jena che fa sembrare l'occhio del musico come bruciato dal terrore. Quanto all'atteggiamento della bocca socchiusa, e onde Hill deduce che il supposto Stradivari canta, per noi è indizio di adenoidismo.

Nel 1870 un biglietto del valore di cinquanta centesimi, emesso da una banca di Cremona e intestato a una Società operaia, recava dentro un tondino un ritratto di Stradivari barbuto. Inutile dire che pur astraendo dalla barba, tra questo ritratto monetario e quello adenoideo degli eredi Vuillaume non c'è ombra di somiglianza.

Altro presunto ritratto di Stradivari è quello già di proprietà del cavaliere del lavoro Pietro Anelli, di Cremona, passato di poi nella bottega di un rigattiere di Genova e acquistato infine dal violinista Sassi, di Alessandria.

Pochi anni sono, un liutaio scoprí presso un sacerdote della Valle d'Intelvi, un altro «presunto» ritratto di Stradivari. È un ritratto a olio, su tela, alto 86 cm e largo 64. Raffigura fin poco sotto la cintola un uomo in grandezza naturale, corpulento e sulla sessantina, capelli grigi, lunghi e con scriminatura centrale, viso intelligente, glabro, naso aquilino, sopracciglia folte, bocca carnosa, mento rotondo con fossetta e occhi ovali (quelli dell'adenoideo erano rotondi). A destra una scritta: «1702 Antonio Stradivarius Cremonensis», e dietro il quadro il nome del pittore, Gregorio Lazzarini, nato nel 1655 a Venezia e morto nel 1740, e da alcuni suoi volenterosi contemporanei paragonato a Raffaello. Non manca la solita apertura in forma di finestra, nella quale s'inquadra il Torrazzo e la parte superiore del Duomo di Cremona.

A parte questi ritratti «presunti», ma nei quali bene o male si riconosce una certa quale volontà di verosimiglianza, si ha di Antonio Stradivari un ritratto per cosí dire «ideale», e che per il liutaio di Cremona è ciò che il «Beethoven» di Lionello Balestrieri è per il titano della sinfonia: un poema a colori.

Autore di questo poema è il pittore Hamman, che non va confuso con *Hammam*, nome originale del bagno turco, ma messo in relazione piuttosto con l'esclamazione *hammàn!*, equivalente del nostro: «misericordia!» Per il cartello diffuso in tutt'Italia a richiamo delle celebrazioni del 1937, il quadro di Hamman-Misericordia, opportunamente completato dal Torrazzo e dal Duomo al chiar di luna, ebbe gli onori della scelta. In esso cartello il celebre liutaio guardava con occhio pensoso e un po' crucciato il violino che reggeva con la sinistra, mentre con la destra si comprimeva la bocca come chi è colto da sussulti di vomito. Nella parafrasi i particolari anatomici della mano si erano un poco sfatti, e da una qualche distanza era facile scambiare questa mano per una barba sormontata da un paio di baffi, il che stabiliva una strana somiglianza tra il supposto Stradivari e Guglielmo II nell'esilio di Dorn.

Quali speranze serbare dopo tante e cosí gravi delusioni? Un misterioso divieto nasconde forse la fisonomia fisica di Antonio Stradivari, col fine di costringerci alla sola fisonomia metafisica e sonora di lui. Allora tanto vale figurarci Stradivari in ispecie di «stradivari», i fianchi stretti dalle «CC», le «ff» aperte al respiro dell'armonia, il capino arrotolato a capitello, i bischeri orientati ai quattro venti, le corde in funzione di gran simpatico.

Oltre ad altri felici risultati, la ricorrenza del secondo centenario della morte di Antonio Stradivari aveva sortito quello felicissimo di far uscire dall'ombra molti «stradivari» di cui si ignorava l'esistenza: violini preziosissimi, di suono debitamente nasale, e tutti in egual modo muniti della famosa etichetta: «Antonius Stradivarius faciebat anno...»

A Ferrara, Arsenio Bergamo, macellaio, scopre che un vecchio gringrin acquistato anni fa in un paesino rivierasco del Po, è uno «stradivari» del 1734. A Narni, la signora Elena Morselli, casalinga, scopre che il violino lasciatole in eredità dal nonno e da lei finora considerato come un arnese da far ballare i topi, è un magnifico «stradivari» del 1717. Eguali scoperte avvengono a Novara, Cremona, Brescia.

La speranza corre a passi di sogno la penisola, diventa febbre in quelle case nel cui solaio dorme qualche vecchio catenaccio.

Di' su, violino, ti chiami forse Stradivari?

La vedova dell'archibugiato diede ad Antonio cinque figli, uno di troppo in confronto alle corde del violino. Una bambina iscritta col nome di Emily c'insegna che la triste mania dei nomi inglesi è ben piú antica di quanto si crede.

Nella Casa del Pescatore, gli Stradivari dimorarono fino al 1680. In quell'anno, e per 7000 lire imperiali, pari a centomila delle nostre, Stradivari acquistò dai Picenardi la casa segnata col n. 2 di piazza San Domenico, diventata il n. 1 dell'odierna piazza Roma.

Tre piani e solaio. Sul tetto si apriva il *seccadour*, detto cosí perché ci si stendeva il bucato. Nei mesi d'estate

Stradivari lavorava in soffitta e via via deponeva nel *seccadour* i violini verniciati di fresco. Striscioline di pergamena irte di chiodi si vedono ancora sulle travi, ove Stradivari appendeva i piú delicati ferri del mestiere. Dentro un armadio a muro, boccoli tagliati alla chioma di un arcangelo, s'arrotolavano trucioli di acero e di abete.

La bottega era a pianterreno. Se qualche fervoroso stradivariano si dovesse condurre in pio pellegrinaggio a Cremona, e in punta di piedi entrasse in quella bottega consacrata da cinquant'anni di armoniosa creazione, non stupisca se in luogo del raccoglimento e del silenzio in fondo al quale brilla misteriosamente una voce pergamenata di violino, troverà baldi cremonesi in maniche di camicia, che, toscano a sghimbescio e stecca dietro la schiena, giocano rumorosamente a birilli. Eppure là dentro, e prima che quei carri armati della carambola, tozzi di gambe e coperti di verde, facessero il loro ingresso nel 1888 per volontà del signor Soresini caffettiere, Cremona vide Antonio Stradivari curvo sugli arnesi; là signori e amici, artisti e mecenati andavano a dilettarsi allo spettacolo della sua abilità; di là uscirono gli strumenti palpitanti, i purosangue del «periodo aureo», i piú bei nomi della scuderia stradivariana: l'«Ernst», la «Pulcella», il celebre «Viotti», il grandioso «Vieuxtemps», l'imponente «Parke», il mirabile «Delfino» della collezione Munro, il famosissimo «Allard», e quell'impareggiabile «Messia», che quando Stradivari se lo vide cosí robusto e fiero tra le mani, non se ne volle separare.

Il 20 maggio 1698, in età di sessant'anni, Francesca Feraboschi abbandona Antonio Stradivari e va a ritrovare Giacomo Capra.

Stradivari, il quale nonché notabile e uomo danaroso, è inclinato a quella strana ambizione che possiamo chiamare «civetteria del cadavere», ordina alla moglie funerali sfarzosi. Nella spesa complessiva di 560 lire imperiali, figurano dodici lire per i soli «beccamorti con mantello».

Nell'agosto dell'anno seguente, Antonio Stradivari sposa Antonia Maria Zambelli, che piú attenta della sua predecessora all'arte del marito, gli dà quattro figli: le corde del violino.

Con la celebrazione del secondo matrimonio, la storia della vita di Antonio Stradivari entra nell'ombra e nel silenzio; per meglio dire la storia di Antonio Stradivari si assorbe tutta nel lavoro. Esteriormente non si manifesta se non nelle date regolari delle «creazioni»: «Sasserno 1717», «Maurin 1718», «Lauterback 1719»...

Piú tardi, e in segno d'orgoglio, si aggiunge l'età del liutaio: «Fatto de anni 83», «fatto de anni 89», «fatto de anni 91»...

Ottant'anni che tutti i giorni, ininterrottamente, col movimento «naturale» di un fiume, Antonio Stradivari lavora. Chi lo fermerà piú?

Novantadue *aetatis suae*. Novantatre. Novantaquattro...

Sugli occhi, sopra quasi un secolo di paesaggio, calava l'ombra della sera. La mano, a lasciarla senza appoggio, un tremito l'agitava come mano d'alcolizzato.

Antonio lavorava. Ma il taglio nel foglio di acero quando s'incurvava a onda, quando si spezzettava a sega. Le «ff» dimettevano la petulanza dei cavallini marini, le belle teste boccolate d'un tempo perdevano l'orgoglio.

Dicono che la signora Harding, moglie dell'ex Presidente degli Stati Uniti, per salvare il marito dallo scandalo e dal disonore, gli propinò la polverina che dà il sonno lungo.

A vedere Antonio alla vigilia non dello scandalo – e di quale scandalo si poteva macchiare quel modello di artigiano? – ma del disonore davanti al suo purissimo onore di artigiano, la spietata Signora si mosse a pietà: mascherò le occhiaie, la dentatura nuda, e scesa a Cremona presso la finestra del liutaio, gli disse:

– Antonio, vieni a casa.

L'invito di madonna Morte rispondeva a un significato preciso: *si trattava di casa*. Ho un cognato in Piemonte, uomo giovane e aitante, il quale un giorno mi disse:

– Di una casa mia ne faccio a meno, ma dovessi dar via la camicia, la tomba al camposanto me la compro.

Tra il mio cognato piemontese e Antonio Stradivari, c'è identità di vedute sulla convenienza per il morto di avere una tomba del proprio. Vien fatto di pensare alle case mortuarie di Cerveteri, col dormitorio per la famiglia, la camera annessa per la servitú, le armi, le focacce e le inguastade per l'acqua. Il progresso è evidente: al vitto e alle armi Stradivari non badava: gli bastava l'alloggio.

Alla «casa del morto», Antonio Stradivari aveva provveduto fin dal 1729. Non se l'era fatta nuova: l'aveva presa di seconda mano. E quando la fatale Signora lo prese per mano e lo fece uscire dalla bottega ove per anni e anni Antonio aveva alimentato in silenzio le sorgenti del canto, traversarono la strada, entrarono di rimpetto nella chiesa di San Domenico, s'avviarono alla cappella della Santa Vergine del Rosario, entrarono nella cripta della nobile famiglia Villani, che otto anni prima Antonio Stradivari aveva comperato dagli eredi di Francesco Villani, e là Antonio si coricò.

Grande dolore darò al mio cognato piemontese. Nel 1869, la chiesa di San Domenico se ne andava in rovina. Per effetto di contrasto, quel desolante spettacolo fece balenare orgogliosi disegni nelle teste dei consiglieri comunali di Cremona. Nacque cosí la prima idea di quei frondosi giardini di piazza Roma, ove intorno al chiosco della musica le belle cremonesi, languidamente appese al braccio dei cremonesi amorosi e riconcentrati, ascoltano la *Danza delle ore* di un altro loro grande concittadino: Amilcare Ponchielli.

Ascoltiamo la voce addolorata d'un testimonio oculare, Giovanni Battista Mandelli:

«La demolizione di San Domenico faceva rapidi progressi. L'abside, la torre, la cappella erano già crollate. Venne la volta della cappella del Rosario. Il piccone attaccò la cupola del Malosso, il soffitto del Cattapane. Che strazio! Mi par di vedere ancora Aurelio Betti, il fotografo, con l'apparecchio puntato sui vari frammenti che crollavano con fracasso. Le autorità erano raccolte intorno alla tomba violata di Stradivari. C'era il sindaco Tavolotti, il dottor Robolotti, il professor Bissolati, bibliotecario, il professor Fecit. Uno disse: "Troppa confusione, inutile continuare le ricerche"».

Dette queste parole, vennero gli operai che a carrettate portarono via le ossa dei morti. La sola pietra tombale si salvò, la quale, col nome di Antonio Stradivari scritto in fronte, si trova d'allora nel Museo Civico di Cremona.

Inimitabile la vernice degli Stradivari.

Negli strumenti del «periodo aureo», la vernice tocca la perfezione: oscilla tra il rosso e il giallino: è trasparente, calda, sonora come un tramonto estivo. La vernice degli Stradivari è stata «studiata» non meno della vernice della pittura pompeiana, della tempera di Van Dyck. «Dimmi come vernici e ti dirò chi sei», è stato il grido di battaglia di coloro che credevano, che credono il «segreto» degli Stradivari nascosto nella vernice. Nel 1923 un liutaio triestino, Ferruccio Zanier, partendo dall'idea che non l'olio fosse la base della vernice usata per prima da Gasparo da Salò, e che alla liuteria italiana dà la celebrata sonorità pastosa e nasale, ma una resina persiana chiamata «gomma ammoniaca», ottenne dopo prove e riprove una vernice simile apparentemente a quella degli Stradivari.

Perché non rinacquero gli Stradivari? La teoria zanieriana è stata severamente combattuta da Isaia Billé, professore di contrabasso al conservatorio di Santa Cecilia e studioso di liuteria. Coadiuvato dalla professoressa Pacifico e armato di copioso materiale intorno alle vernici degli Stradivari, Isaia Billé, con un'ansia alla quale non possiamo rimanere indifferenti, aspetta per le prove definitive il forte sole dell'estate, il solleone: il sole leone.

Sarà svelato il segreto? Anche il sole, cocitore per eccellenza, ha la sua parte nel «segreto» degli Stradivari.

Per noi il «segreto» degli Stradivari è troppo sparso, troppo diffuso per poterlo accantonare in una parte del violino ed estrarlo da lí: sia vernice, sia qualità di legni lombardi o croati, sia associazione delle varie qualità di legni (quasi sempre acero e abete), siano le proporzioni delle varie parti e le dimensioni stesse dello strumento (la cassa del violino è lunga 35-36 centimetri, ha 21 centimetri di larghezza massima, 11 di larghezza minima, 6 centimetri di spessore, è fragile e leggerissima in apparenza – appena 240 grammi – ma può sopportare una pressione di 12 chili) sia il taglio delle «ff», sia l'arrotondamento delle «CC», sia la lunghezza e forma del manico, sia l'incurvatura della «chiocciola», sia la posizione e traforatura del ponticello.

Non una linea, non un particolare sono «ripetuti» da Stradivari a Stradivari. «*Facies non omnibus una | Non diversa tamen*». Una somiglianza ambigua tiene in famiglia i mille cento e sedici Stradivari sparsi per il mondo, comprese viole e violoncelli: non le chitarre che sono tutte scomparse e di cui non rimane se non un ornamento traforato in forma di rosa. È in questa «invenzione» continua, in questa continua «ispirazione» che si nasconde il segreto degli Stradivari: miracolo della lavorazione a mano.

Strano! La singolarità che distingue violino da violino non si ripete nelle viole, tanto meno nei violoncelli. Le viole di Antonio Stradivari sono strumenti di razza. Talune spiccano per maestà, tale il «Tenore» detto «Toscano», strumento di dimensioni anche maggiori dei Gasparo da Salò e degli Amati.

Per distinguere gli Stradivari nei quali si riflette l'insegnamento di Nicola Amati, si dice: *stradivari amatizzati*.

Nei violoncelli Antonio Stradivari ha segnato il tipo definitivo. Se i violini lasciano varco ai perfezionamenti, i violoncelli dicono: *nec plus ultra!*

Particolarmente famosi l'«Aylesford», l'«Archinto», il «Duport».

Alle Tuileries, Duport stava eseguendo da par suo un patetico a solo. Entra Napoleone con stivaloni a mezza moscia e speroni a ruota. Ascolta con evidente piacere, e quando il pezzo è terminato afferra il violoncello, se lo caccia tra le gambe e dice: – Fatemi un po' vedere come si tiene questo strumento.

Lo sfortunato violoncellista, cui paura e rispetto hanno tolto la parola, riesce finalmente a balbettare un «Sire» cosí disperato, che Napoleone gli restituisce immediatamente lo strumento.

Si capisce perché solo una mulatta poteva reggere all'amore di Napoleone, e perché Maria Luisa, «buona europea», rinunciò ai gaudii dell'imperial ardore.

Sapeva Stradivari sonare il violino? Il cane da caccia non mangia la preda. Un bravo cuoco assaggia le pietanze ma non se ne ciba. Valgono queste analogie a orientarci fra Stradivari sonatore e Stradivari non sonatore? Stradivari assaggiava il suono, lo assaporava, ma non se ne cibava.

In compenso era disegnatore impeccabile, e di ciò abbiamo indubitabili testimonianze. I fratelli Arisi, sacerdoti, intellettuali e contemporanei di Antonio Stradivari, assicurano nelle loro «carte» che di mano di Stradivari sono gli ornati, i rabeschi, i fiori, le frutta, gli amorini che con tanta grazia, tanta pulizia, tanta finitezza ornano gli «stradivari istoriati».

Nel 1874, pensando al «Delfino», Charles Reade scriveva nella «Pall Mall Gazette»: «Quando uno Stradivari rosso arrotonda la sagoma vellutata, e la vernice del fondo digrada per usura a forma d'incerto triangolo, quell'effetto di luce e ombra è a mio sentire il massimo della bellezza». Noi, guardando quel triangolo sbiadito, rievochiamo le celebri ganasce che hanno premuto, sofferto, spasimato sullo Stradivari; l'adorabile ganascino di una violinista, che dal contatto ardente ha tratto una leggera macchia fragolina...

Lo Stradivari va guardato di spalla. I fratelli Arisi dicono la cura con cui Stradivari sceglieva i legni per le tavole di fondo, quando di due, quando d'un pezzo solo. Preferiva le «onde» larghe e disposte come traccia di onde appunto sul fondo del mare. Nacquero cosí queste mirabili spalle di violini, che hanno le striature, il felino della pantera.

Soffrono i violini? Le perle, si dice, riprendono vita sulla pelle della padrona. Di notte le *bailadoras* si prendono in petto le *castañuelas*, le quali altrimenti *se constipan* e «muoiono di suono». Il dolore dei violini inoperosi, dei violini «vetrinizzati», dei violini coricati come le decorazioni del povero zio colonnello sopra un cuscino di velluto, dei violini sospesi come salumi preziosissimi sotto campane di vetro, dei violini stretti nelle loro giubbettine rosse, aranciati, bruni e con l'archetto accanto come la spada al fianco del cavaliere morto – il dolore dei violini che non sentono piú l'appoggio di una spalla in tumulto, di un petto convulso, che non si sentono dominati, carezzati, sfiorati dalle dita di un Sarasate, di un Joachim, di un Kubelik, che non si sentono traversati dalle melodiose correnti di un Bach, di un Mozart, di un Beethoven – il dolore dei violini non arriva forse al dolore della Niobe, ma un tal quale processo di pietrificazione, o almeno di raffreddamento avverrà pure nei corpi di quei poverini.

Perché non «muoiano di suono», riprendano coloro che ne sono degni gli Stradivari in petto.

Anton Čechov

Il violino di Rothschild

La cittadina era piccola, peggio d'un villaggio, e non ci vivevano quasi altro che vecchi, i quali morivano tanto di rado da fare persino stizza. All'ospedale, e al penitenziario, la richiesta di casse da morto era scarsissima. In una parola, gli affari andavano a rotoli. Se Jakov Ivànov avesse fatto il fabbricante di casse in un capoluogo di governatorato, allora, con ogni probabilità, avrebbe posseduto una casa sua, e si sarebbe sentito chiamare Jakov Matvjèič; qui invece, in questa cittaduzza, lo chiamavano semplicemente Giacobbe, anzi il popolino gli aveva appioppato chissà perché il nomignolo di Bronzo, e abitava poveramente, come un semplice contadino, in una piccola vecchia isba composta da una sola stanza in cui dovevano trovar posto lui, Marfa, la stufa, il letto a due piazze, le casse da morto, il banco da falegname e tutta l'azienda domestica.

Giacobbe fabbricava delle casse eccellenti, ben solide. Per i contadini e gli artigiani le faceva sulla propria statura, e non c'era caso che sbagliasse, giacché piú alto e piú massiccio di lui non si trovava nessuno, neppure là al penitenziario, sebbene ormai andasse verso i settant'anni. Per le persone altolocate e per le donne, invece, le faceva su misura, e allo scopo usava un metro di ferro. Ordinazioni per cassettine da bimbi, ne prendeva assai di malavoglia, e le eseguiva senza fare misure, con disprezzo, dicendo poi ogni volta, nell'intascare il compenso:

– Confesso che mi piace poco occuparmi di certe cose da nulla.

Oltre al mestiere, un minimo di guadagno lo tirava su anche suonando il violino. Nella cittadina, di solito, ai matrimoni suonava un'orchestra di ebrei diretta dallo stagnino Mojsèj Iljíč Šachkes, che prendeva per sé piú di metà delle entrate. Siccome Giacobbe era assai bravo a suonare col violino, specialmente le canzoni russe, Šachkes a volte lo invitava a far parte dell'orchestra col compenso di cinquanta copechi al giorno, senza contare le mance degli invitati. Quando Bronzo prendeva posto nell'orchestra, per prima cosa iniziava a sudare e diventava rosso in viso: l'atmosfera era torrida, pregna di uno stomachevole puzzo d'aglio, il violino mandava i suoi stridi acuti, da destra gli ronfava nell'orecchio il contrabbasso, da sinistra piangeva il flauto, suonato da un ebreo rosso e macilento con il viso che era tutto una rete di venuzze vermiglie e bluastre. Il suo nome era Rothschild, come il noto miliardario, e anche le cose piú allegre trovava il modo di suonarle lamentosamente. A poco a poco, senza motivo apparente, Giacobbe si sentiva invadere da un odio, da un disprezzo per gli ebrei, e particolarmente per Rothschild: incominciava a punzecchiarlo, a rivolgergli male parole, e un giorno aveva provato addirittura a picchiarlo, sicché Rothschild, offeso, aveva esclamato, guardandolo con occhi feroci:

– Se non vi stimassi per il vostro talento, vi avrei fatto volare dalla finestra da un pezzo!

Poi era scoppiato in lacrime. Ed era questa la ragione per cui Bronzo veniva invitato di rado a suonare nell'orchestra, soltanto nei casi d'estrema necessità, quando mancava qualcuno degli ebrei.

Non era mai di buon umore, Giacobbe, perché di continuo si vedeva costretto a sopportare gravissime perdite. Per esempio, le domeniche e le feste comandate era peccato lavorare, mentre il lunedí era giorno di malaugurio, e di questo passo a fine anno le giornate in cui, contro voglia, bisognava starsene seduti con le mani in mano assommavano quasi a un paio di centinaia. Che perdita di denaro non era questa! E, se qualcuno in città celebrava le nozze senza musica, o se quello Šachkes non chiamava Giacobbe, non era forse anche questa una buona perdita? L'ispettore di polizia era già malato da due anni, tisico fradicio, e Jakov aspettava con impazienza il momento in cui sarebbe morto, ma poi l'ispettore era partito per il capoluogo del governatorato a provare non so che cura, e là prende e muore! Ecco una nuova perdita di almeno una diecina di rubli, dato che quella cassa sarebbe stata di lusso, col broccato *glacé*. I pensieri di tutte queste perdite assillavano Giacobbe specialmente di notte: allora lui si metteva il violino di fianco e, quando ogni genere di assurdità gli s'arrampicava su per il cervello, dava una toccatina alle corde. Il violino, nell'oscurità, mandava una nota, e lui se ne sentiva alleviato.

Il sei maggio dell'anno scorso, Marfa si era ammalata all'improvviso. La vecchia stentava a respirare, era sempre assetata d'acqua, e barcollava un po': tuttavia, la mattina, era riuscita ad accendere la stufa da sé e persino ad andare a prendere l'acqua. Verso sera, però, si era messa a letto. Giacobbe aveva passato la giornata suonando il violino; quando poi s'era fatto proprio buio, aveva preso un libretto in cui annotava ogni giorno le sue perdite e, per ammazzare la noia, si era messo a calcolarne l'ammontare per tutto l'anno. Aveva ottenuto un risultato di oltre mille rubli, e la cosa lo aveva talmente scosso che aveva scaraventato il pallottoliere per terra e lo aveva calpestato. Poi l'aveva raccattato, ed era stato ancora un bel pezzo a far schioccare le pallottole ed emettere profondi, intensi sospiri. Il viso gli s'era fatto paonazzo e umido di sudore. Pensava, infatti, che se questo migliaio di rubli gettato al vento lo avesse messo in banca, nel giro di un anno di interessi ce ne sarebbero comunque stati un po', una quarantina di rubli. Ciò significava che anche questi quaranta rubli andavano messi nel conto delle perdite. Insomma, dovunque ti giravi c'erano perdite e nient'altro.

– Giacobbe! – chiamò Marfa d'un tratto. – Muoio!

Lui si voltò a guardare la moglie. Il viso della donna era acceso dalla febbre, insolitamente sereno e gioioso. Abituato a vederla sempre pallida, timida e afflitta, Bronzo, ora, si sentí sconvolgere. Si sarebbe detto che fosse davvero sul punto di morire, e che fosse felice di lasciare finalmente per sempre l'isba, le casse e Giacobbe... Teneva fissi gli occhi al soffitto biascicando con le labbra, e aveva una tale espressione di felicità da sembrare che vedesse la morte, sua liberatrice, e che ci stesse confabulando.

Ormai era giorno: dalla finestra si scorgeva il rosso dell'aurora. Guardando la sua vecchia, Giacobbe si rammentò chissà come che in tutta la vita lui non aveva avuto mai una volta un po' di tenerezza per lei, non le aveva mai mostrato un po' di pietà, non aveva mai avuto il pensiero di comperarle un fazzoletto per la testa, o di portarle qualche dolciume da una festa di nozze: non aveva fatto altro che sgridarla, rimproverarla per le perdite di danaro e gettarsi contro di lei con i pugni alzati – e se è vero che non l'aveva mai battuta, comunque l'aveva spaventata, e ogni volta lei rimaneva impietrita dal terrore. Sí, lui le aveva proibito di prendere il tè, dicendo che le spese erano già eccessive, e cosí la povera donna si era ridotta a bere nient'altro che acqua bollente. Ora capiva perché avesse un viso cosí strano, cosí gioioso, e fu colto da un senso di raccapriccio.

Quando il sole fu alto, si fece prestare il cavallo da un vicino e condusse Marfa all'ospedale. Là dentro i malati erano pochi, e quindi non dovette aspettare a lungo: non piú di tre ore. Con sua grandissima soddisfazione, quel giorno la visita ai malati non la faceva il dottore, che era malato a sua volta, ma l'assistente Maksím Nikolàič, un vecchio di cui tutti in città dicevano che sí, era ubriacone e manesco, ma se ne intendeva piú del dottore.

– Eccellenza, – disse Giacobbe introducendo la vecchia nella sala delle visite. – Scuserete se vi disturbiamo sempre, Maksím Nikolàič, con le nostre sciocchezze da nulla. Ma abbiate la bontà di guardare: mi s'è ammalata la mia cosa... la compagna della vita, come si dice... voi perdonerete l'espressione...

Aggrottando le sopracciglia brizzolate e lisciandosi i favoriti, l'assistente si avvicinò per esaminare la vecchietta, che rimaneva tutta raggobbita e con la bocca aperta sullo sgabello, cosí macilenta e affilata di naso da assomigliare di profilo a un uccello assetato.

– Mmh... già... Proprio cosí... – sentenziò lentamente Maksím Nikolàič, e fece un sospiro. – Influenza, o forse anche febbri intestinali. Al momento in città gira il tifo. Che vuoi farci? La vecchietta ha vissuto i suoi anni, grazie a Dio... Che età ha?

– Eh, ancora uno e ne compie settanta, Maksím Nikolàič!

– E allora? Ha vissuto i suoi anni, la vecchietta. Bisogna pur accontentarsi.

– Questa che voi vi siete degnato di fare, Maksím Nikolàič, è certamente un'osservazione giustissima, – esclamò Giacobbe, sorridendo per cortesia, – e noi vi ringraziamo sentitamente per la vostra affabilità, ma permettetemi di ricordarvi che la vita è desiderata da ogni piú piccolo insetto...

– Troppo vorreste, voialtri! – disse l'assistente con un tono come se dipendesse da lui la vita o la morte della vecchia. – Be', senti che puoi fare, mio caro: le applichi alla testa degli impacchi freddi e le dài queste pillole, ecco, un paio al giorno. E con ciò, arrivederci e *bonjour*!

Dall'espressione dell'assistente Giacobbe capí che la faccenda era grave, e che ormai nessun genere di pillole avrebbe piú giovato: gli era chiaro, adesso, che Marfa sarebbe morta assai presto, se non oggi domani. Allora sfiorò l'assistente con il gomito, gli fece l'occhiolino e gli disse a mezza voce:

– Se poteste, Maksím Nikolàič, applicarle le coppette...

– Non ho tempo, non ho tempo, mio caro. Prenditi la tua vecchia e va' con Dio. Arrivederci.

– Fatemi la cortesia, – supplicò allora Giacobbe. – Nessuno può saperlo meglio di voi: se le dolesse, diciamo, il ventre, o qualcosa dentro al corpo, allora sí che le pillole e le gocce farebbero al caso, ma qui invece le è venuto il catarro! E col catarro, Maksím Nikolàič, la prima cosa da fare è cavare il sangue.

Ma l'assistente aveva già chiamato il malato successivo, e nella sala delle visite era entrata una donna col bambino.

– Cammina, cammina... – disse a Giacobbe accigliandosi. – È inutile farla tanto lunga...

– In tal caso, attaccatele almeno le sanguisughe! E noi pregheremo in eterno il Signore per voi.

L'assistente, a questo punto, s'infuriò, e gli gridò:

– Prova ancora a dirmi una parola, tanghero!

Al che Giacobbe s'infuriò a sua volta e divenne tutto paonazzo: ma non aggiunse nulla, e prendendosi Marfa sotto braccio la condusse fuori dalla stanza. Solo quando erano già montati sul carretto guardò l'ospedale con un ghigno torvo e disse:

– Lí dentro vi hanno messo proprio degli artisti del mestiere! A uno ricco gli avrebbe applicato le coppette di sicuro, ma per un povero non ha voluto sprecare neppure una sanguisuga! Erodi!

Quando arrivarono a casa, Marfa rimase per dieci minuti in piedi appoggiata alla stufa. Pensava che, se si fosse messa giú, Giacobbe avrebbe incominciato a parlare delle sue perdite e a rinfacciarle con sgarbo che stava sempre sdraiata e che non aveva voglia di lavorare. Giacobbe, intanto, la guardava con malinconia e rifletteva tra sé che domani era San Giovanni, dopodomani San Nicola taumaturgo, e poi veniva la domenica, e dopo il lunedí, giorno di malaugurio. Quattro giornate in cui non sarebbe stato permesso lavorare, mentre probabilmente Marfa sarebbe morta in una o nell'altra: per cui la cassa bisognava farla oggi. Allora, raccolse il suo metro di ferro, si accostò alla vecchia e le prese le misure. Poi lei si coricò, e Bronzo, fattosi il segno della croce, si mise all'opera.

Quando il lavoro fu terminato, inforcò gli occhiali e annotò nel suo libretto:

«Per Marfa Ivànovna, cassa da morto, 2 rubli e 40 copechi».

E fece un sospiro.

La vecchia rimase coricata in silenzio e con gli occhi chiusi. Ma la sera, quando imbrunì, d'un tratto chiamò a sé il marito.

– Ti ricordi, Giacobbe? – gli domandò fissandolo con uno sguardo raggiante. – Ti ricordi cinquant'anni fa, quando il Signore ci diede quella figlioletta con i capelli biondi? Io e te, a quei tempi, stavamo sempre in riva al fiume e cantavamo tante canzoni sotto quel salice... – Poi, con un sorriso amaro, aggiunse: – Ci morí, quella bimbetta!

Giacobbe aguzzò la memoria, ma non c'era modo che ricordasse né la figlioletta né il salice.

– Stai farneticando, – esclamò.

Giunse il prete e impartí i sacramenti: comunione ed estrema unzione. Dopo di che Marfa incominciò a mormorare qualcosa di incomprensibile, e all'alba spirò.

Le vecchiette del vicinato pensarono a tutto: lavarla, vestirla e accomodarla nella cassa. Giacobbe, per evitare l'inutile spesa del diacono, lesse lui stesso il salterio, e fortunatamente per la tomba non gli presero nulla, dato che il custode del cimitero era suo compare. Quattro contadini portarono la cassa al cimitero, ma senza compenso, cosí, per rispetto. Seguivano la cassa le vecchiette, qualche mendicante e due idioti; i passanti si segnavano devotamente... E Giacobbe era proprio soddisfatto che tutto fosse cosí a modo, cosí decoroso e insieme a buon mercato, e che nessuno ne potesse restar offeso. Nel dare a Marfa l'ultimo addio, toccò la cassa e pensò: «Un buon lavoro!»

Ma mentre tornava indietro dal cimitero fu assalito da un violento senso d'angoscia. Aveva un senso di malessere: il respiro gli usciva bruciante e faticoso, gli si erano infiacchite le gambe, aveva una gran sete. Ed ecco, per giunta, frullargli in testa ogni sorta di idee. Si rese conto, di nuovo, che in tutta la vita non aveva mai mostrato a Marfa un po' di pietà, un po' di tenerezza. I cinquantadue anni che avevano vissuto nella stessa isba erano trascorsi lenti lenti, ma chissà come era successo che in tutto quel tempo lui non pensasse a lei nemmeno una volta, che non la considerasse affatto: come si trattasse di una gatta o di una cagna. Eppure ogni giorno lei accendeva la stufa, cucinava, andava a prendere l'acqua, spaccava la legna, dormiva con lui, e quando Giacobbe ritornava ubriaco dalle feste di nozze attaccava ogni volta con gran rispetto il suo violino alla parete e lo metteva a dormire: tutto senza dire una parola, e con una timidezza e una premura infinite sul viso.

Davanti a Giacobbe, sorridendo e facendo riverenze, comparve d'un tratto Rothschild.

– Proprio voi stavo cercando, zietto! – esclamò l'ebreo. – Mojsèj Iljíč vi manda tanti saluti e vi prega di andar subito a casa sua.

Ma Giacobbe aveva altro nell'animo! Aveva voglia di piangere.

– Lasciami stare, – disse, e proseguí oltre.

– Ma come si fa, cosí? – disse Rothschild allarmato, trotterellandogli dinanzi ai piedi. – Mojsèj Iljíč si offenderà! Si è raccomandato di andare subito...

A un tratto Giacobbe si innervosí del fatto che quell'ebreo si affannasse a quel modo, e che sbattesse le palpebre, e persino che avesse in faccia tutte quelle venuzze rossicce. Provava un senso di repulsione anche per la sua redingote verdognola, rattoppata di scuro, come pure per tutta la fragile, delicata figura dell'uomo.

– Cos'hai da toccarmi tanto, testa d'aglio? – proruppe Giacobbe. – Stammi lontano!

L'ebreo si stizzí, e gridò a sua volta:

– Voi però, calmatevi, o ci penso io a farvi volare di là dallo steccato!

– Lèvati di mezzo! – ruggí allora Giacobbe, e gli si slanciò contro coi pugni stretti. – Non ti lasciano vivere, questi impiccioni!

Rothschild, bianco come un cadavere per lo spavento, si rannicchiò e prese ad agitare le mani sulla testa come per difendersi dalle percosse: poi balzò via e si gettò a correre a perdifiato, mostrando i sussulti della lunga schiena ossuta nei suoi saltelloni scomposti. I monelli di strada, tutti contenti dell'occasione, gli si slanciarono dietro gridando: – L'ebreo, l'ebreo! – I cani, a loro volta, gli s'avventarono alle calcagna abbaiando. Si sentí una sghignazzata, poi un fischio, e i cani si misero ad abbaiare piú forte, all'unisono... Poi si vede che uno di loro diede un morso a Rothschild, perché risuonò un disperato grido di dolore.

Giacobbe passeggiò un poco sul pascolo comunale, quindi si spinse al margine della città, alla ventura, mentre i monelli gli gridavano: – Ecco Bronzo! Ecco Bronzo! – E all'improvviso fu al fiume.

Qui le zanzare giravano sibilando, e le anatre facevano *qua-qua*. Il sole cuoceva forte, e l'acqua mandava un bagliore tale da far male a guardarla. Giacobbe s'inoltrò per un sentierino lungo la riva e da un bagnatoio coperto vide uscire una signora grassa e rubiconda che gli fece esclamare tra sé: «Accidenti, che lontra!» Poco lontano, dei monelli adescavano i granchi con la carne: appena lo videro si misero a gridare maligni: – Bronzo! Bronzo! – Ma ecco una grande e vecchia pianta di salice con un'enorme caverna nel tronco e nidi di corvo in cima... Tutt'a un tratto alla memoria di Giacobbe risorse come viva la figlioletta dai capelli biondi, e il salice di cui parlava Marfa. Sí, era proprio questo quel salice verdeggiante, placido, mesto... Oh com'era invecchiato, poveretto!

Si sedette alla sua ombra e si abbandonò ai ricordi. Sulla sponda opposta, là dove ora c'era un prato invaso dall'acqua, a quei tempi si drizzava un bosco di betulle d'alto fusto, mentre laggiú su quell'altura calva che dominava l'orizzonte allora spiccava violaceo un decrepito folto di pini, e lungo il fiume era un continuo viavai di barconi. Adesso, invece, tutto era livellato e liscio, e sulla sponda di là si ergeva una sola betulla tenera e dritta come una signorinetta. Sul fiume non c'era altro che anatre e oche, né si sarebbe creduto che un tempo ci passassero i barconi. Pareva che, in confronto a prima, anche le oche fossero diminuite. Giacobbe chiuse gli occhi, e nella sua immaginazione vide volteggiare enormi branchi di uccelli candidi che si venivano l'uno incontro all'altro.

Non riusciva a spiegarsi come fosse potuto accadere che, negli ultimi quaranta o cinquant'anni della sua vita, non fosse piú venuto qui al fiume neppur una volta, o se anche c'era venuto, chissà, non ci avesse badato piú di tanto. Eppure questo era un fiume in piena regola, mica un rigagnolo da burla: sarebbe stato possibilissimo calarci delle reti da pesca, e il pesce, poi, venderlo ai mercanti, agli impiegati, al gestore del *buffet* nella stazione, e il ricavato metterlo in banca; sarebbe stato possibilissimo percorrerlo con una barchetta da fattoria a fattoria suonando il violino, e la gente, di qualsiasi condizione, avrebbe sborsato denaro sonante; si sarebbe potuto provare a fabbricare di nuovo i barconi – sempre meglio che fare le casse da morto; o infine si sarebbe potuto impiantare un allevamento d'oche, macellarle e d'inverno portarle a Mosca: senza dubbio in un anno si sarebbero guadagnati una decina di rubli soltanto con la piuma. Ma lui aveva passato il tempo a sbadigliare, e di tutto questo non aveva fatto nulla. Che razza di perdite! Ah, che razza di perdite! Ché se poi avesse fatto tutto insieme – pescare, suonare il violino, fabbricare le barche e macellare le oche – allora sai che capitale ne sarebbe risultato? Invece nulla di tutto ciò, neppure in sogno: la vita era passata senza frutto, senza nessuna soddisfazione, sprecata stupidamente, da non valere una presa di tabacco: davanti non rimaneva piú nulla, e nulla se ti voltavi indietro, fuorché le perdite, certe perdite cosí tremende da venirti i brividi. Ma come mai l'uomo non può vivere in modo che non ci siano tutte queste perdite e rimesse? A che scopo, si chiese Giacobbe, avevano diboscato il betulleto e il folto di pini? A che scopo rimaneva cosí incolto, inutilmente, il pascolo comunale? Perché gli uomini facevano sempre proprio quello che non avrebbero dovuto? Perché lui per tutta la vita aveva altercato, mugolato, minacciato con i pugni stretti e offeso la moglie, e per quale ragione poco prima aveva spaventato e maltrattato quell'ebreo? Perché, in genere, gli uomini si tagliavano le gambe l'un l'altro? Che perdite ne derivavano! Ah, che perdite tremende! Se l'odio e il malanimo non fossero esistiti, gli uomini avrebbero tratto un giovamento incalcolabile l'uno dall'altro.

Quella sera e quella notte continuarono a ribalenargli davanti la figlioletta, il salice, le oche macellate, Marfa simile di profilo a un uccello assetato e il pallido, miserevole viso di Rothschild, mentre non so che figuri lo incalzavano da tutte le parti, bofonchiando sulle perdite. Lui si rigirava ora su un fianco, ora sull'altro, e cinque volte si tirò su dal letto per suonare qualcosa sul violino.

Al mattino, rinvigorito, si alzò e si avviò all'ospedale. Il solito Maksím Nikolàič gli prescrisse impacchi freddi alla testa e gli diede un po' di pillole, ma dall'espressione che aveva in viso, e dal tono, Giacobbe capí che la faccenda era grave, e che ormai nessun genere di pillole avrebbe piú giovato. Piú tardi, tornando verso casa, meditò che dalla morte scaturisce una sola utilità: non c'è piú bisogno né di mangiare, né di bere, né di pagare le tasse, né di far torto agli altri, e tenuto conto che l'uomo giace nel sepolcro non per un anno soltanto, ma per centinaia e migliaia, fatti bene tutti i calcoli il guadagno ne risulta grandissimo. Con la vita, l'uomo si trova in perdita; con la morte, si trova in vantaggio. La considerazione era indubbiamente giusta, eppure c'era qualcosa che lo feriva e amareggiava: perché questo mondo è congegnato in modo che la vita – concessa all'uomo un'unica volta – passa via senza frutto?

Morire non gli dispiaceva: ma non appena entrò in casa e vide il violino, il cuore gli si strinse, e gli venne un senso di rammarico. Il violino non si può mica portare nella tomba: e cosí, ora, sarebbe rimasto qua abbandonato, e gli sarebbe successo lo stesso che era toccato al betulleto e al folto dei pini. Ogni cosa, a questo mondo, spariva senza traccia, e sarebbe sempre stato cosí! Giacobbe uscí dall'isba e si sedette sulla soglia, stringendosi il violino al petto. Col pensiero alla vita che passa via in pura perdita e si dilegua senza traccia, incominciò a suonare senza sapere neppure lui che cosa: ma gliene venne fuori un che di accorato e di commovente, mentre le lacrime gli rotolavano giú per le guance. E quanto piú intenso gli si faceva il pensiero, tanto piú dolorosamente cantava il violino.

Il saliscendi cigolò una volta, una seconda, e dal cancelletto comparve Rothschild. Una metà del cortile la percorse baldanzoso, ma alla vista di Giacobbe di colpo si fermò, si rattrappí tutto, e, indubbiamente per la paura, si mise a fare certi segni con le mani come se volesse indicare con le dita che ora era.

– Vieni avanti, non temere! – esclamò affabilmente Giacobbe, e gli fece cenno d'accostarsi. – Vieni avanti!

Con uno sguardo incredulo e pieno di timore, Rothschild riprese ad avanzare, ma si fermò a un paio di metri di distanza.

– Voi, però, abbiate la bontà di non picchiarmi! – esclamò l'ebreo, facendogli la riverenza. – Mi manda ancora Mojsèj Iljíč. Non temere, mi ha detto, va' di nuovo da Giacobbe e ripetigli che se manca lui, dice, non si sa proprio come fare. Mercoledí ci sono le nozze... Già già! Il signor Šapovàlov sposa la figlia a una persona distintissima... E così le nozze saranno ben ricche, a-ha! – aggiunse l'ebreo strizzando un occhio.

– Non mi è possibile... – disse Giacobbe, respirando a fatica. – Mi sono ammalato, fratello mio.

E di nuovo si mise a suonare, e le lacrime gli sprizzavano sul violino. Rothschild lo ascoltava tutt'orecchi, ritto al suo fianco e con le braccia incrociate. La paura e la perplessità dipinte sul suo viso cedettero a poco a poco a un'espressione di dolore e sofferenza; stralunò gli occhi, come se provasse un'estasi tormentosa, e proruppe in un «Aaah!» E le lacrime gli scorrevano lentamente giú per le guance, andando a sgocciolare sulla redingote verdognola.

Per tutto il resto della giornata Giacobbe rimase coricato, in preda alla malinconia. Quando quella sera il prete, confessandolo, gli domandò se non ricordasse qualche peccato fuori dell'ordinario a suo carico, lui, tendendo la memoria che gli si affievoliva, ricordò il viso di Marfa, cosí pieno di infelicità, e il grido disperato dell'ebreo quando era stato morso dal cane. Allora disse, con voce appena percettibile:

– Il violino datelo a Rothschild.

– Sarà fatto, – rispose il prete.

E adesso, in città, tutti domandano: da dove è venuto, a Rothschild, un cosí buon violino? L'ha comperato o l'ha rubato, o forse gli è capitato in pegno per qualcosa? Da un pezzo, ormai, ha abbandonato il flauto, e non suona piú che col violino. Da sotto all'archetto gli sgorgano fuori certe note flebili come quelle che emetteva prima: ma quando tenta di rifare quell'aria che Giacobbe suonava seduto là sulla soglia, allora gli viene fuori una cosa cosí pregna di tristezza e di afflizione che chi lo ascolta piange, e lui stesso, alla fine, straluna gli occhi e prorompe in un «Aaah...» E questa nuova melodia è tanto piaciuta in città che Rothschild viene invitato di continuo nelle case di commercianti e funzionari, i quali lo costringono a suonarla fino a dieci volte di fila.

Robert Walser

Paganini

Variazione.

La sala dei concerti era gremita di gente quando Paganini si fece avanti, il violino in mano, e prese a suonare senza preamboli né cerimonie di sorta, abbandonando l'anima alla libera ispirazione. Paganini non sapeva mai prima che cosa e come avrebbe suonato; tanto meno suonava come se dovesse o volesse fare musica per un rispettabile pubblico. No, egli suonava come fosse per se stesso o per nessuno; suonava come in estasi, e appena aveva cominciato dimenticava che stava suonando.

Anche questa volta era cosí, anche oggi che in sala sedevano pure principi e principesse venuti ad ascoltarlo, egli non sapeva nemmeno dov'era e suonava come fosse per nessuno.

Ma proprio per questo suonava cosí bene. Egli suonava come fosse lo schiavo del suo magico suono, e il suono il demonico mago. Non tanto lui era il demone, quanto piuttosto il suono, esso soltanto, ed egli, l'artista, era il soggiogato, perciò suonava come fosse la pallida luna d'argento che s'immerge nell'acqua nera e profonda di mezzanotte; come fosse la stella luccicante nel cielo buio e silenzioso; come fosse la parola che l'amante dice all'amata; come fosse un usignolo e non stesse in sé per il piacere di gemere e trarre dolci sospiri; come fosse il superbo cavallo focoso e galoppasse alla battaglia, come fosse il guerriero ferito nella battaglia e dovesse morire delle sue ferite; come fosse pure la fanciulla sedicenne che sogna l'amore; come fosse il bacio, dato e ricevuto da due bocche palpitanti e febbrili, che si protraesse a lungo, come di due che perdutamente si amano e crudelmente dovessero dirsi addio per sempre, nel lungo spasimo dell'ultimo bacio solenne.

Cosí suonava e gli ascoltatori avevano lacrime agli occhi. Il peggiore dei bruti e dei dissoluti era sopraffatto da tenerezze al cui potere non sapeva resistere, gli uomini dimenticavano di essere tali e si abbandonavano interamente al godimento di quel che ascoltavano e provavano; e le donne si sentivano abbracciate da un amante immaginario che, in un mare di carezze, precipitava su di loro con soprannaturale voluttà.

Cosí suonava. Come un angelo suonava, e molti che ascoltavano si coprivano gli occhi per guardare con occhi interiori nel regno dell'anima, dell'amore e della raggiante bellezza. Ma spesso egli riprendeva a tempestare e infuriare come l'uragano che si scatena violento tra sibili e schianti, il tuono brontolava e rimbombava iracondo, e un cielo nero carico di collera e tenebra scendeva nella sala dei concerti, e il fulmine saettava intorno improvviso con le sue paurose, belle linee zigzaganti, leggiadre di repentini furori. Un attimo, e si perdeva in dolci, solari, dorate armonie, sí che la gente pensava di essere arrivata in cielo e che tutt'intorno fosse azzurro di gioia, bontà e amore. Era questa una sorta di amore che abbracciava tutto, come un crogiolarsi e dissolversi in un mare di beatitudini. La musica di Paganini assomigliava spesso a una bella predica rapinosa, e i piú severi tra i credenti amavano andare ai suoi concerti per il torrente di fuoco religioso che contenevano. Anche oggi egli suonava come un predicatore della parola di Dio; soltanto che erano suoni, non parole, e la bocca con cui parlava era il suo violino, da cui estraeva l'intero universo sonoro. Ora un lamento, ora un'esultanza; ora avvampava come fiamma e ora si scioglieva come soffice neve bagnata al bacio del sole. A un tratto lui era il mare; poi somigliava di nuovo al casto e timido fiore, ma era sempre vero e grande e suonava senza alcuna remora. La musica era per lui il fluttuare della vita stessa; e come sarebbe potuto essere vanitoso? Soffriva sotto il giogo dell'arte, era la sua dolce, inflessibile padrona, la roccia che doveva scalare, la resistenza che doveva vincere, il cielo che doveva espugnare e conquistare sempre un'altra volta.

Anche questa sera era cosí: viveva quando suonava ed era interamente e solamente uomo là dove dava concerti. Tutti coloro che lo ascoltavano sentivano questo. Chi era preso dall'odio o dal tedio cominciava ad amare e a pregare non appena udiva il mirabile suono che s'irradiava nell'anima come il sole con i suoi raggi. L'avversione si doveva tramutare in affetto, il malumore in allegrezza, il disgusto in piacere, l'infelicità in felicità. A quel modo egli ammaliava e stregava il pubblico, stregando se stesso. Faceva riaffiorare ricordi, e risvegliava alla vita ciò che da tempo era già morto e sepolto; perciò chi lo ascoltava era tutto e solo attenzione, tutto e solo orecchio.

E all'improvviso, quasi si fosse destato da un bel sogno, smise di suonare. La gente ebbe allora la sensazione che per tutto il tempo in cui egli aveva suonato il cielo si fosse aperto, e che la visione fosse per loro ormai perduta. In silenzio si alzarono dai loro posti e andarono a casa.

All'Opera

Agatha Christie

Il canto del cigno

1.

Erano le undici di un mattino di maggio, a Londra. Il signor Cowan stava guardando fuori dall'ampia finestra: dietro a lui si estendeva la rutilante magnificenza delle decorazioni del salotto di un lussuoso appartamento del Ritz. L'appartamento in questione era stato riservato per Madame Paula Nazorkoff, famosa cantante lirica appena arrivata nella capitale inglese. Il signor Cowan, principale agente di Madame, stava aspettando di parlare con la signora. Voltò la testa di scatto quando sentí la porta aprirsi. Si trattava soltanto della signorina Read, la segretaria di Madame Nazorkoff, una ragazza pallida con un modo di fare abile ed efficiente.

– Ah, siete voi, mia cara, – disse il signor Cowan. – Madame non si è ancora alzata?

La signorina Read scosse la testa.

– Mi aveva detto di venire per le dieci, – disse il signor Cowan. – Ed è un'ora che aspetto.

Tuttavia non manifestò né risentimento né sorpresa. Il signor Cowan, infatti, era abituato ai capricci del temperamento artistico. Era un uomo alto, sbarbato, dall'ossatura un po' troppo imbottita e dagli abiti un po' troppo impeccabili. I suoi capelli erano nerissimi e lucidi, i denti di un bianco aggressivo. Quando parlava aveva un modo di pronunciare la «s» che se non era proprio da bleso, ci andava molto vicino. Non occorreva un grande sforzo di immaginazione per rendersi conto che probabilmente il nome di suo padre era stato Cohen. In quell'istante una porta sull'altro lato della stanza si aprí, e una snella e graziosa ragazza francese entrò rapidamente nel salotto.

– Madame si sta alzando? – si informò Cowan con aria speranzosa. – Dateci notizie, Elise –. Elise alzò immediatamente le mani al cielo.

– Madame ha un diavolo per capello, stamattina; non c'è niente che le vada bene. Dice che le belle rose gialle che Monsieur le aveva mandato ieri sera andavano bene a New York, ma che è *imbecille* mandargliele qui a Londra. A Londra, dice, l'unico fiore che si può offrire sono le rose rosse e cosí ecco che spalanca la porta e butta le rose nel corridoio. Il mazzo va a finire addosso a un signore, *très comme il faut*, un militare, credo, il quale, poverino, si è giustamente risentito!

Cowan alzò le sopracciglia, ma non si vide alcun altro segno esteriore di agitazione. Poi tirò fuori di tasca una piccola agenda e scrisse a matita le parole «rose rosse».

Elise tornò a correr via dall'altra porta e Cowan si voltò di nuovo verso la finestra. Vera Read si era seduta alla scrivania e aveva cominciato ad aprire le lettere e a dividerle. Passarono dieci minuti di silenzio, poi la porta della camera da letto si spalancò e Paula Nazorkoff entrò impetuosamente nella sala. L'effetto immediato che questa entrata ottenne fu quello di renderla piú piccola, di far apparire Vera Read ancor piú scolorita e di ridurre Cowan a una pura e semplice figura di contorno, sullo sfondo.

– Ah, ah! Figli miei, – esclamò la prima donna, – non sono forse puntuale? – Era una donna alta e, per essere una cantante, non eccessivamente grassa. Le braccia e le gambe erano snelle, il suo collo una stupenda colonna. I capelli, raccolti in un grande nodo a metà della nuca, erano di un rosso cupo e splendente. Se parte del suo colore era dovuto all'henné, il risultato non era, per questo, meno d'effetto. Non era una donna giovane, doveva avere perlomeno quarant'anni ma i lineamenti del volto erano ancora delicati, per quanto la pelle avesse un po' ceduto e ci fossero rughe sottili intorno agli occhi scuri e scintillanti. Aveva la risata di una bambina, lo stomaco di uno struzzo, il temperamento di un demonio, ed era riconosciuta come la piú grande soprano drammatica della sua epoca. Si voltò immediatamente verso Cowan.

– Avete fatto ciò che vi avevo domandato? Avete portato via quell'abominevole pianoforte inglese e lo avete scaraventato nel Tamigi?

– Me ne sono procurato un altro per voi, – disse Cowan, e le indicò lo strumento che si trovava in un angolo.

La Nazorkoff si precipitò in quella direzione e ne sollevò il coperchio.

– Un Erard, – disse. – Già meglio. E adesso vediamo un po'.

La bella voce da soprano si levò in un arpeggio, poi corse lieve su e giú per la scala un paio di volte, e infine raggiunse con una delicata rincorsa una nota alta, la tenne, facendone ingigantire sempre di piú il volume, poi la addolcí di nuovo, smorzandola, finché si spense nel nulla.

– Ah! – esclamò Paula Nazorkoff con ingenua soddisfazione. – Che bella voce ho! Perfino a Londra ho una bella voce.

– Proprio cosí, – ammise Cowan, congratulandosi calorosamente con lei. – E potete scommetterci che Londra impazzirà per voi esattamente come ha fatto New York.

– Credete? – domandò la cantante.

C'era un lieve sorriso sulle sue labbra, ed era evidente che la domanda era formale.

– Senza dubbio, – s'affrettò comunque a rassicurarla Cowan.

Paula Nazorkoff rinchiuse il coperchio del pianoforte e si avviò verso il tavolo con quel lento passo ondeggiante che sul palcoscenico era sempre d'effetto.

– Bene, bene, – disse, – veniamo agli affari. Avete già predisposto tutti i miei impegni, amico mio?

Cowan tirò fuori alcune carte da una busta che aveva posato su una sedia.

– Non è cambiato molto, – osservò. – Canterete cinque volte al Covent Garden, tre volte nella *Tosca*, due nell'*Aida*.

– *Aida*, puah, – esclamò la primadonna, – che noia inenarrabile. La *Tosca* sí, è qualcosa di diverso.

– Ah, sí, – disse Cowan. – La parte di *Tosca* sembra creata per voi!

Paula Nazorkoff si raddrizzò sulla persona.

– Sono la piú grande Tosca del mondo, – disse con semplicità.

– Proprio cosí, – ammise Cowan. – Nessuno può uguagliarvi.

– Roscari canterà la parte di Scarpia, immagino?

Cowan annuí.

– E Emile Lippi.

– Cosa? – strillò la Nazorkoff. – Lippi, quell'orrendo ranocchio gracchiante, croak... croak... No, non canterò con lui, lo morderò, gli graffierò la faccia.

– Su, su, – cercò di rabbonirla Cowan.

– Non canta quell'uomo, ve l'ho già detto! È un cane che abbaia.

– Vedremo, vedremo, – disse Cowan.

Era troppo saggio per mettersi a discutere con i cantanti capricciosi.

– E Cavaradossi? – domandò la Nazorkoff.

– Il tenore americano Hensdale.

L'altra fece segno di sí con la testa.

– È un caro ragazzo, canta in un modo molto garbato.

– E credo che anche Barrère debba cantare quella parte una volta.

– Lui sí che è un artista, – esclamò Madame con tono pieno di generosità. – Ma lasciar fare la parte di Scarpia a quel ranocchio gracidante di Lippi! Ve l'ho detto: con lui io non canto.

– Lasciate fare a me, – promise Cowan cercando di calmarla.

Si schiarí la voce, e afferrò un nuovo fascio di carte.

– Sto combinando un concerto speciale all'Albert Hall.

La Nazorkoff fece una smorfia.

– Lo so, lo so, – disse Cowan, – ma lo fanno tutti.

– Io sono brava, – disse la Nazorkoff, – sarà pieno fino agli ultimi posti e ne ricaverò un gran mucchio di soldi. Ecco!

Di nuovo Cowan frugò fra le sue carte.

– Qui, invece, c'è una proposta completamente diversa, – disse, – da parte di Lady Rustonbury. Vuole che andiate nella sua residenza di campagna a cantare.

– Rustonbury?

La fronte della primadonna si era corrugata, come nello sforzo di ricordare qualcosa.

– Ho letto questo nome di recente, molto di recente. È una città... un villaggio, vero?

– Precisamente, un grazioso posticino nello Hertfordshire. Quanto alla residenza di Lord Rustonbury, Rustonbury Castle, è un delizioso castello feudale con fantasmi e quadri di famiglia, scale segrete e un teatro di prim'ordine. Sguazzano nei quattrini, e danno sempre qualche spettacolo privato. Lady Rustonbury suggeriva un'opera completa, preferibilmente la *Butterfly*.

– La *Butterfly*?

Cowan annuí.

– E sono pronti a pagare. Dovremo sistemare le pendenze con il Covent Garden, naturalmente, ma anche dopo questo, dal punto di vista finanziario la vostra sarà senz'altro una fatica ben spesa. Con ogni probabilità, sarà presente anche qualche personaggio della Casa reale. Una pubblicità ad alto livello.

Madame alzò il mento, ancora bello.

– Ne ho bisogno, io, di pubblicità? – domandò in tono fiero.

– La buona pubblicità non è mai troppa! – sentenziò Cowan imperturbabile.

– Rustonbury, – mormorò la cantante, – ma dove ho visto...

Si alzò in piedi di scatto e corse al tavolo centrale, poi cominciò a girare le pagine di un giornale illustrato che vi si trovava. Ci fu una pausa improvvisa, mentre la sua mano si fermava incerta su una delle pagine, poi lasciò scivolare il rotocalco sul pavimento e tornò lentamente al suo posto. Con uno degli improvvisi cambiamenti di umore che le erano caratteristici, adesso sembrava una personalità completamente diversa. I suoi modi erano molto pacati, quasi austeri.

– Prendete tutti gli accordi per Rustonbury, mi piacerebbe cantare laggiú, ma a una condizione... L'opera deve essere *Tosca*.

Cowan prese un'aria dubbiosa.

– Sarà un po' difficile... per uno spettacolo privato, capite, scenari e via dicendo.

– *Tosca* o niente.

Cowan la osservò molto attentamente. Ciò che vide sembrò convincerlo, perché fece un breve cenno affermativo e si alzò in piedi.

– Vedrò che cosa posso combinare, – disse sommessamente. Anche la Nazorkoff si alzò. Sembrava piú ansiosa del solito di spiegare la sua decisione.

– È la mia interpretazione piú grande, Cowan. So cantare quella parte come nessun'altra artista l'ha mai cantata.

– È una bella parte, – ammise Cowan. – La Jeritza ne ha fatta un'interpretazione favolosa l'anno scorso.

– La Jeritza? – gridò l'altra, mentre avvampava di collera. Poi si mise a spiegargli senza mezzi termini la sua opinione della Jeritza.

Cowan, che era abituato ad ascoltare le opinioni dei cantanti sugli altri cantanti, si limitò a pensare ad altro finché la tirata non fu conclusa; poi disse, ostinandosi:

– Ad ogni modo, canta *Vissi d'arte* distesa a terra, sullo stomaco.

– E perché no? – domandò la Nazorkoff. – Cosa potrebbe impedirglielo? Io posso cantarla supina e agitando le gambe in aria.

Cowan scosse la testa con aria molto seria.

– Non credo che riuscirete a darmela a bere, – disse. – Anche se questi exploit hanno sempre effetto sul pubblico.

– Nessuno può cantare l'aria *Vissi d'arte* come so cantarla io, – seguitò imperturbabile la Nazorkoff sicura di sé. – La canto con la voce del convento... come m'insegnarono a cantare le buone suore tanti e tanti anni fa. Con la voce di un ragazzo del coro o di un angelo, senza sentimenti, senza passione.

– Lo so, – disse Cowan con calore. – Vi ho sentita, siete magnifica.

– Questa è arte, – disse la primadonna. – Pagare lo scotto, soffrire, sopportare e alla fine non solo avere tutta la sapienza ma anche il potere di tornare indietro, proprio fino agli inizi, per saper cogliere di nuovo la bellezza perduta del cuore di un bambino.

Cowan l'osservò curiosamente. La cantante fissava il vuoto oltre le sue spalle con una strana espressione vacua negli occhi e qualcosa in quello sguardo gli diede una spiacevole sensazione di paura. Poi le labbra della primadonna si socchiusero e lei bisbigliò poche parole sottovoce, a se stessa. Cowan riuscí appena a udirle.

– Finalmente, – aveva mormorato. – Finalmente... *dopo tutti questi anni*.

II.

Lady Rustonbury non solo era ambiziosa ma era anche dotata di un notevole temperamento artistico e sapeva tenere sotto controllo queste due qualità con successo. Aveva la fortuna di possedere un marito che non si interessava né di ambizioni mondane né d'arte e di conseguenza non poteva in alcun modo metterle i bastoni fra le ruote. Il conte di Rustonbury era un uomo grande e grosso con uno spiccato interesse per i cavalli, e nient'altro. Ammirava sua moglie, era orgoglioso di lei, e ben contento che il suo enorme patrimonio la mettesse in grado di realizzare qualsiasi progetto. Il teatro privato era stato costruito meno di un secolo prima da suo nonno. Per Lady Rustonbury rappresentava il mezzo piú elegante per far parlare di sé la migliore società londinese: vi aveva fatto rappresentare un dramma di Ibsen, una commedia d'avanguardia tutta sesso e droga, una fantasia poetica con scenario cubista. L'imminente rappresentazione della *Tosca* aveva suscitato un vasto interesse. Per quella serata, Lady Rustonbury aveva invitato un eletto gruppo di ospiti e tutta la Londra che contava stava arrivando in automobile per parteciparvi.

Madame Nazorkoff e il suo entourage erano arrivati poco prima del pranzo. Il giovane tenore americano Hensdale cantava la parte di Cavaradossi e Roscari, il famoso baritono italiano, sarebbe stato Scarpia. Le spese della produzione erano state enormi ma nessuno ci aveva badato. Paula Nazorkoff era di ottimo umore, affascinante, incantevole, deliziosa e mondana come non mai. Cowan ne rimase piacevolmente sorpreso e si augurò che questo stato di grazia continuasse.

Dopo il pranzo la compagnia scese in teatro a ispezionare il palcoscenico e gli arredi. Dirigeva l'orchestra Samuel Ridge, uno dei piú celebri direttori d'orchestra inglesi. Tutto sembrava funzionare senza intoppi e, per quanto strano ciò potesse sembrare, il fatto preoccupava il signor Cowan, il quale si trovava molto piú a suo agio nell'atmosfera turbolenta e catastrofica che contraddistingue le prime teatrali. Quella pace insolita lo infastidiva.

– Sta andando tutto un po' troppo liscio, – mormorò il

signor Cowan tra sé. – Madame è come un gatto che si è mangiato il canarino, è troppo bello perché duri, da un momento all'altro succederà senz'altro un guaio.

Forse il signor Cowan, in seguito al suo lungo contatto con il mondo dell'opera, aveva sviluppato un sesto senso: ma certo le sue previsioni risultarono giustificate. Poco prima delle sette di sera, Elise, la cameriera francese di Madame, piena di sgomento, corse a cercarlo.

– Ah! signor Cowan, venite presto, vi supplico, venite presto.

– Cos'è successo? – domandò Cowan ansiosamente. – Madame si è impuntata per qualche cosa e adesso sta facendo una scenata, eh, si tratta di questo?

– No, no. Non è Madame, è il signor Roscari, sta male, sta morendo!

– Morendo? Non dite sciocchezze.

Cowan la seguí precipitosamente mentre la ragazza gli faceva strada fino alla camera in cui si trovava l'artista italiano. L'uomo era disteso nel suo letto, o meglio vi si rotolava sulla trapunta contorcendosi dai dolori. La scena sarebbe stata divertente se il poverino non si fosse trovato in una situazione preoccupante. Paula Nazorkoff era china su di lui; accolse Cowan con tono imperioso.

– Ah! Eccovi. Il nostro povero Roscari soffre terribilmente, deve avere senz'altro mangiato qualcosa che gli ha fatto male.

– Muoio, – gemette il povero cantante. – Che dolore... è terribile, ohh!

Si contorse di nuovo, portandosi convulsamente le mani sullo stomaco e rotolando qua e là per il letto.

– Bisogna mandare a chiamare un medico, – disse Cowan.

Paula lo fermò mentre si avviava alla porta.

– Il dottore sta già arrivando e farà quel che potrà per questo povero sofferente, tutto ciò è già stato sistemato, ma Roscari non potrà mai e poi mai cantare stasera.

– Non potrò cantare mai piú, sto morendo, – gemette l'italiano.

– Ma no, ma no, non state morendo, – lo rassicurò Paula. – È solo un'indigestione, purtroppo è impossibile che voi possiate cantare.

– Sono stato avvelenato.

– Sí, deve essere senz'altro un caso di avvelenamento da ptomaina, – ammise Paula. – State qui con lui, Elise, finché non arriva il medico.

E la cantante trascinò Cowan con sé fuori dalla stanza.

– Cosa possiamo fare? – domandò.

Cowan scosse la testa disperato. Ormai l'ora era talmente avanzata che non sarebbe stato possibile trovare nessuno che venisse da Londra a prendere il posto di Roscari. Lady Rustonbury, che era stata appena informata del malore che aveva colto il suo ospite, avanzava a passi frettolosi lungo il corridoio e li raggiunse. La sua preoccupazione principale, come quella di Paula Nazorkoff, era il successo di *Tosca*.

– Se almeno ci fosse qualcuno qui, sotto mano, – si lamentò la primadonna.

– Ah! – Lady Rustonbury proruppe improvvisamente in un grido. – Naturalmente! Bréon.

– Bréon?

– Sí, Edouard Bréon, sapete, il famoso baritono francese. Vive qui nelle vicinanze. C'era una foto della sua casa nel numero di «Country Homes» di questa settimana. È l'uomo che fa per noi.

– È un dono inaspettato del cielo, – esclamò la Nazorkoff. – Bréon nella parte di Scarpia, lo ricordo bene, era una delle sue piú grandi interpretazioni. Ma si è ritirato dalle scene, o sbaglio?

– Vado a prenderlo, – disse Lady Rustonbury. – Lasciate fare a me.

Essendo una donna piena di decisione, ordinò immediatamente che le preparassero la Hispano Suiza. Dieci minuti dopo, il ritiro campestre del signor Edouard Bréon era invaso da una duchessa in agitazione. Lady Rustonbury, una volta che si era messa in mente un'idea, era una donna molto risoluta e il signor Bréon si rese conto che non gli restava nient'altro da fare se non arrendersi. E poi, bisogna confessarlo, aveva un debole per le contesse. Era un uomo di origini umilissime che era riuscito a salire all'apice della sua professione, aveva frequentato da pari a pari duchi e principi e questo fatto non aveva mai mancato di gratificarlo. Dal giorno in cui si era ritirato in quella località inglese, però, aveva conosciuto lo scontento. Gli mancava la vita di adulazione e di applausi, e la nobiltà inglese non era stata prodiga di quei dovuti riconoscimenti che lui aveva creduto di essersi assicurato per tutto il resto della sua vita. Per cui fu enormemente lusingato e incantato dalla proposta di Lady Rustonbury.

– Farò del mio meglio, in tutta umiltà, – disse sorridendo. – Come sapete, è molto tempo che non canto in pubblico. Non ho neppure accettato allievi, ne ho solo uno o due e li aiuto per far loro un favore. Ma in questo caso... dal momento che il signor Roscari disgraziatamente è indisposto...

– La sua indisposizione è un vero guaio, – disse Lady Rustonbury.

– Non che sia un autentico cantante, – disse Bréon.

E le spiegò, dilungandosi, i motivi di ciò che aveva detto. Pareva che da quando Edouard Bréon si era ritirato dalle scene, non fosse piú esistito nessun baritono di una certa fama.

– Madame Nazorkoff canta la parte di *Tosca*, – disse Lady Rustonbury. – La conoscete, credo?

– Non l'ho mai conosciuta personalmente, – disse Bréon. – L'ho udita cantare una volta a New York. Una grande artista... ha il senso del dramma.

Lady Rustonbury provò un enorme sollievo... non si sapeva mai con questi cantanti... provano sempre gelosie e antipatie cosí assurde!

Rientrò nell'atrio del castello venti minuti piú tardi agitando fremente una mano.

– L'ho convinto! – gridò ridendo. – Il caro signor Bréon è stato veramente molto, molto gentile, non lo dimenticherò mai.

Tutti si affollarono intorno al francese; la loro gratitudine e il loro apprezzamento furono un balsamo per lui. Edouard Bréon, per quanto ormai toccasse già la sessantina, era ancora un bell'uomo, alto e bruno, con una personalità magnetica.

– Un momento, – disse Lady Rustonbury. – Dov'è Madame...? Oh! Eccola.

Paula Nazorkoff non aveva preso parte all'accoglienza calorosa che tutti gli altri avevano fatto al francese. Era rimasta tranquillamente seduta in una grande poltrona nel vano del camino. Naturalmente il fuoco non era acceso perché la serata era calda e la cantante si stava sventolando lentamente con un immenso ventaglio di foglie di palma. Aveva un'aria cosí assorta e distaccata che Lady Rustonbury temette che si fosse offesa.

– Signor Bréon, – disse conducendolo vicino alla cantante, – dite di non aver mai conosciuto personalmente Madame Nazorkoff.

Con un ultimo colpetto del ventaglio di palma, che questa volta fu ampio e violento come il roteare di un'arma, Paula Nazorkoff lo depose e allungò la mano verso il francese. Costui la prese, si chinò profondamente e, contemporaneamente, un lieve sospiro sfuggí dalle labbra della prima donna.

– Madame, – esclamò Bréon, – non abbiamo mai cantato insieme. Ecco le mancanze alle quali mi condanna l'età! Ma il destino è stato buono con me, ed è venuto in mio soccorso.

Paula sorrise dolcemente.

– Siete troppo gentile, signor Bréon. Quando ero soltanto ancora una povera piccola sconosciuta cantante, mi sono prostrata ai vostri piedi. Il vostro *Rigoletto*... che arte, che perfezione! Nessuno poteva eguagliarvi.

– Ahimè! – disse Bréon fingendo di sospirare. – La mia stagione è finita. Scarpia, Rigoletto, Radames, Sharpless, quante volte ho cantato tutte queste parti... e adesso... non piú!

– Sí... stasera.

– È vero, Madame... me ne ero dimenticato. Stasera.

– Avete cantato con molte cantanti nel ruolo di Tosca, – disse la Nazorkoff in tono arrogante, – ma con *me*, mai!

Il francese si inchinò.

– Sarà un onore, – disse sottovoce. – È una gran parte, Madame.

– Ci vuole non solo una cantante, ma anche un'attrice, – interloquí Lady Rustonbury.

– È vero, – convenne Bréon. – Ricordo quando ero giovane in Italia e andavo in un piccolo teatrino sconosciuto a Milano. La poltrona mi costava soltanto un paio di lire, però una sera ho sentito cantare in modo non meno meraviglioso di come si cantava al Metropolitan Opera House di New York. Una ragazzina giovanissima cantava *Tosca*: la cantava come un angelo. Non dimenticherò mai la sua voce in *Vissi d'arte*, la limpidezza, la purezza. Ma la forza drammatica mancava.

La Nazorkoff annuí.

– Quella viene piú tardi, – disse in tono pacato.

– È vero. Questa giovane ragazza... Bianca Capelli, cosí si chiamava... mi interessai alla sua carriera. E per mezzo mio riuscí a ottenere alcune importanti scritture, ma era una sciocca... spiacevolmente sciocca.

Si strinse nelle spalle.

– In che senso era sciocca?

Era stata la ventiquattrenne figlia di Lady Rustonbury,

Blanche Amery a parlare. Una ragazza snella con grandi occhi azzurri.

Il francese si rivolse immediatamente verso di lei con gentilezza.

– Ahimè! Mademoiselle, era incappata in uno di quegli individui di bassa estrazione, un poco di buono, uno della camorra. Costui si trovò nei guai con la polizia e fu condannato a morte; lei venne a supplicarmi di fare qualcosa per salvare il suo innamorato.

Blanche Amery lo stava fissando con gli occhi sbarrati.

– E voi? – domandò con voce ansante per la emozione.

– Io, Mademoiselle, cosa potevo fare? Ero uno straniero in quel paese.

– Non avreste potuto usare la vostra influenza? – insinuò la Nazorkoff con la sua bassa voce vibrante.

– Se anche avessi avuto influenza, non credo che me ne sarei servito. Quell'uomo non se lo meritava. Feci quello che potevo per la ragazza.

Sorrise lievemente e la ragazza inglese restò colpita dal fatto che c'era qualcosa di singolarmente sgradevole in quel sorriso. Intuí che, in quel momento, le sue parole riflettevano quasi spietatamente ciò che stava pensando.

– Avete fatto ciò che potevate, – disse la Nazorkoff. – È stato gentile da parte vostra, e lei vi è stata grata, eh?

Il francese alzò le spalle.

– L'uomo venne giustiziato, – disse, – e la ragazza entrò in convento. Eh, voilà!, il mondo perdette una grande cantante.

La Nazorkoff proruppe in una bassa risata.

– Noi russi siamo piú volubili, – disse in tono frivolo. Mentre la cantante parlava, Blanche Amery stava guardando distrattamente Cowan: vide l'improvvisa espressione di stupore della sua faccia e le sue labbra che si socchiudevano e poi si serravano all'improvviso in ubbidienza a un'occhiata d'avvertimento da parte di Paula.

Il maggiordomo apparve sulla porta.

– La cena è pronta, – disse Lady Rustonbury, alzandosi. – Poverini, sono tanto spiacente per voi! Deve essere proprio orribile costringersi a morire quasi di fame prima di cantare. Ma ci sarà un'ottima cena fredda dopo.

– Ci penseremo con piacere, – disse Paula Nazorkoff. Scoppiò in una risata sommessa. – Dopo!

III.

Il primo atto della *Tosca* era appena arrivato alla sua conclusione, in teatro il pubblico si muoveva, scambiava qualche commento. I personaggi della Casa reale, cortesi e garbati, sedevano su tre poltrone di velluto in prima fila. Ogni spettatore bisbigliava e scambiava qualche parola con i suoi vicini, ma l'impressione generale era che la Nazorkoff, in quel primo atto, non avesse cantato all'altezza della sua fama. Gran parte dell'uditorio non si rendeva conto che proprio in questo la cantante rivelava la sua grande arte. Nel primo atto risparmiava la propria voce e se stessa. Aveva fatto di Tosca un personaggio frivolo e superficiale, che giocherellava con l'amore, gelosa ma in modo civettuolo, piena di pretese. Bréon, anche se la potenza della sua voce non era quella dell'epoca migliore, costituiva ancora un magnifico personaggio nell'interpretazione del cinico Scarpia. Niente pose da libertino decrepito, nella sua concezione di quella parte. Di Scarpia aveva fatto una figura bella e quasi benevola, con una sfumatura soltanto di quella sottile malvagità che veniva nascosta dall'aspetto esteriore. Nell'ultimo brano, con l'organo e la processione, mentre Scarpia appare perduto nei suoi pensieri a pregustare il piano con cui si assicurerà le grazie di Tosca, Bréon aveva rivelato un'arte stupenda. E ora il sipario si alzava sul secondo atto. La scena rappresentava la casa di Scarpia.

Questa volta, quando Tosca entrò, l'arte della Nazorkoff si palesò immediatamente. Era inequivocabilmente una donna in preda a un terrore mortale che recitava la sua parte con la sicurezza di un'attrice consumata. La sua disinvoltura nel salutare Scarpia, la noncuranza, le risposte sorridenti che gli dava! In quella scena, Paula Nazorkoff recitava con gli occhi, si comportava con una calma agghiacciante, rivelava un volto sorridente e impassibile. Soltanto gli occhi, che continuavano a lanciare sguardi a Scarpia, rivelavano i suoi veri sentimenti. E cosí la vicenda si sviluppò e si passò alla scena della tortura. La compostezza di Tosca spariva fino a giungere all'abbandono completo quando cadeva ai piedi di Scarpia implorando vanamente la sua pietà. Il vecchio Lord Leconmere, un conoscitore di musica, ebbe un gesto di ammirazione, e un ambasciatore straniero seduto vicino a lui mormorò:

– Supera se stessa, la Nazorkoff, stasera. Non c'è nessun'altra donna sulla scena che sappia abbandonarsi alla parte come fa lei.

Leconmere annuí.

Ed ecco che Scarpia cita il suo prezzo e Tosca, inorridita, sfugge correndo verso la finestra. Poi arriva il rullo dei tamburi da lontano, e Tosca si lascia cadere stancamente sul divano. Scarpia, in piedi sopra di lei, le descrive come i suoi uomini stiano alzando il palco per l'impiccagione... e poi silenzio, e poi ancora quel lontano rullo di tamburi. La Nazorkoff giaceva bocconi sul divano, con la testa penzoloni che quasi sfiorava il pavimento, celata dai capelli. Ed ecco che, in un contrasto squisito con la passione e la drammaticità degli ultimi venti minuti, la sua voce si levò, alta e limpida, la voce, come aveva detto a Cowan, di un ragazzo del coro o di un angelo.

Vissi d'Arte, vissi d'amore,
non feci mai male ad anima viva.
Con mano furtiva quante miserie conobbi, aiutai.

Era la voce di una bambina stupita, che non capiva. Poi eccola ancora una volta inginocchiata a pregare, fino all'istante in cui entra Spoletta. Tosca, esausta, cede e Scarpia pronuncia le fatali parole dal doppio significato. Spoletta riparte. E ora arriva il momento drammatico in cui Tosca, levando un calice di vino nella mano tremante, adocchia il pugnale sul tavolo e se lo fa scivolare dietro la schiena.

Bréon si alzò, bello, diabolico, infiammato dalla passione. – Tosca, finalmente mia! – Il pugnale che colpisce rapido come il baleno e la voce di Tosca che è un sibilo di vendetta: – Questo è il bacio di Tosca!

Mai la Nazorkoff aveva mostrato una tale raffinatezza di interpretazione nell'atto della vendetta di Tosca. Quell'ultimo fremente bisbiglio, «Muori dannato», e poi, con una voce strana, pacata che riempí il teatro:

– Or gli perdono!

Cominciò il lento motivo della morte mentre Tosca si accingeva a predisporre tutto il cerimoniale, posando le candele ai due lati della testa di Scarpia, il crocifisso sul petto. Ancora un'ultima pausa sulla soglia a guardarsi indietro, il rullo di quei tamburi lontani e infine calò il sipario.

Questa volta il pubblico si abbandonò a un autentico entusiasmo che tuttavia ebbe breve durata. Qualcuno uscí frettolosamente da dietro le quinte e mormorò qualcosa a Lord Rustonbury. Questi si alzò e dopo un minuto o due di conciliaboli, si voltò e chiamò con un cenno sir Donald Calthorp, un eminente medico. Quasi subito la verità si diffuse fra l'uditorio. Qualcosa era successo, un incidente, qualcuno era gravemente ferito.

Uno dei cantanti apparve uscendo dal sipario e spiegò che disgraziatamente il signor Bréon aveva avuto un incidente... l'opera non poteva continuare. La notizia continuò a diffondersi: Bréon era stato pugnalato, la Nazorkoff aveva perso la testa, aveva vissuto la sua parte cosí completamente che era arrivata addirittura al punto di pugnalare realmente l'uomo che stava recitando con lei. Lord Leconmere, il quale stava parlando al suo amico ambasciatore, si sentí toccare un braccio e voltandosi si trovò a guardare negli occhi Blanche Amery.

– Non è stato un incidente, – stava dicendo la ragazza. – Sono sicura che non è stato un incidente. Non avete sentito, appena prima di cena, la storia che Bréon stava raccontando della ragazza in Italia? Quella ragazza era Paula Nazorkoff. Subito dopo disse di essere russa e io notai che il signor Cowan assumeva un'aria meravigliata, può darsi che lei abbia un nome russo, ma lui sa benissimo che la Nazorkoff è italiana.

– Mia cara Blanche, – disse Lord Leconmere.

– Vi dico che ne sono sicura. Nella sua camera da letto aveva un giornale illustrato aperto a una pagina dove era fotografato il signor Bréon nella sua casa di campagna inglese. Lo sapeva già prima di venire qui. Credo che abbia dato qualcosa a quel povero piccolo italiano per farlo star male.

– Ma perché? – gridò Lord Leconmere. – Perché?

– Non capite? La sua è la storia di Tosca. Lui la voleva, in Italia, ma lei era fedele al suo innamorato e andò da lui per cercare di persuaderlo a salvare quel giovanotto, lui fece finta di aiutarla e le promise il suo interessamento. E invece lo lasciò morire. Adesso, infine, la vendetta è compiuta. Non avete udito il modo in cui ha sibilato: «Io sono Tosca?» E io ho visto la faccia di Bréon quando ha pronunciato queste parole... *lui allora ha capito*... l'ha riconosciuta!

Nel suo camerino Paula Nazorkoff sedeva immobile, chiusa in una pelliccia di ermellino bianco. Bussarono alla porta.

– Avanti, – disse la primadonna.

Entrò Elise. Singhiozzava.

– Madame, Madame, è morto! E...

– Sí?

– Madame, come faccio a dirvelo? Ci sono due signori della polizia lí fuori che vogliono parlare con voi.

Paula Nazorkoff si alzò in tutta la sua maestà.

– Andrò da loro, – disse in tono pacato.

Si tolse dal collo una collana di perle e la mise nelle mani della ragazza francese.

– Sono per voi, Elise, siete stata una brava figliola. E dove io vado, non ne avrò bisogno. Mi capite, Elise? *Non canterò piú Tosca.*

Rimase per un attimo sulla soglia, i suoi occhi sfiorarono il camerino e fu come se tornasse indietro con lo sguardo ai trent'anni precedenti della sua carriera.

Poi, piano, fra i denti, mormorò l'ultimo verso di un'altra opera:

– La commedia è finita!

Julio Cortázar

Le Menadi

Porgendomi un programma stampato su carta crema, Don Pérez mi condusse alla mia poltrona. Nona fila, leggermente a destra: il perfetto equilibrio acustico. Conosco bene il teatro Corona e so che ha capricci di donna isterica. Agli amici consiglio di non accettare mai la tredicesima fila perché c'è una specie di pozzo d'aria in cui non entra la musica; e neppure il lato sinistro delle barcacce perché, esattamente come al Comunale di Firenze, alcuni strumenti dànno l'impressione di staccarsi dall'orchestra, di galleggiare nell'aria, per cui un flauto può mettersi a suonare a tre metri da te mentre il resto continua correttamente sul palcoscenico, il che sarà pittoresco ma assai poco gradevole.

Diedi un'occhiata al programma. Avremmo avuto *Il sogno di una notte di mezza estate*, *Don Giovanni*, *Il mare* e la *Quinta sinfonia*. Non potevo fare a meno di sorridere pensando al Maestro. Una volta ancora quella vecchia volpe aveva predisposto il programma del suo concerto con insolente arbitrarietà estetica che nascondeva un sottile olfatto psicologico, caratteristica comune ai *régisseurs* di music-hall, ai virtuosi di pianoforte e ai *match-makers* di lotta libera. Soltanto io potevo avventurarmi per pura noia in un concerto, dove a Strauss seguiva Debussy e per soprammercato Beethoven, contro tutti i comandamenti umani e divini. Ma il Maestro conosceva il suo pubblico, organizzava concerti per gli habitué del teatro Corona, cioè gente tranquilla e ben disposta che preferisce il brutto conosciuto al bello da conoscere, e che esige innanzi tutto profondo rispetto per la propria digestione e la propria tranquillità. Con Mendelssohn si sarebbero messi comodi, dopo il *Don Giovanni* generoso e sonante, con motivetti da fischiettare. Debussy li avrebbe fatti sentire artisti, perché non è da tutti capire la sua musica. E poi il piatto forte, il gran massaggio vibratorio beethoveniano, cosí bussa il destino alla porta, la *Quinta* della vittoria, il sordo geniale, e poi di volata a casa che domattina c'è un lavoro da matti in ufficio.

A dire il vero, io volevo bene al Maestro che ci aveva portato la buona musica, in questa città senz'arte, lontana dai grandi centri, dove dieci anni fa non si andava oltre la *Traviata* e l'ouverture di *El Guaraní*. Il Maestro venne in città invitato per contratto da un intraprendente impresario, e mise su questa orchestra che poteva essere considerata di primo piano. A poco a poco ci snocciolò Brahms, Mahler, gli impressionisti, Strauss e Musorgskij. In principio gli abbonati grugnirono e il Maestro fu costretto a serrare le vele e mettere molte «selezioni d'opera» nei programmi; in seguito però gli applaudirono anche il Beethoven che aveva cominciato ad appiopparci con impegno e fermezza, e infine lo accolsero con ovazioni per qualsiasi cosa, al solo vederlo, come adesso che la sua entrata provocava un entusiasmo fuori del comune. Ma al principio della stagione la gente ha le mani fresche, applaude di gusto, e inoltre tutti volevamo bene al Maestro che si inchinava seccamente, senza troppa condiscendenza, e si voltava agli orchestrali con quella sua espressione da capobrigante. Io avevo alla mia sinistra la signora Jonatán, che non conosco molto ma che passa per una melomane e che arrossendo leggermente mi disse:

– Ecco, ecco un uomo che ha ottenuto cose straordinarie come pochi. Non solo ha formato un'orchestra ma anche un pubblico. Non è ammirevole?

– Sí, – dissi io con la condiscendenza abituale.

– A volte penso che dovrebbe dirigere rivolto alla sala, perché anche noi siamo un pochino la sua orchestra.

– Non mi includa, per piacere, – dissi. – In materia di musica ho una triste confusione mentale. Questo programma, per esempio, mi sembra orrendo. Però certamente mi sbaglio.

La signora Jonatán mi guardò con durezza e sviò lo sguardo sebbene la sua cortesia tanto poté da indurla a darmi una spiegazione.

– Il programma è tutto di capolavori, e ciascuno è stato richiesto da lettere di ammiratori. Non sa che stasera il Maestro compie le sue nozze d'argento con la musica? E che l'orchestra festeggia i cinque anni della sua formazione? Legga sul retro del programma, c'è un articolo finissimo del professor Palacín.

Lessi l'articolo del professor Palacín nell'intervallo, dopo che sia Mendelssohn sia Strauss avevano valso al Maestro grandi ovazioni. Passeggiando nel foyer mi domandai una o due volte se le esecuzioni giustificassero simili trasporti da parte di un pubblico che, a quanto mi risulta, non è molto generoso. Ma gli anniversari sono le grandi porte della stupidità, e supposi che gli adepti del Maestro non fossero capaci di contenere la commozione. Al bar incontrai il dottor Epifanía con la famiglia, e mi fermai a chiacchierare alcuni minuti. Le ragazze erano rosse ed eccitate, mi attorniarono come gallinelle chioccianti (fanno pensare a volatili diversi) per dirmi che Mendelssohn era stato bestiale, che era una musica come di velluto, che era di un romanticismo divino. Potevi stare tutta la vita ad ascoltare il Notturno, e lo Scherzo poi era stato suonato con mani di fata. Alla Beba piaceva di piú Strauss perché era forte, un vero don Giovanni teutonico, con quei corni e quei tromboni che le facevano venire la pelle d'oca – cosa che mi risultò sorprendentemente letterale. Il dottor Epifanía ci ascoltava con sorridente indulgenza.

– Ah, i giovani! Come si vede che non avete sentito

suonare Risler, né dirigere von Bülow. Quelli erano tempi.

Le ragazze lo guardarono furenti. Rosarito disse che le orchestre adesso erano dirette meglio che cinquant'anni addietro, e la Beba negò al padre ogni diritto a sminuire le straordinarie qualità del Maestro.

– Certo, certo, – disse il dottor Epifanía. – Sono dell'opinione che stasera il Maestro sia stato geniale. Che fuoco, che trasporto! Anch'io erano anni che non applaudivo tanto.

E mi mostrò due mani con le quali si sarebbe detto che avesse finito allora di schiacciare una barbabietola. Strano che fino a quel momento avessi avuto l'impressione contraria, mi sembrava che il Maestro fosse in una di quelle sere quando ha disturbi di fegato e allora opta per uno stile stringato e diretto, senza prodigarsi molto. Ma dovevo essere l'unico che la pensasse cosí perché Cayo Rodríguez quasi mi saltò al collo quando mi vide e mi disse che il *Don Giovanni* era stato brutale e che il Maestro era un direttore incredibile.

– Non ti sei accorto di quel momento nello Scherzo di Mendelssohn quando invece di un'orchestra pare di sentire dei sussurri di voci di gnomi?

– Veramente, – dissi io, – dovrei prima scoprire come sono le voci degli gnomi.

– Non fare il cretino, – disse Cayo arrossendo, e mi avvidi che era sinceramente arrabbiato. – Come puoi non captare certe cose? Il Maestro è geniale, caro mio, dirige come non mai. Non dirmi che sei cosí coriaceo.

Guillermina Fontán veniva lestamente verso di noi. Ripeté tutti gli aggettivi delle ragazze Epifanía, e lei e Cayo si guardarono con le lacrime agli occhi, commossi da quella fraternità nell'ammirazione che per un istante rende tanto buoni gli umani. Io li osservavo con stupore perché non riuscivo a spiegarmi fino in fondo un entusiasmo del genere; è vero che non vado tutte le sere ai concerti come loro, e che qualche volta mi capita di confondere Brahms con Bruckner e viceversa, fatto che nel loro gruppo sarebbe considerato di un'ignoranza inappellabile. Comunque quelle facce rubiconde, quei colli sudaticci, quel latente desiderio di continuare ad applaudire foss'anche nel foyer o in mezzo alla strada, mi facevano pensare agli influssi atmosferici, all'umidità o alle macchie solari, cose che generalmente agiscono sul comportamento umano. Ricordo che in quel momento pensai se qualche buontempone non stesse ripetendo il memorabile esperimento del dottor Ox per rendere incandescente il pubblico. Guillermina mi strappò dai miei cavilli scuotendomi il braccio con violenza (ci conosciamo appena).

– E adesso viene Debussy, – mormorò eccitatissima. – Quel merletto di acqua che è *La mer*.

– Sarà magnifico, – dissi, seguendo la corrente marina.

– Lei immagina come lo dirigerà il Maestro?

– Impeccabilmente, – stimai, guardandola per vedere come giudicasse la mia opinione. Però era evidente che Guillermina si aspettava piú fuoco, perché si rivolse a Cayo che beveva soda come un cammello assetato e in due si abbandonarono ad un calcolo beatifico su quel che sarebbe stato il secondo tempo di Debussy, e la forza grandiosa che avrebbe avuto il terzo. Me ne andai di ronda per i corridoi, tornai nel foyer, e ovunque era commovente e al tempo stesso irritante vedere l'entusiasmo del pubblico per ciò che aveva appena finito di ascoltare. Un enorme ronzio d'alveare eccitato incideva a poco a poco sui nervi, e io stesso finii per sentirmi un po' febbrile e raddoppiai la mia abituale razione di Soda Belgrano. In un certo senso mi rincresceva di non essere completamente nel gioco, di guardare quella gente dal di fuori, come un entomologo. Che farci, è una cosa che mi capita sempre nella vita, e sono quasi riuscito a sfruttare questa mia attitudine per non impegnarmi mai in niente.

Quando tornai in platea erano già tutti al loro posto, e disturbai l'intera fila per raggiungere la mia poltrona. Gli orchestrali entravano svogliatamente in scena, e mi parve curioso che la gente si fosse sistemata prima del loro arrivo, avida di ascoltare. Guardai verso il loggione e le gallerie; una massa nera, come mosche in un barattolo di confettura. Nelle barcacce, piú separate, gli abiti degli uomini davano l'impressione di uno stormo di corvi; alcune pile si accendevano e si spegnevano, i melomani provvisti di partitura provavano i loro strumenti di illuminazione. La luce del grande lampadario centrale si abbassò a poco a poco, e nell'oscurità della sala udii alzarsi gli applausi che salutavano l'entrata del Maestro. Mi parve strana quella progressiva sostituzione della luce con il rumore, in che modo uno dei miei sensi entrava in gioco esattamente quando l'altro si dava riposo. Alla mia sinistra la signora Jonatán batteva le palme con forza, tutta la fila applaudiva fittamente; ma a destra, due o tre poltrone piú in là, vidi un uomo immobile, a capo chino. Un cieco, senza dubbio; intravvidi il lucido bastone bianco, gli occhiali inutili. Solo lui e io ci rifiutavamo di applaudire e mi attrasse il suo comportamento. Avrei voluto sedermi accanto a lui, parlargli: chi non applaudiva, quella sera, era un essere degno di interesse. Due file piú avanti, le ragazze Epifanía si scorticavano le mani, e il padre non era da meno. Il Maestro salutò lievemente, guardando due o tre volte in alto, da dove il rumore scendeva come un rullo per incontrarsi con quello della platea e dei palchi. Mi sembrò di vedere in lui un'espressione fra interessata e perplessa; il suo udito gli doveva star dimostrando la differenza fra un concerto normale e uno da nozze d'argento. Non c'è bisogno di dire che *La mer* gli valse un'ovazione appena un pochino meno intensa di quella ottenuta con Strauss, cosa d'altra parte comprensibile. Io stesso mi lasciai prendere dall'ultimo movimento, con i suoi fragori e i suoi immensi andirivieni sonori, e applaudii fino a farmi male alle mani. La signora Jonatán piangeva.

– È cosí ineffabile, – mormorò girando verso di me una

faccia che pareva uscita dalla pioggia. – Cosí incredibilmente ineffabile...

Il Maestro entrava e usciva, la elegante disinvoltura e la maniera di salire sul podio di chi va a bandire un'asta. Fece alzare l'orchestra, e gli applausi e i bravo raddoppiarono. Alla mia destra il cieco applaudiva dolcemente, attento alle proprie mani, era delizioso vedere con quale parsimonia contribuiva all'omaggio popolare, il capo chino, l'espressione raccolta, quasi assente. I «bravo!» che sempre risuonano isolatamente e come espressione individuale, scoppiavano da tutte le direzioni. Gli applausi erano incominciati con minor violenza che nella prima parte del concerto, ma adesso che la musica era dimenticata e che non venivano applauditi né il *Don Giovanni* né *La mer* (o meglio, i loro effetti), ma solo il Maestro e il sentimento collettivo che avvolgeva la sala, la forza dell'ovazione cominciava ad alimentare se stessa, cresceva a gradi e diventava quasi insopportabile. Irritato, guardai a sinistra; vidi una donna vestita di rosso correre applaudendo per il corridoio della platea, e fermarsi ai piedi del podio, praticamente ai piedi del Maestro. Nell'inchinarsi a salutare di nuovo, il Maestro si trovò con la signora in rosso a cosí breve distanza che si raddrizzò sorpreso. Ma dalle gallerie veniva un fragore che lo obbligò ad alzare la testa e a salutare, come raramente faceva, alzando il braccio sinistro. Questo esacerbò l'entusiasmo e agli applausi si sommavano tuoni di scarpe contro il pavimento delle barcacce e dei palchi. Era proprio un'esagerazione.

Non c'era intervallo, ma il Maestro si ritirò per riposare due minuti, e io mi alzai per vedere meglio la sala. Il caldo, l'umidità e l'eccitazione avevano convertito la maggioranza dei presenti in desolanti gamberi sudati. Centinaia di fazzoletti funzionavano come onde di un mare che grottescamente prolungava quello che avevamo finito di ascoltare. Molte persone correvano verso il foyer per trangugiare a tutta velocità una birra o un'aranciata. Timorosi di perdere qualcosa, ritornavano in tempo per inciampare in altri che uscivano, e alla porta principale della platea c'era una considerevole confusione. Ma non ne nasceva alcun alterco, la gente si sentiva di una bontà infinita, si trattava piuttosto di un grande intenerimento sentimentale grazie al quale tutti si ritrovavano fratelli e si riconoscevano. La signora Jonatán, troppo grassa per manovrare nella sua poltrona, alzava fino a me, sempre in piedi, una faccia curiosamente simile a un ravanello.

– Ineffabile, – ripeteva, – cosí ineffabile.

Quasi mi rallegrai che il Maestro tornasse, perché quella folla di cui facevo parte imperdonabilmente mi procurava a un tempo pena e schifo. Di tutta quella gente, gli orchestrali e il Maestro sembravano gli unici che conservassero ancora qualche dignità. E anche il cieco, a poche poltrone da me, rigido e senza applaudire, con un'attenzione squisita e senza la benché minima bassezza.

– La *Quinta*, – mi umettò l'orecchio la signora Jonatán. – L'estasi della tragedia.

Pensai che sarebbe andato meglio come titolo d'un film, e chiusi gli occhi. Forse cercavo in quell'istante di assimilarmi al cieco, all'unico essere in tutta quella cosa gelatinosa che mi attorniava. E quando già stavo vedendo piccole luci verdi attraversarmi le palpebre come rondini, la prima frase della *Quinta* mi cadde addosso come la pala di una scavatrice, obbligandomi a guardare. Il Maestro era quasi bello, con il suo volto fine e vigile, mentre metteva in moto l'orchestra che ronzava con tutti i suoi motori. Un gran silenzio si era fatto nella sala, succedendo fulmineamente agli applausi; credo persino che il Maestro desse il via prima che finissero di salutarlo. Il primo movimento passò sopra le nostre teste con i suoi fuochi di ricordi, i suoi simboli, il suo facile e involontario pigia-pigia. Il secondo, splendidamente diretto, si ripercuoteva in una sala in cui l'aria faceva l'impressione di essere incendiata, ma di un incendio visibile e freddo, che bruciasse da dentro in fuori. Quasi nessuno udí il primo grido perché fu soffocato e breve, ma siccome la ragazza era proprio davanti a me, fui sorpreso dalla convulsione che la prese e nello stesso momento la udii gridare, fra un grande accordo di ottoni e di archi. Un grido secco e breve come di spasimo amoroso o di isteria. La sua testa si piegò indietro, sopra quella specie di strano unicorno di bronzo delle poltrone del Corona, e contemporaneamente i suoi piedi batterono furiosamente il pavimento mentre le persone accanto a lei la trattenevano per le braccia. In alto, dal primo ordine di barcacce, udii un altro grido, un altro colpo sul pavimento. Il Maestro chiuse il secondo tempo e attaccò immediatamente il terzo; mi domandai se un direttore può sentire un grido dalla platea, afferrato com'è dal primo piano sonoro dell'orchestra. La ragazza della poltrona davanti a me si piegava ora a poco a poco e qualcuno (forse la madre) continuava a sorreggerla per un braccio. Io avrei voluto aiutare, ma intromettersi nelle faccende della fila davanti è un brutto affare, in pieno concerto e con gente sconosciuta. Volli dire qualcosa alla signora Jonatán, per il fatto stesso che le donne sono le piú indicate a occuparsi di questo genere di attacchi, ma se ne stava con gli occhi fissi sulla schiena del Maestro, perduta nella musica; mi parve che qualcosa brillasse sotto la sua bocca, sul mento. Di colpo smisi di vedere il Maestro perché la rotonda schiena di un signore in smoking si elevava dalla fila davanti. Era molto strano che qualcuno si alzasse a metà del movimento, ma erano altrettanto strane quelle grida e l'indifferenza della gente per la ragazza isterica. Qualcosa come una macchia rossa mi obbligò a guardare verso il corridoio della platea, e vidi nuovamente la signora che nell'intervallo era corsa ad applaudire ai piedi del podio. Avanzava lentamente, avrei detto acquattata sebbene il suo corpo si mantenesse eretto, ma era piuttosto il tipo d'andatura, un avanzare a passi lenti, ipnotici, come di chi si prepara a fare un salto. Guardava fissamente il

Maestro, vidi per un istante la fiamma appassionata dei suoi occhi. Un uomo uscí dalla fila e si mise a camminare dietro di lei; adesso erano all'altezza della quinta fila, e altre tre persone si unirono a loro. La musica finiva, scoppiarono i primi grandi accordi finali scatenati dal Maestro con splendida asprezza, come masse scultoree sorgenti in un solo colpo, alte colonne bianche e verdi, un Karnak di suono, lungo la cui navata avanzavano passo a passo la donna rossa e i suoi seguaci. Fra due esplosioni dell'orchestra udii gridare di nuovo, ma adesso il clamore veniva da uno dei palchi di destra. E con esso i primi applausi, sopra la musica, incapaci di trattenersi piú a lungo, come se in quell'ansimo d'amore continuato del corpo maschile dell'orchestra con l'enorme femmina della sala abbandonata, questa non avesse voluto aspettare il godimento virile e si abbandonasse al proprio piacere fra contorsioni e grida di insopportabile voluttà. Incapace di muovermi dalla mia poltrona, sentivo alle spalle come un sorgere di forze, un avanzare parallelo all'avanzare della donna in rosso e dei suoi seguaci lungo il corridoio della platea fino ad arrivare sotto al podio nel preciso istante in cui il Maestro, simile a un matador che inguaina lo stocco nel toro, affondava la bacchetta nell'ultimo muro di suono, e si piegava in avanti, esausto, come se l'aria vibrante lo avesse incornato con uno scatto finale. Quando si raddrizzò, l'intera sala era in piedi e io con essa, e lo spazio era un vetro istantaneamente sbriciolato da una selva di lance acuminatissime, gli applausi e le grida confondendosi in una materia insopportabilmente grossolana e trasudante ma colma di una certa grandezza, come una mandria di bufali in corsa o qualcosa di simile. Da tutte le parti il pubblico confluiva in platea, e quasi senza sorpresa vidi due uomini saltare dai palchi a terra. Gridando come un ranocchio calpestato la signora Jonatán era riuscita a scardinarsi dal suo posto e a bocca aperta e braccia tese verso la scena vociferava il suo entusiasmo. Fino a quell'istante il Maestro era rimasto di schiena, quasi sdegnoso, guardando i suoi orchestrali con probabile approvazione. Poi si girò lentamente, e chinò il capo nel primo saluto. La sua faccia era molto bianca, come se la fatica lo avesse vinto, e io giunsi a pensare (fra tante altre sensazioni, e brandelli di pensieri, raffiche istantanee di tutto ciò che mi attorniava in quell'inferno dell'entusiasmo) che poteva svenire. Salutò per la seconda volta, e nel farlo guardò a destra dove un uomo in smoking e capelli biondi era saltato sul palcoscenico seguito da altri due. Mi sembrò che il Maestro iniziasse un movimento come per scendere dal podio, e proprio in quell'attimo notai che il suo movimento era quasi spasmodico, come se volesse volare via. Le mani della donna in rosso si chiudevano attorno alla sua caviglia destra; aveva la faccia alzata verso il Maestro e gridava, almeno credo, perché vedevo la sua bocca aperta e suppongo quindi che gridasse come gli altri, probabilmente come me. Il Maestro lasciò cadere la bacchetta e si sforzò di liberarsi mentre diceva qualcosa che era impossibile udire. Uno dei seguaci della donna adesso gli abbracciava l'altra gamba, all'altezza del ginocchio, e il Maestro si voltò verso la sua orchestra come per chiedere aiuto. Gli orchestrali erano in piedi, in un'enorme confusione di strumenti, sotto la luce accecante delle lampade di scena. I leggii cadevano come spighe man mano che dai due lati del palcoscenico salivano uomini e donne dalla platea, cosí numerosi che non si poteva piú sapere quali fossero gli orchestrali e quali no. Per questo il Maestro, vedendo che un uomo si arrampicava dietro il podio, si afferrò a lui affinché lo aiutasse a strapparsi dalla donna e dai suoi seguaci già padroni delle sue gambe, e in quel momento si rese conto che l'uomo non era uno degli orchestrali e volle respingerlo, ma l'altro lo prese per la vita, vidi che la donna in rosso apriva le braccia come se invocasse, e il corpo del Maestro si perdette in un vortice di gente che lo avvolgeva e lo travolgeva in quella carica. Fino a quell'istante io avevo guardato tutto con una specie di lucido spavento, al di sopra o al di sotto di quanto stava accadendo, ma in quello stesso momento mi distrasse un grido acutissimo alla mia destra e vidi che il cieco si era alzato e faceva volteggiare le braccia come pale, gridando, invocando, chiedendo qualcosa. Fu troppo, allora non potei piú continuare ad assistere, mi sentii partecipe e coinvolto in quel traboccare dell'entusiasmo e corsi a mia volta verso il palcoscenico e vi saltai su di lato, esattamente quando la folla delirante attorniava i violinisti, toglieva loro gli strumenti (li si sentiva scricchiolare e scoppiare come enormi scarafaggi marrone) e cominciava a gettarli dal palcoscenico nella platea, dove altri aspettavano gli orchestrali per abbracciarli e farli sparire in confusi mulinelli. È molto strano, ma io non avevo nessuna voglia di contribuire a quelle dimostrazioni, solamente volevo starmene in disparte e vedere quel che succedeva, sopraffatto da quell'inaudito omaggio. Mi restava sufficiente lucidità per domandarmi perché gli orchestrali non scappassero a gambe levate attraverso le quinte, e subito mi avvidi che non era possibile perché legioni di ascoltatori avevano bloccato le due ali del palcoscenico, formando un cordone mobile che avanzava calpestando gli strumenti, facendo volare i leggii, applaudendo e vociferando al tempo stesso, con uno strepito talmente mostruoso che già cominciava a somigliare al silenzio. Vidi correre verso di me un tipo grasso con il suo clarinetto in mano, e fui tentato di afferrarlo mentre passava o di fargli lo sgambetto perché il pubblico potesse acchiapparlo. Non mi decisi, e una signora dal volto giallognolo e dalla grande scollatura dove galoppavano mucchi di perle mi guardò con odio e costernazione passandomi accanto e impadronendosi del clarinettista che strillò debolmente e cercò di proteggere il suo strumento. Furono due uomini a portarglielo via, e l'orchestrale fu costretto a lasciarsi trascinare verso la platea dove la confusione stava raggiungendo il colmo.

Adesso le grida superavano gli applausi, la gente era troppo occupata ad abbracciare e a palpare gli orchestrali per poter applaudire, per cui la qualità dello strepito stava variando in un tono sempre piú acuto, rotto qua e là da autentiche urla fra le quali mi parve di udirne alcune con quella specialissima sfumatura data dalla sofferenza, tanto che mi domandai se con tutte quelle corse e quei salti qualcuno non si fosse spezzato le braccia o le gambe, e a mia volta mi lanciai nuovamente nella platea, dato che il palcoscenico era vuoto e gli orchestrali nelle mani dei loro ammiratori che li trasportavano in tutte le direzioni, alcuni nei palchi, dove confusamente si indovinavano movimenti e sommovimenti, alcuni negli stretti corridoi laterali che conducono al foyer. Era dai palchi che provenivano i clamori piú violenti, come se gli orchestrali incapaci di resistere alla pressione e al soffocamento di tante braccia, invocassero disperatamente di lasciarli respirare. La gente delle poltrone si ammucchiava intorno ai palchi di proscenio, e quando corsi fra le poltrone per avvicinarmi a uno di essi la confusione mi sembrò maggiore, le luci calarono all'improvviso e si ridussero a un chiarore rossastro che permetteva appena di vedere le facce, mentre i corpi si convertivano in ombre epilettiche, in un ammasso di volumi informi che cercavano di respingersi o di confondersi gli uni con gli altri. Mi parve di distinguere i capelli d'argento del Maestro nel secondo palco dalla mia parte, ma in quell'istante medesimo scomparve come se lo avessero fatto cadere in ginocchio. Accanto a me udii un grido secco e violento, e vidi la signora Jonatán e una delle ragazze Epifanía precipitarsi verso il palco del Maestro, perché adesso ero sicuro che in quel palco c'era il Maestro attorniato dalla donna in rosso e dai suoi seguaci. Con agilità incredibile la signora Jonatán appoggiò un piede fra le mani della ragazza Epifanía, che aveva intrecciato le dita per farle da staffa, e si tuffò di testa nel palco. La ragazza Epifanía guardò, riconoscendomi, e mi gridò qualcosa, probabilmente che l'aiutassi a salire, ma non le diedi retta e rimasi dov'ero, un po' distante dal palco, poco disposto a contendere con individui assolutamente impazziti di entusiasmo che lottavano fra loro a forza di spintoni. A Cayo Rodríguez che si era distinto sul palcoscenico per l'accanimento nel far scendere gli orchestrali in platea, avevano appena finito di spaccare il naso con un pugno, e si muoveva traballando di qua e di là con la faccia coperta di sangue. Non mi fece per niente pena, e neppure vedere il cieco trascinarsi per terra, battendo contro le poltrone, perduto in quel bosco simmetrico senza punti di riferimento. Piú niente mi importava ormai, tranne sapere se le grida sarebbero cessate, perché dai palchi continuavano a salire grida penetranti che il pubblico della platea instancabilmente ripeteva in coro, mentre ognuno cercava di far sloggiare gli altri ed entrare non importava come nei palchi. Era evidente che i corridoi esterni erano ingorgati, dato che l'assalto piú massiccio veniva sferrato dalla platea stessa, nell'intento di saltare nei palchi come aveva fatto la signora Jonatán. Io vedevo tutto questo e mi rendevo conto di tutto questo, e nello stesso tempo non avevo il benché minimo desiderio di incorporarmi alla confusione, per cui la mia indifferenza produceva in me uno strano sentimento di colpa, come se la mia condotta fosse lo scandalo definitivo e assoluto di quella serata. Sedendomi in una poltrona solitaria lasciai passare i minuti, mentre al margine della mia inerzia cominciavo a notare il decrescere dell'immenso clamore disperato, l'affievolirsi delle grida che infine cessarono, la ritirata confusa e mormorante di parte del pubblico. Quando mi sembrò che ormai si potesse uscire, mi lasciai dietro la parte centrale della platea e attraversai il corridoio che dà nel foyer. Questo e quell'individuo si spostavano come ubriachi, si asciugavano le mani e la bocca con il fazzoletto, si assestavano l'abito, si abbottonavano il colletto. Nel foyer vidi alcune donne che cercavano gli specchi e rimestavano nelle borse. Una di loro doveva essersi ferita perché c'era sangue sul suo fazzoletto. Vidi uscire di corsa le ragazze Epifanía; sembravano furenti per non essere riuscite ad arrivare ai palchi, e mi guardarono come se la colpa fosse stata mia. Aspettai che se ne fossero andate per avviarmi verso la scalinata dell'uscita, e in quel momento si affacciarono nel foyer la donna vestita di rosso e i suoi seguaci. Gli uomini marciavano dietro di lei, come prima, e pareva che si coprissero reciprocamente affinché non si vedesse quanto erano malconci i loro abiti. Ma la donna vestita di rosso marciava in testa, guardando alteramente, e quando mi trovai accanto a lei vidi che si passava la lingua sulle labbra, lentamente e golosamente si passava la lingua sulle labbra che sorridevano.

Carlo Emilio Gadda

Teatro

Rimasi al buio.

Non vidi piú Giuseppina, né i Biassonni, né i Pizzigoni, né il grand'ufficiale Pesciatelli.

In preda a un leggero batticuore, mi chiedevo che stesse accadendo, allorché apparvero delle rocce, percorse da un fremito: si gonfiavano come la vela toccata dal marezzo: come per bonaccia poi si abbiosciavano. Qualche metro piú in là il cielo dell'alba, con lo zaffiro richiesto dal caso: da un lato aveva assunto un aspetto lievemente verdastro in seguito a una riparazione.

Da dietro le rocce sbucarono, suscitando la curiosità generale, un uomo corpulento e una donna assai pingue, stretta per altro nella ritenutezza d'un robusto fasciame cosparso di vetruzzi.

C'era per aria un vecchio dispiacere.

Presero difatti a rinfacciarsi l'un l'altra i loro diportamenti: ella con lodoleschi trilli e occhi di ex-vipera. Egli bofonchiò truce le piú spropositate assurdità. Parevano dapprima un po' timidi, oh! ma si rinfrancarono tosto.

Inorgogliti dalle luci color indaco, violetto e giallo canarino che gli aiuti-elettricisti proiettavano sopra di loro, eccitati dall'invidia e dall'ammirazione che venivan suscitando in tutti gli altri, rimasti cosí miseramente al buio, essi tranghiottivano a tratti, nelle pause, la tenue saliva del loro magnifico «io».

Egli, poi, andava giustamente superbo d'un elmo dorato e d'una scimitarra argentata dal tintinnío metallico come di posateria presso l'acquaio.

Vestiva lo smagliante costume dell'ammiraglio persiano, con calzari di cuoio al cromo riccamente adorni di gemme di vetro: aveva vinto Sardanapalo e i suoi temibili congiunti Agamennone e Pigmalione: si esprimeva concitatamente, mediante settenari sdruccioli e tronchi.

I piú significativi provocavano dei violenti starnuti in ottanta uomini ordegni che un signore in frack teneva a disposizione dell'ammiraglio.

La donna, una faraònide, vestiva a sua volta in modo superiore a ogni previsione.

Dodici lunghi pennacchi, rigidi ed aperti a ventaglio, corroboravano di un'aureola tacchinesca il santuario della pettinatura.

Per diademi e collane fascinanti barbagli, come ai bastioni Genova, con altri timpani, quella che il serpente carezza.

Diademi, collane; occhiaie bleu. L'abito rosa trapunto di stupende pagliuzze metalliche; lo strascico una scopatrice stradale.

Raccontò del suo crin e ci forní elementi circostanziati sulle principali peripezie del suo sen; non trascurò l'alma; illustrò le forme piú tipiche del verbo gire, coniugandolo al participio, all'imperfetto, al passato remoto e al trapassato imperfetto; propose alcuni esempi di quella parte del discorso detta dai grammatici interiezione, scegliendoli con gusto e opportunità fra i piú rari della nostra letteratura, quali «orsú» e «ahi! lassa».

Tutto questo con gutturazioni impeccabili; le ultime, le piú acute erano addirittura: l'í, í, í d'una porta malvagiamente irrugginita, che si chiuda a scatti, nella beffa d'un ragazzo malvagio.

Quando l'ultima vibrazione dell'ultimo ghirigoro si spense nel sepolcro notturno, un raggio di speranza arrideva ai nostri cuori fascinati: ma l'ammiraglio, che non aspettava altro (avendo nel frattempo ripreso fiato) scoppiò nelle piú truculente vociferazioni.

Rimasi esterrefatto. Mi spiegai per altro la gravità del caso, di fronte al quale le mie modeste preoccupazioni di ingegnere elettrotecnico dovevano necessariamente passare in seconda linea: la pericolante successione al trono d'Egitto, cui portavano inciampo gli amorazzi della ben nota regina Semiramide, veniva a complicarsi ulteriormente per effetto delle mire ambiziose di Giocasta e di Maria Teresa.

Esse andavano sobillando (l'una però all'insaputa dell'altra) la celebre etàira Anassàgora, affinché, attratto l'ammiraglio in una notte di piaceri durante il plenilunio imminente, volesse condividere secolui il pomo di Cafír, per buona parte avvelenato, lasciando quel grande nelle peggiori difficoltà.

Uomo e donna finirono per litigare: usarono, è vero, modi assai sconvenienti, ma nessuna maiolica fu portata in scena, come nel dozzinale cinematografo. Accorsero diverse persone.

Intanto l'ala aquilonare, vaga sempre nelle alte regioni atmosferiche, andava molestando una roccia, fra le maggiori costituenti quell'importante gruppo orografico.

Apparve un pompiere. Credevo intervenisse per sedare il battibecco, per ricondurre il vincitore di Agamennone a piú miti propositi, avvalendosi assai opportunamente di disposizioni regolamentari. Ma, riflettendo meglio, capii che si era sporto per errore, forse attratto dal campo magnetico rotante di alcune danzatrici, i cui piedi sembravano volersi disfare, ora al nostro indirizzo ora al suo, di una molesta ciabatta.

Egli non faceva parte del capolavoro: è un pompiere, per spegnere «il fuoco», se avviene «l'incendio», poiché tutto è previsto nei moderni teatri. Qualche arrosto metropolitano non è che un'eccezione a confermare la regola; si tratta d'altronde della disciplinata solerzia dei vigili nel trattenere la folla dei salvatori troppo dilettanteschi.

Nel frattempo gli elettricisti avevano tramutate le loro luci in giallo limone ed arancione dacché, secondo notizie raccolte e coordinate in appresso, all'alba era succeduto il giorno. Inseguirono con i riflettori l'ammiraglio e la faraònide che si aggiravano sbraitando sull'impiantito: se miravano male, in quella specie di tiro al piccione, davano aureole e barbagli al pompiere.

Gli accorsi erano divenuti folla: si distinguevano agevolmente, ai varî e tipici costumi di tela stampata, pescatori, arcieri, peltasti, prefetti del popolo, mugnai assiro-babilonesi, indovini, legionari romani, navarchi, fabbricanti di vasi di Samo, chiromanti di Cirene, piloti mauri, il pretore d'Oriente con tre persone del seguito, pubblicani, farisei, dentisti, tornitori di gambe di seggiola, ex-ministri di Sardanapalo ed altre persone di moralità indiscussa, dotate comunque di buona volontà mesopotamica o di solida cultura classica, come testimoniavano le varie fogge del loro abbigliamento.

Eppure presero a delirare tutti in una volta, inseguendo con laceranti uníssoni i fonismi di quei due: urlavano a perdifiato le piú roboanti stravaganze, le piú imprevedibili assurdità, senza muoversi, senza guardarsi, rossi, gonfi, turgidi le vene del collo, il mastoide indafarato come un ascensore, le mani in mano: e come rivolti al nulla e a nessuno; e come assolti da ogni riferimento alla realtà delle cose. Ogni faccia, maschera della follía, defecava la sua voce totale nella cisterna vuota dell'insensatezza.

– Meraviglioso, meraviglioso... – mormoravano nel palco vicino i signori Biassonni. Anche il grande ufficiale Pesciatelli, che non si meraviglia mai di nulla perché ci tiene a farsi prendere per un inglese, fu coinvolto nella stupefazione generale.

Il signore che, in frack, è sul podio, avrebbe potuto interporre i suoi buoni uffici e la sua autorità per sedare tanto tumulto: e invece si sbracciava ad esacerbarlo, incurante degli insegnamenti del Vangelo e del progressivo rammollimento cui le parti inamidate della persona venivan soffrendo.

Si ebbe cosí un ben meritato castigo, dacché le ridusse impresentabili, macerandole di acidi della serie aromatica e della serie grassa, di ammino-acidi, di composti albuminoidi varî e di altre sostanze azotate.

Perché si prestasse a ciò, la direzione del Teatro gli aveva conferito un lauto onorario.

A un tratto, il buio cessò anche per me.

Lo sfolgorío dei lampadari avvolse di luce le piú giovani dame della città, dicendo alto l'elogio di dolcissime curve o della «maigreur élégante de l'épaule, au contour heurté». Alcune, come una goccia di sangue, avevano un rubino sulla bianchissima gola.

Le attendono i cuscini dal disegno ignorato; ora il genio del melodramma disseta le loro anime con la linfa della eterna bellezza.

Ero sprovveduto di occhiale madreperlaceo: cosí le guardai a occhio nudo, dato che ci vedo abbastanza bene anche cosí.

Lo spettacolo fu indescrivibile: quella sera la piú colta società babilonese s'era data convegno al Ponchielli. Il fondo del ferro di cavallo era percorso da signori serissimi. Nei palchi piú costosi, gli sparati perfetti, le attillate bande dei frack, i polsi immacolati, un distratto sussiego dicevano: «Noi conosciamo i retroscena della vita! Le spole secrete del mondo noi siamo a passarle per mezzo l'ordito della grossezza plebea. La nostra scienza, il nostro ingegno, il nostro potere, i nostri denari permettono al genio che ci divaghi, come un giullare. Poiché questo è genio autentico». Difatti i buongustai, i cultori, i critici si congratulavano gli uni con gli altri. In alto si sentiva gridare aranciata. Bacche di perle sui seni burrosi della seconda giovinezza: stille di brillanti. Non s'era mai vista una cosa simile. Un diffuso profumo di paste e di farine da tavoletta mi faceva pensare a un favoloso gineceo, dove purtroppo è proibito entrare, se non a speciali personaggi un po' grassocci.

Si udirono tuoni lontani: Sardanapalo era diretto verso le porte del Tartaro.

L'impiantito fu zoccolato da un núgolo di diavoli, con code di cartone e tridenti di legno rinvolto nella stagnola; le anche, come quelle degli antichi fauni, erano avvolte di pelli caprine, le gambe protette da calze rosse. Erano le tempie provvedute di conetti di panno rosso imbottiti, a raffigurare le emergenze cornee proprie di questi temibilissimi spiriti.

Mentre li ritenevo assai vivaci e sprizzanti dagli occhi una perversa malizia, con la quale e con cenni della coda inducono le ragazze alle piú rischiose disubbidienze, furono quella sera oltremodo melensi e sbugiardarono altresí quel turista fiorentino, che li fotografò in attitudini poco contegnose e li dice facili alle peggiori scurrilità.

«Fatti piú là, lasciami un po' di posto», pareva dire ciascuno al suo simile, quando apparvero alquanto rattrappiti attardandosi e urtandosi, come dei collegiali dal fotografo.

Un'aria fredda doveva tirare da qualche porticina di servizio del Tartaro con disagio dell'ambiente plutonico: perché, con la coda dell'occhio, guardavan tutti da una parte quasi per dire: «Chiudila!»

C'era poi, bisogna riconoscerlo, quel sordo mormoramento, come di grattugia, che l'uomo in frack andava ora suadendo ai suoi complici; l'ex-frenetico sembrava istupidito dalla valeriana. Con le brache lente, con un sorriso imbelle, con la mimica del lestofante che avverta sopra di sé i due occhi implacabili del sospetto, andava implorando da tutti il piú prudente contegno. Abbadava ora agli ottoni e ai contrabbassi: e con un rattrappire la spalla sinistra e con un richiamar la mano a casa e un distenderla, pareva dire: «Andiamo, via!»; poi con la destra infrenava i temuti scarti dei fagotti e le impennate de' violini, de' clarinetti e dell'oboe. Con le ginocchia faceva della ginnastica da camera.

Seppi di poi che tutto quel lavorío era inteso a procurarci la sensazione della corrente acherontea.

Le lampade ad arco aiutarono la bisogna, poiché, sottoposte all'accurato controllo degli elettricisti, presero a fare dei friggimenti e dei gargarismi carbureggianti: volevano sputare una resca, ma non gli veniva. La grattugia fece su tutti la piú favorevole impressione: – Meraviglioso, meraviglioso... – andavano dicendo i Biassonni.

È il connubio delle arti. Nove muse intrecciate fra di loro.

Perché un piacere alla volta?

Qui l'occhio vede, l'orecchio sente, il muscolo freme, preso nell'émpito della mimesi terpsicorea. Oh! ma l'olfatto e il gusto e il tatto e il resto, perché assisteranno negletti al tripudio dei favoriti?

In un ulteriore stadio evolutivo del glorioso melodramma a questo vizio sarà fatto riparo. Per il tatto un bagno tepido ai piedi, con rubinetto di regolazione; a richiesta, un apparecchio cinesiterapico, giovevolissimo alla salute. Per l'olfatto, un odorino iniziale di cetrioli sott'aceto darà la stura a una successione fantasmagorica di altri odorini. Essi verranno dal basso: una batteria di potenti aspiratori li tirerà di cucina, un gioco di valvole li immetterà nella sala secondo schemi sinfonici: esaleranno poi dall'alto, a lor comodo, in virtú della nota legge fisica del tiraggio.

L'importante è che Melpomene ed Euterpe si sposino, l'importante è il connubio: anche se un po' audace. Né rimangano inoperose Clio, Erato e Talía e le altre della portentosa «équipe»: diano opera anzi ad un *sún* formidabile e definitivo.

Quanto allo scorticatore di Marsia, l'attività di tutte le polizie letterarie europee lo ha costretto a rendersi irreperibile.

Eppure il suo divino coltello potrebbe rendere ancora dei preziosi servigi.

Ai diavoli melensi si mescolarono ben presto delle perfide, vermiglie creature, con ali di libellule assiro-babilonesi: esse diedero espressione geometrica a un vortice di piroette, levando altissime le gambe nervose, calzate da maglie rosa stinto.

A quell'ora alcuni fra i maggiorenti de' palchi, detti dai franceschi *gagà*, dovevano sicuramente impallidire. Il ritmo del balletto era tutto un ottonario tronco: ralla lilla trilla rí – rondinella pellegrin.

I tuoni raddoppiarono di violenza: fumi sulfurei promanò la terra, mediante bòtole: e si levavano fino alle sandaline del cielo.

– Ecco Sardanapalo, – mi disse Giuseppina, in preda a uno spiegabile orgasmo.

Ma questo re corrottissimo stentava a giungere: e se ne intuí la ragione. Arrivava a cavallo: disfatto dall'angoscia e dal rimorso, perseguito dalla maledizione divina, madido di un sudore diaccio; ma il cavallo procedeva piano piano, come se avesse i piedi di cioccolato, tenuto da un bel valletto alla briglia. Di quest'ultimo si avevano ottime referenze: credulone, fu però coinglutito nel vortice Sardanapalesco ed appariva angustiato non soltanto dalla dannazione eterna, ma anche dalla piega che quel cavallo avrebbe potuto prendere.

Il re, accasciato sulla sella come un fagotto, volontà spenta, levava a intervalli un'occhiata implorante verso l'uomo in frack: – Adagio con le trombe, in nome de' tuoi poveri morti!

Com'è vero che la sventura rende umili anche i piú superbi e crudeli potentati!

Ma chi tiene l'uomo in frack? Egli è valletto alla rèdina dell'alato ippogrifo.

Tutto, per altro, andò nel migliore dei modi: quel quadrupede, dovevamo capirlo prima, non era pericoloso.

Stavo pensando come il nostro spirito potrebbe evadere quel laberinto di cartone, di re mesopotamici, di scudi di latta, di proterve lussureggianti regine, di maglie stinte, di notizie tendenziose, di guerrieri antichi e valorosissimi, che accennava a distendersi nell'eternità.

Provvide a ciò un angelo, inviato dall'Onnipotente.

– L'angelo, l'angelo... eccolo, eccolo... – mi fece Giuseppina.

Il messo celeste arrivava, com'è logico, dal soffitto, ma lo ravvisai subito. Era Carlo, proprio Carlo, il garzone del nostro fornitore di latte, a cui feci jer l'altro una solenne lavata di capo, perché va frescando e incidendo a graffito i muri della scala di servizio, con immagini che turbano la modestia del personale.

Il gancio al quale era appeso lo depositò al suolo fra il sollievo degli astanti. È un bel ragazzo. Come angelo è muto (mentre con Silvia parla diverse lingue): cosí non ci fu dato conoscere nemmeno in questa rara e favorevolissima congiuntura le inflessioni della voce celestiale, riflesso de' mondi superni.

Le ali del cherubino hanno il difetto di rimaner prese costantemente in una strana rigidezza, sia che egli fenda i diafani ed apertissimi cieli, sia che cammini le vie peccaminose ed anguste di nostra terra: mentre è notorio che tutti i piú provetti volatili le dispiegano durante il volo, per raccoglierle non oltre si pòsino. Sono ali, queste di questo cherubino Carlo, fisse: se le porta con sé come una valigia, anche quando vola appeso al gancio. Non le sparnazza mai.

Il vispo agnolotto ha comunque la virtú di far ricadere il telone sugli avvenimenti del secondo episodio, cui, scoccando la mezzanotte, seguita il terzo.

Non ne ho afferrato compiutamente lo spirito informatore poiché, durante la prima parte, mi accadde ciò che non mai altra volta, al conspetto di un capolavoro del genio umano: mi appisolai!

Tentarono le bombarde orchestrali di strapparmi al sopore in cui ero incorso. Gli ottanta sono malvagi.

Non gli riuscí a riscotermi se non verso l'una, col rinnovare tali scoppi concomitanti de' loro utènsili, che sembrava ne meditassero l'esplosione, presi in un'orgia di annientamento. Bisogna far calcolo che si tratta di diverse decine di diplomati, tutti nel vigore dell'età.

Mi destai allucinato. L'ammiraglio agonizzava, disteso sur un tappeto, nel folto della selva paradisiaca: era quello di quel primo battibecco con la donna obesa. Si abbandonò per l'ennesima volta a delle gravissime affermazioni sul conto di costei, nel mentre una costernazione profonda si dipingeva nel volto di tutti gli astanti.

La sua agonia si protrasse quarantaquattro minuti, ricordo come fosse stamane, durante i quali gli venne fatto di declamare altri centodódici endecasillabi e trentatre quinarî, di cui altri ripetuti due volte, altri fugati, altri sillabati in ripresa, altri mormorati a recitativo. L'indigesto pomo di Cafír aveva sortito evidentemente l'effetto previsto e consegnava il tragico spirito dell'ammiraglio a quella baritonale agonía.

La sua fibra eccezionalmente robusta ci consentí tuttavia di venire a integrale conoscenza delle di lui disposizioni testamentarie, avanti che il sudario della notte avesse a distendersi sulle pupille ancor fervide del lampo di tante battaglie, e avesse a privarci di un solo emistichio.

Nessuno era preparato a una simile sciagura. La morte di tanto Uomo è una perdita irreparabile per l'umanità tutta. Un'angoscia ci prende al pensiero che domattina il commercio dei pneumatici, dei medicinali, dei latticini, dei tessuti, dei materiali da costruzione riprenderà puntualmente alle otto e mezza: alle dieci nuovamente avran quotazione i saccariferi, i minerarî, i meccanici, i metallurgici, gli immobiliari, gli elettrici, i tessili: ed Egli ora si spegne fra inenarrabili difficoltà! Dissapori coniugali, imbarazzi finanziari, complicazioni dinastiche, infedeltà di luogotenenti, trono vacillante, Giocasta e Maria Teresa alle soglie del trionfo; tormentosi dubbi della grande anima, cambiali false, ingratitudine del capo contabile!

O virtú! non sei che un vano nome!

C'è poi da aggiungere, cosa non improbabile, che l'astio di Sardanapalo gli avrà arrecato sciagura, perché corre voce che costui, specie da defunto, induca gramo.

Con la dipartita dell'anima eletta ebbero fine tutti i suoni le luci ed i suffumigi di quella notte memoranda.

I signori e gli psicopompi, un cartoncino alla mano, si accalcarono e gomitarono come plebei per riavere la pelliccia al piú presto.

Il generale dei pompieri (che ha un elmo con un pennacchio speciale) ragunò i suoi otto e, arringàtili, tutti insieme si avviarono per andare a nanna; in ciò imitati da un inappuntabile drappello di carabinieri bergamaschi. Fortunatamente non si era avvertito, in tutta la meravigliosa serata, il benché minimo odore di bruciaticcio.

Primo Intermezzo

do sono sicuro che in orchestra prevalgano gli ottoni o che cori maschili intonino canti come *Il rombo del tuono* o *La slavina*, composizioni insomma dov'è garantita una certa quantità di «fortissimi». Però è proprio questo tipo di musica che m'interessa meno.

Non ha nessun senso che i medici vogliano convincermi che è un fenomeno nervoso, per cui basta che faccia uno sforzo di volontà. Lo so che è un fenomeno nervoso, ma il fatto è che i miei nervi mi tradiscono quando sto vicino a Bertram. E non c'è sforzo di volontà che tenga. Non ce la faccio proprio. Si vede che stava scritto in cielo che come sforzi di volontà sarei sempre stato una frana.

Adesso scorro con tristezza i programmi delle società di concerto. Non posso accettare le loro gentili offerte, perché so che sarà presente anche Bertram. E appena avrò sentito la sua prima raschiatina di gola, non riuscirò piú a controllarmi.

Sulla tastiera

James Baldwin

Il blues di Sonny

Lessi la notizia sul giornale, in metropolitana, andando a lavorare. La lessi, ma non ci potevo credere, e la lessi di nuovo. Poi forse rimasi con lo sguardo fisso sul giornale, su quella pagina che riportava il suo nome, che riportava la sua storia per filo e per segno. Rimasi a fissarlo nella luce tremolante del vagone, e nei visi e nei corpi della gente, e nel mio volto, intrappolato dall'oscurità che rombava all'esterno.

Non era proprio possibile, e continuai a ripetermelo mentre facevo a piedi il tratto di strada dalla stazione della metropolitana a scuola. Ma allo stesso tempo non potevo dubitarne. Avevo paura, paura per Sonny. Era tornato a essere una realtà nella mia vita. Un grande blocco di ghiaccio mi si piazzò sullo stomaco e continuò a sciogliersi lentamente, tutto il giorno, mentre insegnavo algebra alla mia classe. Era un tipo di ghiaccio particolare. Continuava a sciogliersi e mi faceva scorrere rivoli d'acqua gelida lungo le vene, ma non si riduceva mai. A volte s'induriva e sembrava dilatarsi fino a quando avevo l'impressione che mi uscissero le budella, o di essere sul punto di soffocare, o di gridare. Succedeva sempre nel momento in cui pensavo a qualcosa di particolare che Sonny aveva detto o fatto in passato.

Quando aveva piú o meno la stessa età dei miei studenti, il suo viso era aperto e intelligente, la carnagione un po' ramata sui bellissimi occhi bruni sinceri, ed era gentile e riservato. Mi domandai come fosse ora. Era stato arrestato, la sera prima, durante un'irruzione della polizia in un appartamento del centro, per spaccio e uso di eroina.

Non ci potevo credere: e dicendo cosí intendo che questa cosa non riusciva a trovar spazio dentro di me. Per molto tempo l'avevo tenuta fuori. Non ne avevo voluto sapere. Sí, avevo avuto dei sospetti, ma non volevo pensarci, continuavo a metterli da parte. Mi dicevo che Sonny era ribelle ma non era matto. E poi era sempre stato un bravo ragazzo, non si era mai indurito, non era mai diventato violento e irrispettoso come capita a tanti ragazzi, cosí in fretta, cosí in fretta, soprattutto ad Harlem. Non volevo pensare che un giorno avrei visto mio fratello andare a fondo, finire nel nulla, tutta quella luce sul suo volto che si spegneva, come avevo visto succedere già a tanti altri. E invece era successo, e ora eccomi lí a parlare di algebra a quei ragazzi, tutti ragazzi che, per quanto ne sapevo, avrebbero potuto farsi ogni volta che erano carichi. Magari a loro serviva piú dell'algebra.

Ero sicuro che Sonny avesse iniziato con l'eroina quando non era molto piú grande dei miei studenti. Quei ragazzi vivevano ora nello stesso modo in cui avevamo vissuto noi alla loro età, crescevano in un lampo e la loro testa sbatteva bruscamente contro il soffitto basso delle loro opportunità. Erano pieni di rabbia. Conoscevano soltanto due oscurità, l'oscurità delle loro vite, che ormai gli era addosso, e l'oscurità del cinema, che li aveva resi ciechi alla prima e di cui ora approfittavano, vendicativamente, per sognare, piú uniti di quanto non fossero mai stati, ma anche piú soli.

Quando suonò la campanella e terminò l'ultima lezione, tirai il fiato. Era come se lo avessi trattenuto per tutto quel tempo. Avevo gli abiti bagnati, come se fossi rimasto seduto l'intero pomeriggio in un bagno turco, completamente vestito. Restai a lungo seduto in classe da solo. Ascoltavo i ragazzi di fuori, al piano di sotto, che urlavano e imprecavano e ridevano. La loro risata mi colpí forse per la prima volta. Non era la risata gioiosa che, Dio solo sa perché, si associa ai bambini. Era chiusa e sarcastica, con un intento offensivo. Era disincantata, e in ciò risiedeva anche l'autorevolezza delle loro imprecazioni. Forse rimasi lí ad ascoltarli perché in quel momento pensavo a mio fratello e, sentendoli, mi sembrava di sentire lui. E me stesso.

Un ragazzo fischiettava una melodia molto complessa e insieme molto semplice, che sembrava sgorgargli dalla bocca come fosse un uccello, e risuonava maledettamente fredda e commovente in quell'aria tersa e pungente, resistendo appena, solitaria, fra tutti gli altri suoni.

Mi alzai, andai alla finestra e guardai giú in cortile. Era l'inizio della primavera e i ragazzi traboccavano di energia. Di tanto in tanto un insegnante passava tra loro, rapido, come se non vedesse l'ora di scappare dal cortile, di togliersi dalla vista e dalla mente dei suoi allievi. Cominciai a raccogliere le mie cose. Pensavo che la cosa migliore fosse tornare a casa e parlarne con Isabel.

Quando scesi di sotto, il cortile era quasi deserto. Fermo nell'ombra di un portico vidi un ragazzo che assomigliava a Sonny. Stavo quasi per chiamarlo, poi mi accorsi che non era lui ma un tipo che un tempo conoscevamo entrambi, uno che abitava nel nostro isolato. Era un amico di Sonny. Amico mio no, perché per me era troppo piccolo, e, in ogni caso, non mi era mai piaciuto. Adesso, pur essendo un uomo adulto, continuava a ciondolare nello stesso isolato, passava ancora il suo tempo agli angoli delle strade, era sempre fatto e sfinito. Un tempo mi capitava di incontrarlo ogni tanto e spesso lui mi raccontava qualche storia per spillarmi un quartino o un mezzo dollaro. Trovava sempre un'ottima scusa, e io ogni volta glieli davo, non so perché.

In quel momento però, di punto in bianco, sentii di odiarlo. Non sopportavo il modo in cui mi guardava, un po' come un cane, un po' come un bambino furbo. Avrei voluto chiedergli cosa diavolo ci faceva lí nel cortile della scuola.

Si trascinò in qualche modo verso di me e disse: – Vedo che hai il giornale. Quindi lo sai già.

– Vuoi dire di Sonny? Sí, lo so. Com'è che non hanno preso anche te?

Sorrise con una smorfia che mi ricordò come era da bambino e mi diede un senso di repulsione. – Io non c'ero. Mi tengo alla larga da quella gente.

– Buon per te –. Gli offrii una sigaretta e lo guardai attraverso il fumo. – Sei venuto fin qui solo per dirmi di Sonny?

– Esatto –. Scuoteva leggermente la testa e i suoi occhi sembravano strani, come se stessero per incrociarsi. Un sole intenso attutiva la sua umida pelle marrone scuro e gli faceva sembrare gli occhi gialli mentre metteva in risalto lo sporco dei capelli annodati. Allontanandomi un po' dissi: – Be', ti ringrazio. Ma lo so già e devo andare a casa.

– Ti accompagno per un pezzo, – disse. Iniziammo a camminare. Un paio di studenti si erano attardati nel cortile e uno di loro mi salutò guardando in modo strano il ragazzo accanto a me.

– Cos'hai intenzione di fare? – mi chiese. – Voglio dire riguardo a Sonny.

– Senti, non vedo Sonny da piú di un anno, e non sono neanche sicuro che farò qualcosa. D'altronde, cosa diavolo potrei fare?

– Hai ragione, – disse in fretta, – non puoi fare niente. Temo che non si possa piú aiutarlo, il vecchio Sonny.

Stavo pensando la stessa cosa e perciò mi sembrò che non avesse alcun diritto di dirlo. – Comunque mi meraviglio di lui, – proseguí. Aveva uno strano modo di parlare, guardava dritto davanti a sé come se stesse discutendo da solo. – Pensavo che fosse uno in gamba, troppo in gamba per farsi beccare.

– Immagino che anche lui la pensasse cosí, – dissi con

sarcasmo, – ed ecco perché l'hanno preso. E tu? Scommetto che tu sei maledettamente in gamba.

Allora mi rivolse lo sguardo, per un attimo. – Io non sono in gamba, – disse. – Se fossi in gamba mi sarei procurato una pistola già molto tempo fa.

– Senti, ora non metterti a raccontare le tue tristi storie... Se fosse per me te ne darei una io –. Poi mi sentii in colpa; in colpa, forse, per non aver mai immaginato che anche quel povero bastardo potesse avere una sua storia, né tanto meno una storia triste, e gli domandai subito: – Adesso cosa gli succederà?

Non rispose. Era distante, da solo, altrove.

– È strano, – disse, e dal suo tono avreste pensato che stessimo parlando della strada piú veloce per arrivare a Brooklyn, – quando stamani ho visto il giornale, mi sono chiesto per prima cosa se in un modo o nell'altro c'entrassi anch'io. Mi sono sentito quasi responsabile.

Mi misi ad ascoltare con piú attenzione. La stazione della metropolitana era all'angolo, proprio davanti a noi, e io mi fermai. Si fermò anche lui. Stavamo davanti a un bar, e lui si chinò leggermente per dare un'occhiata all'interno, ma chiunque fosse la persona che cercava non sembrava esserci. Il juke-box sparava a tutto volume musica nera molto ritmata, e guardai con la coda dell'occhio la barista, che tornava dal juke-box al bancone ballando. La osservai in viso mentre rispondeva a una frase che qualcuno le aveva appena detto, ridendo mentre continuava a tenere il ritmo. Quando sorrideva sembrava una bambina, ma sotto quel viso malconcio da mezza puttana si percepiva la donna perduta che non smetteva di lottare.

– A Sonny non ho mai dato niente, – disse infine il ragazzo, – ma parecchio tempo fa arrivo a scuola fatto, e Sonny mi chiede come ci si sente –. S'interruppe, e io non riuscivo a guardarlo, guardavo la barista e ascoltavo quella musica che sembrava far tremare il pavimento. – Gli ho detto che ci si sente alla grande –. La musica finí, la barista si fermò e si mise a fissare il juke-box finché la musica non ricominciò. – Ed era vero.

Tutto questo mi stava portando in un luogo dove non volevo andare. Di sicuro non volevo sapere come ci si sentiva. Riempiva ogni cosa, la gente, le case, la musica, la barista scura con l'argento vivo addosso, di un senso di minaccia; e questa minaccia era la loro realtà.

– Adesso cosa gli succederà? – chiesi di nuovo.

– Lo manderanno da qualche parte e cercheranno di guarirlo –. Scosse la testa. – Magari si convincerà persino di essere riuscito a smettere. A quel punto lo lasceranno libero, – e fece il gesto, buttando la sigaretta nel canale di scolo. – Tutto qui.

– Cosa vuoi dire, tutto qui?

Ma lo sapevo già cosa voleva dire.

– Tutto qui –. Voltò la testa e mi guardò abbassando gli angoli della bocca. – Non lo sai cosa intendo? – chiese piano.

– Come diavolo faccio a saperlo? – dissi quasi sussurrando, non so perché.

– Ha ragione, – fece lui come se stesse pensando ad alta voce, – come potrebbe sapere quello che intendo? – Si voltò di nuovo verso di me, tranquillo e paziente, ma mi accorsi che stava tremando, tremando come se stesse per crollare. Sentii di nuovo il ghiaccio nelle budella, la paura che avevo provato tutto il pomeriggio; e guardai ancora la barista che si muoveva dentro il bar canticchiando mentre lavava i bicchieri. – Senti. Lo faranno uscire e lui ricomincerà da capo. Ecco cosa intendo.

– Stai dicendo che lo faranno uscire, e che a quel punto ci ricascherà. Stai dicendo che non riuscirà mai a smettere. È questo che vuoi dire?

– Esatto, – rispose contento. – Hai capito bene.

– Dimmi, – chiesi alla fine, – per quale motivo vuole morire? Perché è evidente che vuole morire, si sta uccidendo, ma perché vuole farlo?

Mi guardò stupito. Si leccò le labbra. – Non vuole morire. Vuole vivere. Nessuno vuole morire, mai.

Avrei voluto chiedergli... troppe cose. Magari non mi avrebbe risposto o, se lo avesse fatto, non sarei riuscito a reggere le sue risposte. Mi misi in cammino. – Be', immagino che non sia affar mio.

– Non sarà facile per il vecchio Sonny, – disse. Arrivammo alla stazione della metropolitana. – È la tua fermata? – chiese. Risposi di sí con un cenno. Scesi un gradino. – Oh, maledizione! – disse. Fece ancora una smorfia. – Maledizione, ho lasciato a casa tutti i soldi. Non avresti per caso un dollaro? Solo per un paio di giorni, non di piú.

Tutt'a un tratto qualcosa dentro di me si sciolse minacciando di traboccare. Non lo odiavo piú. Sentii che tra un istante avrei incominciato a piangere come un bambino.

– Certo, – dissi. – Non preoccuparti –. Guardai nel portafogli ma non avevo monete da un dollaro, solo un biglietto da cinque. – Ecco, – dissi. – Ti basta?

Non lo guardò. Non voleva guardarlo. Il suo volto assunse un'espressione terribile, inaccessibile, quasi volesse nascondere a entrambi quel numero sulla banconota. – Grazie, – disse; e adesso non vedeva l'ora che me ne andassi. – Non preoccuparti per Sonny. Magari gli scrivo o roba del genere.

– Certo, – dissi, – fallo. Addio.

– Ci vediamo, – disse. E ripresi a scendere i gradini.

Per parecchio tempo non scrissi a Sonny e non gli mandai nulla. Quando alla fine mi ci misi, fu subito dopo la morte della mia bambina, e lui rispose con una lettera che mi fece sentire un bastardo.

Ecco cosa scrisse:

Fratello caro,

non sai che bisogno avessi di ricevere tue notizie. Molte volte mi è venuta voglia di scriverti, ma poi pensavo a quanto dovevo averti ferito e cosí alla fine non l'ho fatto. Ma adesso mi sento come un uomo che sta arrampicandosi per uscire da un fosso profondo, terribilmente profondo e marcio, e a un certo punto vede il sole lassú in cima. Devo uscirne.

Non so spiegarti come sono finito qui. Voglio dire, non riesco a trovare le parole giuste. Probabilmente avevo paura di qualcosa, oppure stavo cercando di fuggire da qualcosa ma, come sai, non ho mai avuto molto sale in zucca (risata). Per fortuna papà e mamma non ci sono piú e non possono vedere cos'è successo a loro figlio, e giuro che se avessi saputo quello che stavo facendo non ti avrei mai ferito in questo modo, te e un sacco di brave persone che mi hanno trattato con gentilezza e hanno avuto fiducia in me.

Non devi pensare che quel che è successo c'entri con il fatto che sono un musicista.

C'è molto piú di questo. O forse meno. Qua dentro non riesco a capire bene quel che ho in testa e cerco di non pensare a cosa sarà di me quando mi lasceranno andare. A volte penso che perderò la testa e che non uscirò mai di qui, a volte invece penso che tornerò a posto. Voglio dirti una cosa soltanto, però: mi farei saltare le cervella piuttosto che soffrire ancora in questo modo. Ma dicono tutti cosí, a quanto pare. Se ti faccio sapere quando vengo a New York e riusciamo a vederci mi farebbe veramente piacere. Manda i miei saluti affettuosi a Isabel e ai bambini, e mi ha molto rattristato la notizia della piccola Gracie. Vorrei poter essere come mamma e dire che questa è la volontà del Signore, ma ho come l'impressione che i guai siano l'unica cosa che non finisce mai, e non so quanto serva dare la colpa al Signore. Ma forse a qualcosa serve, se ci si crede.

Tuo fratello,
Sonny

In seguito restammo in contatto costante, gli mandai tutto quel che potevo e quando ritornò a New York andai a incontrarlo. Nel vederlo, molte cose che pensavo di aver dimenticato mi ritornarono in mente come un fiume in piena. Questo perché avevo finalmente iniziato a pormi delle domande su Sonny, sulla vita che Sonny aveva fatto dentro. Quella vita, quale che fosse, lo aveva lasciato piú vecchio e dimagrito e aveva reso ancor piú profondo il silenzio distaccato in cui si era sempre mosso. Era molto diverso dal mio fratellino minore. Eppure, quando sorrideva, quando mi stringeva la mano, quel fratellino che non avevo mai conosciuto affiorava dagli abissi della sua vita privata come un animale in attesa di essere condotto verso la luce.

– Come stai? – mi chiese.

– Bene, e tu?

– Bene –. Aveva un sorriso radioso. – È bello rivederti.

– È bello rivedere te.

I sette anni di differenza che c'erano tra noi ci separavano come un baratro: mi domandai se il tempo passato potesse valere come ponte. Mi venne in mente, e non fu facile poi riprendere fiato, che avevo assistito alla sua nascita; e che avevo udito le sue prime parole. La prima volta che camminò, venne diritto da nostra madre a me. Quando fece i suoi primi passi in questo mondo, fui io ad afferrarlo appena prima che cadesse.

– Come sta Isabel?

– Bene, bene. Non vede l'ora di incontrarti.

– E i ragazzi?

– Anche loro stanno bene. Scalpitano per vedere lo zio.

– Ma va là. Sai benissimo che non si ricordano piú di me.

– Stai scherzando? Certo che si ricordano di te.

Sorrise di nuovo. Salimmo su un taxi. Avevamo molte cose da dirci, cosí tante che non sapevamo da che parte iniziare.

Mentre il taxi si avviava, chiesi: – Hai sempre intenzione di andare in India?

Rise. – Ti ricordi ancora. Diamine, no. Mi sembra già di essere un indiano, in questo posto.

– Un tempo era loro, – dissi.

Rise di nuovo. – Sapevano bene quel che facevano, quando se ne sono liberati.

Anni prima, intorno ai quattordici anni, Sonny era stato un fanatico dell'India. Leggeva libri su gente che stava seduta sulle rocce, nuda, in qualsiasi condizione atmosferica, ma soprattutto col cattivo tempo, ovviamente, e camminava a piedi scalzi sui carboni ardenti e raggiungeva la saggezza. Io pensavo che a quel modo se ne sarebbero andati in tutta velocità, e lo dicevo a Sonny. Lui, se non ricordo male, mi guardava con un po' di disprezzo.

– Ti dispiace, – disse, – se chiediamo al tassista di costeggiare il parco? Lungo il West Side. È da cosí tanto che non vengo in città.

– Certo che no, – dissi. Temevo pensasse che lo assecondavo, ma mi augurai che non la prendesse a quel modo.

Proseguimmo quindi tra il verde del parco e l'eleganza algida e senza vita di alberghi e palazzi di appartamenti, verso le strade vivaci e fatali della nostra infanzia. Quelle strade non erano cambiate, anche se ora si vedevano spuntare qua e là interi complessi residenziali come rocce in mezzo a un mare ribollente. La maggior parte delle case in cui eravamo cresciuti era scomparsa, e cosí i negozi in cui avevamo rubato, gli scantinati in cui avevamo avuto le nostre prime esperienze sessuali, i tetti da cui avevamo lanciato lattine e mattoni. Ma a dominare il paesaggio erano ancora case identiche a quelle del nostro passato, in cui ragazzi identici a noi si ritrovavano a soffocare e uscivano per strada in cerca d'aria e di luce per trovarsi circondati dal disastro. Alcuni di loro riuscivano a sfuggire alla trappola, la maggior parte no. Quelli che scappavano lasciavano sempre qualcosa di sé alle spalle, come un animale che perda una zampa in una trappola. Qualcuno avrebbe potuto dire che io ero riuscito a mettermi in salvo – in fondo ero un insegnante – e che anche Sonny era riuscito a scappare, lui non viveva piú ad Harlem da parecchi anni. Ma mentre il taxi si spingeva verso nord lungo strade che sembravano scurirsi in fretta per via di quelle facce scure, e mentre spiavo il volto di Sonny cercando di non farmi vedere, mi venne da pensare che ciò che entrambi stavamo cercando, guardando fuori dal finestrino in direzioni opposte, era quella parte di noi stessi che ci eravamo lasciati alle spalle. È sempre nei momenti di bisogno e di confronto che l'arto mancante pulsa piú dolorosamente.

Giunti sulla Centodecima, proseguimmo lungo Lenox Avenue. Conoscevo quel viale da una vita, ma tornò a sembrarmi, come il giorno in cui ero venuto a sapere per la prima volta dei guai di Sonny, pieno di una minaccia nascosta che era il suo vero respiro.

– Ci siamo quasi, – disse Sonny.

– Quasi –. Eravamo entrambi troppo nervosi per dire altro.

Abitiamo in un complesso residenziale. Non esiste da molto. Dopo terminato sembrava cosí nuovo da non poterci vivere: adesso, ovviamente, è già fatiscente. Sembra una parodia della vita bella, pulita e senza volto. Dio solo sa se la gente che ci vive non fa di tutto per renderlo una parodia. Il prato malconcio che gira tutt'intorno non è sufficiente a rinverdire la loro esistenza, le siepi non terranno mai fuori la strada, e lo sanno. Le grandi finestre non ingannano nessuno, non sono sufficientemente grandi per ricavare uno spazio da uno spazio che non c'è. Ma la gente se ne infischia, si limita a guardare lo schermo televisivo. Il campo da giochi è frequentato soprattutto da bambini che non giocano a morra, e non saltano la corda, e non vanno in pattini a rotelle, e non usano l'altalena, ma a volte ci rimangono fino a sera. Ci siamo trasferiti un po' perché non è molto lontano dalla scuola dove insegno, un po' per i bambini: ma il posto è molto simile alle case in cui siamo cresciuti Sonny e io. Succedono le stesse cose, avranno le stesse cose da ricordare. Non appena mio fratello e io entrammo in casa, ebbi la sensazione che lo stavo solo riportando verso i pericoli che era quasi morto per sfuggire.

Sonny non è mai stato un chiacchierone. Eppure, non so perché, quella prima sera, finito di cenare, ero sicuro che avesse una terribile voglia di parlarmi. Andò tutto bene, il mio ragazzo piú grande si ricordava di Sonny, che risultò simpatico anche al piccolo; mio fratello aveva pensato a portare qualcosa per entrambi; e Isabel, che è molto piú gentile di me, piú aperta e generosa, si era data molto da fare per la cena ed era sinceramente contenta di vederlo. Lei che è sempre stata capace di prendere in giro Sonny in un modo in cui io non riesco. Era bello tornare a vedere il suo viso cosí raggiante e sentirla ridere e vedere che faceva ridere Sonny. Non era o, perlomeno, non sembrava essere per nulla agitata o imbarazzata. Chiacchierava come se non ci fossero argomenti da evitare e riuscí a far superare a Sonny la sua lieve rigidità iniziale. Grazie a Dio c'era lei, perché io mi sentivo ancora sopraffatto da quella paura gelida. Qualsiasi cosa facessi mi sembrava maldestra, e qualsiasi cosa dicessi mi sembrava carica di significati nascosti. Cercavo di ricordare tutto quello che avevo sentito dire sulla dipendenza e non riuscivo a fare a meno di cercarne i segni su Sonny. Non lo facevo per cattiveria. Volevo scoprire qualcosa in piú su mio fratello. Morivo dalla voglia di sentirmi dire che era fuori pericolo.

– Piú sicuro? – brontolava mio padre ogni volta che mamma proponeva di trasferirci in un quartiere piú sicuro per i bambini. – Piú sicuro? Diamine! Non esiste un posto sicuro per i bambini, né per nessun altro.

Faceva sempre cosí, ma non era davvero cattivo come sembrava, nemmeno durante i fine settimana, quando si ubriacava. In effetti, mio padre visse sempre alla ricerca di «qualcosa di un po' meglio», ma morí prima di trovarlo. Successe all'improvviso, durante uno di quei fine settimana, quando Sonny aveva quindici anni. Loro non erano mai andati molto d'accordo, e questo era dovuto in parte al fatto che Sonny gli era caro come la pupilla dei suoi occhi. Gli voleva troppo bene ed era sempre in ansia per lui, ecco perché ci litigava di continuo. Ma litigare con Sonny non serve a nulla, perché Sonny non fa che ritrarsi, ritrarsi in se stesso, dove nessuno lo può trovare. La ragione principale per cui non sono mai andati d'accordo, però, è che erano molto simili. Papà era grande e grosso e quando parlava urlava, tutto il contrario di Sonny; ma avevano entrambi lo stesso riserbo.

Mamma cercò di raccontarmi qualcosa al proposito subito dopo la morte di papà. In quel periodo servivo nell'esercito, ed ero a casa in licenza.

Fu l'ultima volta che la vidi viva. Ciononostante, l'immagine si confonde nella mia mente con altre immagini che ho di lei, di quando era giovane. L'ho sempre in mente com'era la domenica pomeriggio, quando gli adulti si mettevano a parlare dopo il grande pranzo domenicale. La rivedo sempre vestita di celeste. Lei sedeva sul divano. Mio padre, invece, si metteva in poltrona, non molto distante. E il soggiorno era pieno di gente della parrocchia, e di parenti. Eccoli lí, seduti in circolo mentre fuori, senza che nessuno se ne accorga, cala segretamente la sera. Dall'interno si vede l'oscurità premere contro i vetri delle finestre e si sentono di tanto in tanto dei rumori sulla strada, o il suono ritmato di un tamburello da una chiesa nei dintorni. Nella stanza, invece, tutto è tranquillo. Per un attimo nessuno parla, e ogni volto sembra rabbuiarsi come il cielo di fuori. Mia madre fa dondolare leggermente il busto, e gli occhi di mio padre sono chiusi. Tutti stanno guardando qualcosa che un bambino non può vedere. Per un attimo si sono dimenticati dei figli. Può darsi che ce ne sia uno sdraiato sul tappeto, mezzo addormentato. Oppure che qualcuno, tenendone un altro in braccio, gli stia accarezzando distrattamente la testa. Può darsi che un bambino, tranquillo e con gli occhi grandi, se ne stia raggomitolato in un angolo su una poltrona. Il silenzio, l'oscurità che sta sopraggiungendo e l'oscurità di quei volti gli incutono misteriosamente paura. Lui spera che la mano che gli accarezza la fronte non smetta mai, che non si fermi mai. Spera che non debba arrivare mai il momento in cui gli adulti non siederanno piú in circolo in soggiorno, a raccontare da dove vengono, e quello che hanno visto, e quello che è successo a loro e ai loro cari.

Nel bambino, però, c'è qualcosa di profondo e vigile che gli dice che questa cosa è destinata a finire, che sta già finendo. Tra un attimo qualcuno si alzerà e accenderà la luce. Allora gli adulti si ricorderanno dei piccoli e per quel giorno non parleranno piú. E mentre la luce invade la stanza, quel bambino è invaso dall'oscurità. Sa che ogni volta che succede questo lui si avvicina un po' di piú all'oscurità che c'è là fuori. È proprio di quell'oscurità che gli adulti hanno parlato. È da lí che vengono, ed è ciò a cui devono resistere. Il bambino sa che non parleranno piú perché se lui sapesse troppo di quel che è successo a loro, saprebbe troppe cose e troppo presto su quello che succederà a lui.

L'ultima volta che parlai con mia madre ricordo che mi sentivo irrequieto. Avrei voluto scappare, andare da Isabel. A quel tempo non eravamo ancora sposati e avevamo molte cose da sistemare tra noi.

La mamma era seduta lí, vestita in nero, accanto alla finestra. Canticchiava una vecchia canzone di chiesa. *Signore, mi hai condotta qui da molto lontano*. Sonny era fuori, da qualche parte. Mamma continuava a guardare la strada.

– Non so, – disse, – se ti rivedrò mai piú, dopo che te ne sarai andato via da qui. Ma spero che ti ricorderai le cose che ho cercato di insegnarti.

– Non dire cosí, – feci io, e sorrisi. – Resterai con noi ancora per molto.

Anche lei sorrise, ma non rispose nulla. Rimase a lungo in silenzio. E io continuai: – Mamma, non devi preoccuparti. Ti scriverò sempre, e ti manderò gli assegni...

– Voglio parlarti di tuo fratello, – disse a un tratto. – Se mi succede qualcosa non avrà nessuno che si occupi di lui.

– Mamma, non succederà niente né a te né a Sonny. Sonny è a posto. È un bravo ragazzo e ha del buon senso.

– Non è questione di essere un bravo ragazzo, – disse mia mamma, – e neanche di avere buon senso. Non sono soltanto i cattivi o gli stupidi ad andare a fondo –. S'interruppe per guardarmi. – Tuo padre un tempo aveva un fratello, – disse, e sorrise in un modo che mi fece avvertire il suo dolore. – Non lo sapevi, vero?

– No, – dissi. – Non lo sapevo, – e la guardai in viso.

– Proprio cosí, – ripeté lei, – tuo padre aveva un fratello –. Guardò di nuovo fuori dalla finestra. – So che tu non l'hai mai visto piangere. Io invece in tutti questi anni l'ho visto piangere molte volte.

Chiesi: – Che ne è stato di quel fratello? Come mai nessuno me ne ha mai parlato?

Per la prima volta vidi mia madre vecchia.

– L'hanno ucciso, – disse, – quando era appena un po' piú giovane di te adesso. Lo conoscevo. Era un ragazzo a posto. Forse un po' indiavolato, ma non avrebbe fatto male a nessuno.

Quindi si interruppe e la stanza rimase immersa nel silenzio, proprio come succedeva in quei pomeriggi di domenica. Mia madre continuò a guardar fuori sulla strada.

– Lavorava al mulino, – disse, – e, come tutti i giovani, il sabato sera gli piaceva suonare e cantare. Il sabato sera lui e tuo padre giravano diversi locali, andavano a ballare e cose del genere, oppure si sedevano con altra gente che conoscevano e il fratello di tuo padre cantava, aveva una bella voce, e si accompagnava con la chitarra. Bene, una volta stavano tornando a casa dopo essere usciti ed erano entrambi un po' ubriachi e c'era la luna piena quella sera, c'era chiaro come fosse giorno. Il fratello di tuo padre era di buon umore e fischiettava, e aveva la sua chitarra a tracolla. Stavano scendendo da una collina, sotto di loro c'era una via che usciva dall'autostrada. Be', il fratello di tuo padre, che era sempre un po' su di giri, decise di mettersi a correre giú per la collina, con la chitarra che gli sbatteva contro le spalle. Attraversò la strada e si mise a pisciare dietro a un albero. Tuo padre era divertito dalla situazione e stava scendendo dalla collina lentamente. Poi udí il motore di un'auto, e in quello stesso istante suo fratello uscí da dietro l'albero, sulla strada, al chiaro di luna. E fece per attraversare la strada. Tuo padre si mise a correre giú per la collina, non sapeva bene per quale ragione. L'automobile era piena di bianchi. Erano tutti ubriachi, e quando hanno visto il fratello di papà si sono messi a gridare e hanno puntato la macchina dritta verso di lui. Si stavano divertendo, volevano soltanto mettergli paura come fanno a volte, lo sai. Erano ubriachi, però. E probabilmente il ragazzo – era anche lui ubriaco, e spaventato – ha perso la testa. Quando saltò via era ormai troppo tardi. Tuo padre dice di aver sentito suo fratello gridare quando la macchina lo ha investito. e il legno della chitarra che cedeva, e le corde che saltavano; dice di aver sentito quei bianchi che urlavano, e la macchina ha continuato ad andare e non si è mai piú fermata. Quando è arrivato giú dalla collina suo fratello non era altro che sangue e poltiglia.

Il viso di mia madre luccicava di lacrime. Non c'era niente che potessi dire.

– Non ne ha mai parlato, – continuò, – perché gli ho proibito di farlo davanti a voi finché eravate piccoli. Quella sera e per molte sere ancora tuo padre era come impazzito. Diceva di non aver mai visto in vita sua un buio come quello della strada dopo che le luci dell'auto si erano allontanate. Non c'era nulla, non c'era nessuno su quella strada, soltanto tuo padre e suo fratello e la chitarra rotta. Sí. Tuo padre non si è mai veramente ripreso. Fino al giorno della sua morte, ogni bianco che vedeva gli veniva il sospetto che fosse l'assassino di suo fratello.

S'interruppe, tirò fuori il fazzoletto, si asciugò gli occhi e mi guardò.

– Non ti sto dicendo queste cose perché voglio spaventarti o amareggiarti o perché voglio che odi qualcuno. Te le sto dicendo perché anche tu hai un fratello. E il mondo non è cambiato.

Probabilmente non volevo crederci, e lei se ne accorse guardandomi in viso. Distolse lo sguardo e spostò di nuovo oltre la finestra, setacciando quelle strade.

– Ma ringrazio il Redentore, – disse infine, – per aver chiamato a sé tuo padre prima di me. E non lo dico per incensarmi, lo giuro, ma il pensiero di essergli stata vicina e di averlo aiutato ad attraversare questo mondo mi aiuta a non deprimermi troppo. Tuo padre si è sempre comportato come l'uomo piú duro e piú forte di questa terra, e tutti erano convinti che fosse vero. Ma se non ci fossi stata io, avresti visto quante lacrime!

Si rimise a piangere. Io però non riuscivo a muovermi. Dissi: – Mio Dio, mamma, mio Dio, non sapevo che le cose stessero cosí.

– Oh, tesoro, – disse, – ci sono molte cose che non sai. Ma prima o poi le scoprirai –. Si alzò dalla sedia accanto alla finestra e venne verso di me. – Devi tenerti stretto tuo fratello, – disse, – e non lasciare che cada, non importa cosa pensi che gli stia succedendo o se andate d'accordo. Capiterà molte volte che tu non sia d'accordo con lui. Ma non dimenticare quel che ti ho detto, capito?

– Non lo dimenticherò, – risposi. – Non preoccuparti, non lo dimenticherò. Non permetterò che a Sonny succeda nulla.

Mia madre sorrise come se avesse visto nel mio volto qualcosa che la faceva ridere. Poi disse: – Potresti non essere in grado di impedirlo. Ma devi fargli sapere che ci sei.

Dopo due giorni mi sposai, e poi me ne andai. E avevo molte cose per la testa e mi dimenticai completamente della promessa fatta a mia madre, finché non mi rispedirono a casa con un congedo speciale per il suo funerale.

Dopo il funerale – eravamo soltanto Sonny e io in quella cucina vuota – cercai di sapere qualcosa di lui.

– Cosa pensi di fare? – gli chiesi.

– Diventerò un musicista, – disse.

Perché, nel periodo in cui ero via, Sonny era passato da ballare al ritmo dei juke-box, a cercare di capire chi suonava quale strumento, e cos'era in grado di farci, e alla fine si era comprato una batteria.

– Vuoi dire che diventerai un batterista? – chiesi. In qualche modo, però, avevo la sensazione che fare il batterista andasse bene per gli altri, ma non per mio fratello Sonny.

– Non credo, – disse guardandomi con aria seria, – che potrei mai essere un bravo batterista. Ma penso di poter suonare un pianoforte.

Aggrottai le sopracciglia. In passato non mi ero mai comportato con lui cosí seriamente da fratello maggiore, a pensarci bene non gli avevo quasi mai chiesto un accidente di niente. Mi resi conto di trovarmi in una situazione che non sapevo bene come affrontare, che non capivo. Quindi aggrottai ancor di piú le sopracciglia e gli chiesi: – Che tipo di musicista vuoi diventare?

Sorrise. – Quanti tipi pensi che ci siano?

– Sii serio, – dissi.

Lui rise buttando indietro la testa, poi mi guardò. – Sono serio.

– Be', allora, per amor di Dio, finiscila di scherzare e rispondi seriamente alla mia domanda. Insomma, hai intenzione di diventare un concertista, di suonare musica classica e tutto il resto, o cosa? – Prima ancora che finissi di parlare aveva ricominciato a ridere. – Per amor di Dio, Sonny!

Si ricompose, ma a fatica. – Scusami, ma hai un'aria cosí spaventata! – e ripartí a ridere.

– Be', adesso ti potrà sembrare divertente, ragazzino, ma non lo sarà piú quando dovrai guadagnarti da vivere, lascia che te lo dica –. Ero furioso perché mi rendevo conto che rideva di me, e non capivo perché.

– No, – disse, questa volta molto serio, temendo forse di avermi ferito, – non voglio diventare un pianista classico. Non è questo che mi interessa. Cioè, – e fece una pausa, guardandomi gravemente, come se il suo sguardo potesse servire a farmi capire, e poi aggiunse dei gesti vaghi con le mani, come se anche questi potessero servire, – insomma, avrò molto da studiare e dovrò studiare tutto, ma, insomma, mi piacerebbe suonare con i musicisti jazz –. Si interruppe. – Voglio suonare il jazz, – disse.

Be', la parola non mi era mai sembrata cosí pesante e reale come quel pomeriggio in bocca di Sonny. Riuscii solo a guardarlo aggrottando le sopracciglia, questa volta sul serio. Non riuscivo proprio a capire perché mai avesse voglia di passare il suo tempo a ciondolare nei night, a fare il pagliaccio su un palco con una band, mentre la gente si accalcava su una pista da ballo. Mi sembrava in qualche modo al di sotto delle sue possibilità. Non ci avevo mai pensato prima, non mi ero mai trovato nella condizione di doverlo fare, ma temo che avessi sempre associato il jazz a quella categoria di cose e di persone che papà chiamava «gente che se la spassa».

– Dici sul serio?

– Diamine, se sono serio.

Sembrava piú che mai indifeso, e infastidito, e profondamente ferito.

Cercando di essere d'aiuto gli suggerii: – Vuoi dire come Louis Armstrong? – Si rannuvolò neanche gli avessi dato un ceffone. – No. Non sto parlando di quelle vecchie porcherie.

– Senti, Sonny, perdonami, ma non te la prendere. Non ho ancora ben capito, tutto qui. Fammi il nome di uno che conosci, un musicista jazz che ti piace.

– Bird.

– Chi?

– Bird! Charlie Parker! Non ti insegnano proprio niente in quel dannato esercito?

Accesi una sigaretta. Rimasi stupito e poi quasi divertito nel rendermi conto che stavo tremando. – Non sono piú tanto aggiornato, – dissi. – Devi avere pazienza. Ora, chi è questo Parker?

– È solo uno dei piú grandi musicisti jazz viventi, – disse Sonny bruscamente, le mani in tasca, girandomi le spalle. – Forse il piú grande, – aggiunse con amarezza, – e probabilmente è per questo che non ne hai mai sentito parlare.

– D'accordo, – dissi, – sono ignorante. Perdonami. Adesso esco e vado a comprarmi subito tutti i dischi di questo tizio, va bene?

– A me, – disse Sonny dandosi un contegno, – non cambia nulla. Non m'interessa che musica ascolti. Non credere di farmi un favore.

Iniziai a rendermi conto che non lo avevo mai visto cosí arrabbiato. Nel frattempo però, un'altra parte di me rifletteva sul fatto che molto probabilmente tutto questo si sarebbe rivelato una di quelle cose passeggere che prendono i ragazzini, e che forse non dovevo farla sembrare cosí importante continuando a insistere sul discorso. Ma pensai anche che non facevo male a nessuno a chiedere: – Non ci vorrà troppo tempo? Riuscirai a guadagnarci da vivere?

Si voltò verso di me e, mezzo appoggiato, mezzo seduto sul tavolo della cucina disse: – Ci vuole tempo per tutto. E sí, certo che riuscirò a guadagnarci da vivere. Quello che non sono riuscito a farti capire è che questa è l'unica cosa che vorrei fare.

– Be', Sonny, – dissi con dolcezza, – lo sai che non è sempre possibile fare quello che si vorrebbe.

– No, non lo so, – disse Sonny sorprendendomi. – Io credo che la gente dovrebbe fare ciò che vuole, altrimenti per che cosa vive?

– Tra poco sarai grande, – dissi sconsolato, – è ora che inizi a pensare al tuo futuro.

– Ma io sto pensando al mio futuro, – disse Sonny torvo. – Ci penso tutto il tempo.

Rinunciai. Pensai che, se non avesse cambiato idea prima, ne avremmo sempre potuto parlare piú avanti. – Nel frattempo, – dissi, – devi finire la scuola –. Avevamo già deciso che si sarebbe trasferito a casa con Isabel e i suoi genitori. Sapevo che non era la soluzione ideale perché i genitori di Isabel tendevano a essere un po' altezzosi e non erano particolarmente contenti che lei avesse sposato me. – E dobbiamo sistemarti da Isabel.

Ci fu un lungo silenzio. Si spostò dal tavolo della cucina alla finestra. – È una pessima idea. Lo sai anche tu.

– Ne hai una migliore?

Camminò un minuto su e giú per la cucina. Era alto come me. Aveva già iniziato a radersi. Ebbi la sensazione tutt'a un tratto di non conoscerlo per niente.

Si fermò davanti al tavolo e prese il mio pacchetto di sigarette. Guardandomi con un'espressione di sfida divertita e beffarda se ne mise una tra le labbra. – Posso?

– Fumi già?

Si accese la sigaretta e fece un cenno con la testa osservandomi attraverso il fumo. – Volevo solo vedere se avrei avuto il coraggio di fumare davanti a te –. Fece una smorfia soffiando una grossa nuvola di fumo verso il soffitto. – È stato facile –. Mi guardò in faccia. – Dai, su, di' la verità. Scommetto che tu alla mia età fumavi.

Non dissi nulla, ma la verità mi si leggeva in faccia, e lui rise. Ora però c'era un che di molto teso nella sua risata. – Certo. E scommetto che non facevi solo quello.

Mi sentivo un po' spaventato. – Smettila di dire stronzate, – dissi. – Avevamo già deciso che saresti andato a stare da Isabel. Adesso cosa ti è preso, di colpo?

– Sei tu che hai deciso, – precisò. – Io non ho deciso proprio niente –. Si fermò di fronte a me appoggiandosi alla cucina a gas, con le braccia incrociate. – Senti, fratello, io non voglio piú stare ad Harlem, non ce la faccio piú –. Era molto serio. Mi guardò, poi rivolse lo sguardo alle mie spalle, verso la finestra della cucina. C'era qualcosa nel suo sguardo che non avevo mai visto prima: era come assorto nei suoi pensieri, e preoccupato. Si massaggiò i muscoli di un braccio. – È ora che scappi da qui.

– E dove vorresti andare, Sonny?

– Voglio arruolarmi nell'esercito. O in marina, non m'interessa. Se dico che ho l'età giusta ci crederanno.

A quel punto persi la calma. Successe perché avevo troppa paura. – Ma sei impazzito? Stupido che non sei altro! E cosa diavolo andresti a fare nell'esercito?

– Te l'ho detto. Per scappare da Harlem.

– Sonny, non hai neanche finito la scuola. E se veramente vuoi diventare un musicista, come pensi di studiare una volta che sarai in Marina?

Mi guardò, intrappolato, e angosciato. – Il modo c'è. Non escludo di trovare il sistema. E poi, in ogni caso, quando uscirò mi daranno la borsa di studio per i reduci.

– Se mai ne uscirai –. Ci guardammo. – Sonny, ti prego, sii ragionevole. Lo so che la situazione non è ottimale. Ma dobbiamo cercare di fare del nostro meglio.

– A scuola non imparo niente, – disse. – Neanche quando ci vado –. Si allontanò e aprí la finestra per buttare la sigaretta nel vicolo. Gli guardavo la schiena. – Quantomeno non sto imparando nulla delle cose che tu vorresti imparassi –. Sbatté la finestra cosí forte che mi aspettai esplodesse il vetro, quindi si voltò verso di me. – E sono stufo della puzza di questi bidoni! – Sonny, – dissi, – so cosa provi. Ma se adesso non finisci la scuola, in futuro ti pentirai di non averlo fatto –. Lo afferrai per le spalle. – Ti manca soltanto un anno. Non è cosí tragico. E giuro che, quando torno, ti aiuterò a fare qualsiasi cosa tu voglia fare. Cerca solo di resistere fino a quando torno. Ti prego, dimmi che lo farai. Per me.

Non mi rispose e non mi guardò in faccia.

– Sonny, mi ascolti?

Si allontanò. – Sí, ti sto ascoltando. Ma tu non senti mai quello che dico io.

Non sapevo che rispondere a questo. Lui guardò fuori dalla finestra, poi si voltò verso di me. – D'accordo, – fece lui, – ci proverò.

Allora dissi, per consolarlo: – A casa di Isabel c'è un pianoforte. Puoi esercitarti con quello.

E in effetti, per un attimo, sembrò meno triste. – Giusto, – disse a se stesso, – me n'ero scordato –. Il viso gli si rilassò un po'. Ma i pensieri e le preoccupazioni continuavano a danzarci come le ombre del fuoco sul volto di chi siede davanti a un camino.

Ero sicuro che avrei sentito parlare ancora molto di quel pianoforte. In un primo momento Isabel, quando mi scriveva, mi raccontava entusiasta che Sonny stava dimostrando di prendere la sua musica molto sul serio e che appena rientrava a casa da scuola, o da dove era stato invece di andare a scuola, correva subito al piano e ci restava fino all'ora di cena. E, dopo cena, ritornava al piano e ci restava finché tutti non erano andati a letto. Il sabato e la domenica suonava tutto il giorno. Poi si comprò un giradischi e iniziò ad ascoltare vinili. Ascoltava molte volte lo stesso, a volte addirittura per tutto il giorno e, mentre lo ascoltava, improvvisava sulla tastiera. Oppure ne ascoltava solo un pezzo, un accordo, una modulazione, una progressione, e poi li rifaceva. Quindi tornava al disco, e poi ancora al piano.

Non so proprio come abbiano fatto a reggere. Alla fine Isabel mi confessò che non sembrava affatto di vivere con una persona, ma con un suono. E quel suono lei non lo capiva, ovviamente, in casa non lo capiva nessuno. In un certo senso iniziarono a sentirsi oppressi da quella presenza che viveva a casa loro. Era come se considerassero Sonny una specie di divinità, o di mostro. Si muoveva in una dimensione completamente diversa dalla loro. Gli davano da mangiare e lui mangiava, si lavava, entrava e usciva dalla porta di casa. Non era certo scortese, antipatico, o sgarbato. Sonny non è nulla di tutto questo. Ma era come se vivesse avvolto da una nuvola, o da un fuoco, o da una visione tutta sua. E non c'era modo di raggiungerlo.

Nello stesso tempo, però, Sonny non era veramente un uomo, era ancora un bambino, e dovevano badare a lui in tutti i modi possibili. Di certo non potevano sbatterlo fuori. E neppure osavano fargli una scenata per la musica, perché anche loro, come me che pure ero distante migliaia di chilometri, avvertivano vagamente che Sonny su quel pianoforte si stava giocando la vita.

Sonny però non andava a scuola. Un giorno arrivò una lettera del comitato scolastico e la madre di Isabel la intercettò. Evidentemente ce n'erano state altre, ma Sonny le aveva stracciate tutte. Quel giorno, quando Sonny rientrò, la madre di Isabel gli mostrò la lettera e gli chiese dove avesse passato tutto quel tempo. Alla fine riuscí a farsi dire che andava nel Greenwich Village, con alcuni musicisti e altra gente, in un appartamento di ragazze bianche. Questa cosa spaventò mia suocera, che incominciò a urlargli addosso, e quel che venne fuori (anche se lei lo nega ancora oggi) fu quanti sacrifici stavano facendo per dargli una casa dignitosa e quanto poco lui lo apprezzasse.

Quel giorno Sonny non suonò. Verso sera la madre di Isabel si era calmata ma a quel punto c'era da affrontare il vecchio, e Isabel. Lei dice di aver cercato in tutti i modi di restare calma, ma alla fine crollò e si mise a piangere. Dice che si limitava a guardare Sonny in volto, e che mentre lo guardava capiva che cosa gli stava succedendo. Gli stava succedendo che loro erano riusciti a entrare nella sua nuvola, che lo avevano toccato. E anche se le loro dita erano state mille volte piú delicate di quanto non lo siano di solito le dita umane, Sonny non aveva potuto evitare di sentirsi come denudato, come se avessero sputato sul suo corpo nudo. Perché si rendeva conto anche lui che la sua presenza, e quella musica che per lui era questione di vita o di morte, per loro erano state una tortura sopportata non certo per amor suo ma esclusivamente per amor mio. E questo Sonny non lo poteva accettare. Oggi è un po' migliorato rispetto ad allora, ma non riesce ancora a prendere bene queste cose e, sinceramente, non conosco nessuno che ne sia capace.

Il silenzio dei giorni successivi dev'essere stato ben piú rumoroso del suono di tutta la musica che aveva suonato fino a quel momento. Una mattina, prima di andare al lavoro, Isabel entrò in camera di Sonny a cercare una cosa e di colpo si rese conto che tutti i suoi dischi erano scomparsi. Allora capí che se ne era andato, e infatti era cosí. Se ne era andato nel luogo piú lontano in cui la Marina potesse spedirlo. Alla fine mi mandò una cartolina da qualche posto in Grecia, e in quell'occasione seppi per la prima volta che era ancora vivo. Non lo rividi piú fino al giorno in cui ritornammo entrambi a New York, la guerra era finita da molto tempo.

A quel punto, ovviamente, Sonny era diventato un uomo, ma io non volevo ammetterlo. Ogni tanto passava da casa a farci visita, ma discutevamo quasi ogni volta. Non mi piaceva il suo modo di comportarsi, sempre approssimativo e perso nel suo mondo di sogno, e non mi piacevano neanche i suoi amici; avevo l'impressione che la musica fosse soltanto una scusa per andare avanti con quella vita. Mi sembrava cosí strano e privo di equilibrio.

Poi un giorno litigammo in modo piuttosto grave e non lo vidi piú per diversi mesi. Ogni tanto andavo a trovarlo nel posto in cui viveva, una camera ammobiliata del Village, e cercavo di fare la pace. In quella stanza però c'era un sacco di gente e Sonny rimaneva sdraiato sul suo letto e non voleva scendere con me, e trattava quella gente come se fosse la sua vera famiglia e me come un estraneo. Cosí mi infuriai e anche lui si infuriò, e io gli dissi che se doveva vivere come stava vivendo allora avrebbe anche potuto morire. Lui si alzò dal letto e mi rispose di non preoccuparmi mai piú di lui, e che per quello che mi riguardava era già morto. Poi mi spinse fuori dall'appartamento, e gli altri stavano lí a guardare come se non succedesse nulla di strano, e Sonny mi sbatté la porta alle spalle. Rimasi fuori dall'ingresso a guardarla, udii qualcuno ridere all'interno e in quel momento mi vennero le lacrime agli occhi. Iniziai a scendere le scale fischiettando per cercare di non piangere, continuavo a fischiettare tra me e me. *Prima o poi avrai bisogno di me, piccola, in una di queste giornate fredde e piovigginose.*

Lessi dei guai di Sonny in primavera. In autunno morí Grace. Era una bella bambina, ma visse poco piú di due anni. Morí di polio, soffrendo. Ebbe una febbre leggera per un paio di giorni, ma non sembrava niente di strano e la facemmo restare a letto. Avremmo sicuramente chiamato il medico, ma la febbre era scesa e sembrava che lei stesse meglio. Allora pensammo che fosse un semplice raffreddore. Poi, un giorno, Grace si era alzata a giocare, Isabel era in cucina a preparare il pranzo per i due maschi che tornavano da scuola, quando Isabel la sentí cadere in soggiorno. Quando hai tanti figli non ti metti a correre ogni volta che ne cade uno, a meno che non inizino a piangere o altro. E questa volta Grace non pianse. Isabel dice però che, quando udí quel tonfo e poi il silenzio, ci fu qualcosa che la spaventò. Cosí corse in soggiorno e trovò la piccola Grace distesa sul pavimento che si contorceva tutta, e il motivo per cui non piangeva era che non poteva respirare. Quando riuscí a urlare, Isabel dice che fu il suono piú terrificante che abbia mai sentito, e qualche volta lo sente ancora in sogno. A volte capita che nel sonno faccia questo suono basso, come un lamento strozzato, e allora devo essere veloce a svegliarla e tenerla tra le braccia, e nel punto in cui Isabel mi stringe piangendo è come se ci fosse una ferita mortale.

Penso di aver scritto a Sonny il giorno stesso del funerale. Ero seduto al buio in soggiorno, da solo, e di colpo ho pensato a lui. Il mio dolore rendeva reale il suo.

Nel periodo in cui Sonny viveva da noi o, quantomeno, era da noi da quasi due settimane, un sabato pomeriggio mi ritrovai a gironzolare a vuoto in soggiorno. Bevevo da una lattina di birra e stavo cercando di prendere il coraggio di frugare nella camera di Sonny. Lui era fuori, era quasi sempre fuori quando io ero in casa, e Isabel aveva portato i bambini dai nonni. Tutt'a un tratto mi bloccai davanti alla finestra del soggiorno a guardare la Settima Avenue. Il pensiero di frugare nella stanza di Sonny mi impediva di muovermi. Faticavo ad ammettere cosa stessi cercando. Non sapevo che cosa avrei fatto se l'avessi trovato. O se non l'avessi trovato.

Sul marciapiede di fronte, accanto all'entrata di un grill, alcune persone si erano riunite per un gospel alla vecchia maniera. Il cuoco del ristorante, che aveva un grembiule bianco un po' sudicio e i capelli stirati rossi e metallici sotto il sole pallido, stava a guardarli dall'entrata del locale con una sigaretta tra le labbra. Bambini e adulti che passavano di lí andando a far commissioni si erano fermati a guardare, insieme ad alcune altre persone piú anziane, e a un paio di donne con un'aria arcigna, che tenevano d'occhio tutto quel che accadeva come se fossero le padrone della via o forse, piuttosto, come se la padrona fosse la via. Be', anche loro assistevano alla scena. Il gospel era condotto da tre sorelle vestite di nero e da un fratello. Non avevano altro fuorché la loro voce, le bibbie e un tamburello. Mentre il fratello dava la sua testimonianza, due delle tre sorelle erano ferme l'una accanto all'altra e sembravano dire «amen», la terza invece andava in giro con il tamburello teso per l'elemosina, e un paio di persone vi fecero cadere delle monetine. Poi, quando il fratello terminò la sua testimonianza, la sorella che aveva raccolto l'elemosina si rovesciò le monetine nel palmo della mano e le trasferí nella tasca della lunga tonaca nera. Quindi sollevò le mani e iniziò a battere a ritmo il tamburello, una volta contro la mano e una volta contro l'aria, e si mise a cantare. Anche le altre sorelle e il fratello si unirono al canto.

Di colpo, sebbene avessi visto molti raduni del genere sin da quando ero bambino, stare a guardare mi sembrò strano. La stessa cosa valeva ovviamente per tutte le persone che si trovavano lí in quel momento, eppure anche loro si erano fermate e guardavano e ascoltavano, e io restavo immobile alla finestra. «L'antica nave di Sion – cantavano al ritmo regolare e metallico del tamburello – ha salvato migliaia di uomini!» Non un'anima presente al suono di quelle voci ascoltava la canzone per la prima volta, ma non una di loro era stata salvata. Né avevano avuto l'impressione che intorno a loro si facesse molto per provarci. E non è che credessero nemmeno tanto alla santità delle tre sorelle e del fratello: li conoscevano troppo bene, sapevano dove vivevano, e in che modo. La donna con il tamburello, che con la sua voce dominava l'atmosfera e aveva il viso raggiante di gioia, non era cosí diversa da una donna che la stava guardando, una sigaretta tra le labbra grosse e screpolate, i capelli come un nido di cuculo, il viso sfregiato e gonfio per le botte e gli occhi neri scintillanti come carbone. Probabilmente lo sapevamo anche loro, e per questo motivo, le rare volte che si rivolgevano la parola, lo facevano chiamandosi «sorella». Mentre il canto riempiva l'aria, quei volti assorti e in ascolto subivano un cambiamento, lo sguardo si focalizzava su qualcosa all'interno; sembrava che quella musica riuscisse a placarne il dolore, che il tempo quasi si staccasse da quei volti cupi, belligeranti e malconci, come se, fantasticando sulla propria condizione presente, stessero tornando di nuovo alla loro condizione originaria. Il cuoco del ristorante scosse la testa e sorrise, buttò a terra la sigaretta e rientrò nel locale. Un uomo si frugò nelle tasche in cerca di una moneta e la tenne in mano nervosamente, come se gli fosse appena venuto in mente che aveva un appuntamento imminente lí vicino, in quella via. Sembrava furioso. Poi scorsi Sonny ai margini della folla. Aveva con sé un bloc-notes grande e sottile con una copertina verde che, dal punto in cui lo guardavo, gli dava un'aria da studente. Il sole ramato faceva risaltare il rame nella sua pelle, e lui sorrideva sommessamente, immobile. Poi il canto s'interruppe e il tamburello ridiventò un piatto per l'elemosina. L'uomo infuriato vi fece cadere le sue monetine e si dileguò, lo stesso fecero una coppia di signore, e Sonny lasciò degli spiccioli nel piatto guardando apertamente la donna, con un lieve sorriso. Quindi si avviò verso casa attraversando la strada. Sonny ha una camminata lenta, dinoccolata, un po' come gli hipster di Harlem, solo che a questa ha imposto il suo personale ritmo sincopato. Non ci avevo mai fatto caso prima.

Rimasi alla finestra, sollevato e insieme preoccupato. Quando Sonny scomparve dalla mia vista, i quattro in strada ripresero di nuovo a cantare. Non avevano ancora smesso, che la chiave di Sonny girò nella serratura.

– Ciao, – disse.

– Ciao. Vuoi un po' di birra?

– No. Be', forse –. Ma venne verso la finestra e si mise a guardar fuori, accanto a me. – Che voce calda, – disse.

Stavano intonando: *Oh se solo potessi ascoltare di nuovo le preghiere di mia madre!*

– Sí, – dissi, – e ci sa davvero fare con quel tamburello.

– Ma la canzone è terribile, – disse, e rise. Gettò il bloc-notes sul divano e sparí in cucina. – Isabel e i bambini dove sono?

– Credo siano andati a trovare i nonni. Fame?

– No –. Tornò in soggiorno con la sua lattina di birra. – Ti va di venire in un posto con me stasera?

Ebbi la sensazione, non so come, di non potergli dire di no. – Certo. Dove?

Si sedette sul divano, prese il bloc-notes e iniziò a sfogliarlo. – Mi trovo con alcuni amici in un club del Village.

– Vuoi dire che stasera suonate?

– Proprio cosí –. Bevve un sorso di birra e tornò alla finestra. Mi lanciò uno sguardo di sottecchi. – Sempre se ce la fai a reggere.

– Ci proverò, – dissi.

Sorrise tra sé ed entrambi rivolgemmo lo sguardo al raduno sul marciapiede opposto: stava volgendo al termine. Le tre sorelle e il fratello stavano intonando, a capo chino, *Il Signore sia con voi fino al nostro prossimo incontro*. I volti intorno a loro erano molto sereni. Poi la canzone finí. La piccola folla si disperse. Rimanemmo a guardare le tre donne e l'uomo solitario che camminavano lentamente lungo la strada.

– Prima, mentre quella donna cantava, – disse Sonny di colpo, – la sua voce mi ha ricordato per un istante la sensazione che dà a volte l'eroina, quando ce l'hai nelle vene. Ti fa sentire caldo e fresco nello stesso tempo, in un senso. E distante. E... e sicuro –. Sorseggiò la sua birra senza guardarmi, di proposito. Lo fissai in viso. – Ti dà un impressione di controllo. A volte hai bisogno di provare quella sensazione.

– È cosí? – Mi sedetti lentamente sulla poltrona.

– Qualche volta –. Andò verso il divano e riprese il bloc-notes. – Alcuni ne hanno bisogno.

– Per suonare? – chiesi, e la mia voce era estremamente sgradevole, piena di sdegno e di rabbia.

– Be', – mi guardò con occhi grandi e inquieti come se, di fatto, si augurasse che mi potessero rivelare alcune cose che lui altrimenti non avrebbe saputo dirmi, – loro credono di sí. E se lo credono...

– E tu cosa ne pensi?

Si sedette sul divano e appoggiò a terra la lattina di birra. – Non so, – disse. Non riuscivo a capire se stesse rispondendo alla mia domanda o se fosse assorto nei suoi pensieri. Il suo volto non me lo rivelava. – Non è tanto per suonare. È per reggerlo, per riuscire a farlo in generale. A tutti i livelli –. Sorrise aggrottando le sopracciglia: – Per evitare di crollare a pezzi.

– Ma questi tuoi amici, – dissi, – ho l'impressione che tendano a crollare piuttosto in fretta.

– Può darsi –. Giocherellava con il bloc-notes. E qualcosa mi suggerí di tenere a freno la lingua, che Sonny stava facendo di tutto per parlare, e che io lo dovevo ascoltare. – Ma tu ovviamente conosci soltanto quelli che sono andati in pezzi. Ad alcuni invece non succede, o perlomeno, fino ad ora non è successo, e non c'è altro da dire –. Si fermò. – E poi ci sono quelli per cui la vita è letteralmente un inferno, e lo sanno, e vedono cosa sta succedendo, e continuano dritto. Non so –. Sospirò, lasciò cadere il bloc-notes e incrociò le braccia. – Alcuni tipi, lo capisci dal modo in cui suonano, si fanno sempre. E capisci che per loro è diventata una cosa seria. Ma ovviamente, – prese la birra, ne bevve un sorso e la rimise a terra, – sono anche loro a desiderarlo, questo devi capirlo. Anche quelli che dicono di no. Alcuni perlomeno, non tutti.

– E tu? – chiesi. Non riuscii a farne a meno. – Tu che mi dici, lo desideri?

Si alzò e andò alla finestra e io rimasi a lungo in silenzio. Poi sospirò. – Io, – disse. Quindi: – Poco fa, mentre tornavo a casa e mi sono fermato di sotto ad ascoltare quella donna che cantava, di colpo ho pensato a quante sofferenze deve aver attraversato quella persona per cantare cosí. È orribile pensare che si debba soffrire cosí tanto.

Dissi: – Ma non c'è modo di non soffrire, vero Sonny?

– Io credo di no, – disse sorridendo, – ma questo non ha mai impedito a nessuno di provarci –. Mi guardò. – Non ti pare? – Il suo sguardo provocatorio mi fece capire che, al di là della forza del tempo e del perdono, il fatto che io fossi rimasto in silenzio cosí a lungo quando lui aveva bisogno di una voce che lo aiutasse, ci avrebbe tenuti per sempre lontani. Si voltò verso la finestra. – No, non c'è modo di non soffrire. Ma comunque cerchi in tutti i modi di non affogare, di restare a galla, e di far finta che tutto vada bene, come fai tu. Ti sarà pur capitato di fare qualcosa che ancora oggi ti fa soffrire. Capisci cosa intendo? – Non dissi nulla. – Ma certo che lo sai, – disse con impazienza, – il perché la gente soffre. E allora può darsi che sia meglio cercare di farsene una ragione, di qualsiasi ragione si tratti.

– Ma abbiamo detto un momento fa, – dissi, – che non c'è modo di non soffrire. Non è meglio, allora, accettare che sia cosí e basta?

– Ma non esiste nessuno che lo accetti e basta, – urlò Sonny, – è questo che sto cercando di spiegarti. Tutti cercano di non soffrire. Tu ti impunti sul modo in cui alcuni cercano di sfuggire alla sofferenza solo perché è diverso dal tuo!

Iniziò a prudermi la barba, ero tutto sudato in faccia. – Non è vero, – dissi, – non è vero. Non me ne frega niente di quel che fanno gli altri, non m'interessa come soffrono. Mi interessa però quanto soffri tu –. Mi guardò. – Ti prego, credimi, – dissi, – non voglio vederti morire cercando di evitare la sofferenza.

Disse in tono piatto: – Non morirò cercando di evitare la sofferenza. Perlomeno, non piú in fretta di chiunque altro.

Cercando di ridere dissi: – Ma non c'è nessun bisogno di uccidersi, non ti pare?

Avrei voluto dire altro, ma non ne fui capace. Avrei voluto parlare di forza di volontà, e di come la vita qualche volta possa anche andar bene, essere bella. Avrei voluto dire che tutto dipende da noi, ma era poi vero? O non era proprio questo il problema? Avrei voluto anche promettere che non lo avrei piú abbandonato. Ma qualsiasi cosa avessi detto, sarebbe risultata falsa e vuota.

Quindi rivolsi la promessa a me stesso e pregai di riuscire a mantenerla.

– A volte è terribile, quel che provi dentro, – disse, – è questo il problema. Cammini per la strada, per queste strade nere, marce e fredde, e non c'è anima viva con cui parlare, e tutto sembra immobile, e non c'è modo di sfogarla, quella tempesta che hai dentro. Non ne puoi parlare e finché ci sei dentro non puoi nemmeno fare l'amore, e quando alla fine tenti di batterla, di buttarla fuori suonando, ti accorgi che nessuno ti ascolta. E allora sei costretto ad ascoltare tu. Sei costretto a trovare il modo di ascoltare.

Si allontanò dalla finestra e tornò a sedersi sul divano, quasi gli fosse venuto a mancare di colpo il fiato. – A volte faresti qualsiasi cosa per suonare, taglieresti persino la gola a tua madre –. Si mise a ridere e mi guardò. – O a tuo fratello –. Poi tornò serio: – O magari a te stesso –. Quindi: – No, non preoccuparti. Sto bene, adesso, e penso che continuerò cosí. Ma non posso dimenticare dove sono stato. Non parlo soltanto del luogo fisico. Parlo di dove sono stato, e di quello che sono stato.

– E che cosa sei stato, Sonny? – chiesi.

Sorrise e si sedette di traverso sul divano, con il gomito appoggiato sullo schienale. Suonava con le dita, battendole contro la bocca e il mento, senza guardarmi. – Sono stato qualcosa che non riconoscevo, che non sapevo di poter diventare. Non credevo potesse succedere a nessuno –. S'interruppe, e in quel momento lo vidi chiuso dentro di sé, e disperatamente giovane, e vecchio. – Non te ne parlo perché ho i sensi di colpa o cose del genere; forse, non so, sarebbe quasi meglio se li avessi. Ma mi rendo conto che non sono nemmeno in grado di parlarne veramente, con te e con nessun altro –. E si voltò a guardarmi. – A volte, sai, e mi capitava nei momenti in cui ero piú fuori dal mondo, avevo la sensazione di esserci dentro, di essere proprio lí, e allora potevo suonare, ma poi non era neanche necessario, perché mi usciva senza alcuno sforzo, c'era già. A ripensarci, non so neanche come potessi suonare, ma so che in quel periodo ho fatto cose tremende a certe persone; o le mie azioni non erano neanche rivolte a loro, il fatto è che loro, per me, quasi non erano reali –.

Prese la lattina di birra. Era vuota. La fece ruotare tra le palme delle mani: – E certe volte, sí, avevo bisogno di bucarmi, avevo bisogno di trovare un posto dove sentirmi al sicuro, di trovare uno spazio libero dove poter restare in ascolto, e non riuscivo a trovarlo, e impazzivo, e mi facevo cose atroci, sí, ero atroce con me stesso –. Si mise a schiacciare la lattina di birra con le mani. Guardai il metallo sul punto di cedere: mentre Sonny ci giocava, brillava come un coltello. Temevo che si tagliasse, ma non dissi nulla. – Ah, non riuscirò mai a spiegarti. Ero completamente solo e avevo toccato il fondo, marcio e sudato e in lacrime e tremante, e ne sentivo la puzza, capisci?, e sapevo che sarei morto se non fossi riuscito a uscire, ma nello stesso tempo mi rendevo conto che tutto quel che facevo mi spingeva ancora piú in basso. E non capivo, – fece una pausa, continuando a schiacciare la lattina, – non riuscivo a capirlo, allora come adesso, ma pur sapendo che non era quello che volevo, qualcosa mi diceva che forse era un bene sentire la propria puzza. Dimmi, chi sopporterebbe una cosa simile? – Lasciò cadere di colpo la lattina rotta, mi guardò con un sorriso lieve e immobile, quindi si alzò e si diresse verso la finestra, come se fosse la sua calamita. Lo fissai in viso mentre guardava fuori, in strada. – Quando la mamma è morta non potevo dirtelo, ma il motivo per cui volevo andarmene a ogni costo da Harlem era per allontanarmi dalla droga. E piú tardi, quando sono scappato, in realtà è da quello che scappavo. Ma quando sono tornato, non era cambiato nulla, nemmeno io, ero solo... piú vecchio –. S'interruppe, e si mise a tamburellare le dita sul vetro. Il sole era scomparso; presto sarebbe scesa l'oscurità. Lo guardai in volto. – Potrebbe tornare, – disse, quasi parlando tra sé. Quindi si voltò verso di me: – Potrebbe tornare di nuovo, – ripeté. – Volevo solo che tu lo sapessi.

– D'accordo, – dissi infine. – Potrebbe tornare di nuovo. D'accordo.

Sorrise, ma questa volta il suo sorriso era dolente. – Dovevo provare a dirtelo, – disse.

– Sí, – dissi. – Capisco.

– Tu sei mio fratello, – disse guardandomi negli occhi senza piú l'ombra del suo sorriso.

– Sí, – ripetei, – sí. Lo capisco.

Si voltò di nuovo verso la finestra e guardò fuori. – Tutto quell'odio là fuori, – disse, – quell'odio, e quella miseria, e quell'amore. È un miracolo che la strada non salti in aria.

Andammo all'unico night di una via stretta e buia del centro. Passando per un piccolo bar affollato di gente che chiacchierava, ci facemmo largo verso l'ingresso della grande sala, dove stava il palco dell'orchestra. Ci fermammo un istante sulla soglia: le luci erano molto basse e non riuscivamo a vedere. Quindi sentimmo una voce dire: – Ehi, ragazzo, – e un enorme uomo nero, parecchio piú anziano di entrambi, emerse da quella luce d'atmosfera e mise un braccio sulle spalle di Sonny. – Stavo aspettando proprio te, – disse.

Anche il suo tono di voce era imponente, e nell'oscurità alcune persone si voltarono a guardarci.

Sonny fece una smorfia, si allontanò leggermente e disse: – Creole, questo è mio fratello. Ti ho parlato di lui.

Creole mi strinse la mano. – Piacere di conoscerti, figliolo, – disse, ed era chiaro che era contento di conoscermi lí e non altrove, contento per Sonny. Sorrise. – Hai un vero musicista in famiglia, – disse, e tolse il braccio dalle spalle di Sonny per dargli una pacca amichevole con il dorso della mano.

– Bene. Adesso le ho sentite proprio tutte, – disse una voce alle nostre spalle. Era un altro musicista amico di Sonny, un uomo basso, con la pelle color carbone e l'aria allegra che si mise immediatamente a raccontarmi, con quanto fiato aveva in corpo, le cose piú terribili su Sonny, i denti luminosi come un faro e la risata che gli usciva dal corpo come il principio di un terremoto. Venne fuori che in quel locale tutti, o quasi tutti, conoscevano Sonny. Alcuni erano musicisti che lavoravano lí, o poco lontano, o da nessuna parte; c'erano poi gli habitué del locale, e gente che era venuta soltanto per ascoltare Sonny. Fui presentato a tutti e tutti furono molto gentili con me, ma era chiaro che io, per loro, ero soltanto il fratello di Sonny. Qui ero nel suo mondo, nel suo regno. Qui non si metteva nemmeno in questione che il sangue nelle sue vene fosse regale.

Avrebbero iniziato a suonare tra poco. Creole mi fece sistemare a un tavolo per conto mio, in un angolo buio. Rimasi a guardarli, lui, l'ometto nero, Sonny e gli altri, mentre chiacchieravano appena sotto il palco. La luce dei faretti cadeva molto vicina a loro senza tuttavia toccarli, e mentre li vedevo ridere, agitarsi e gesticolare, ebbi come l'impressione che, nonostante tutto, stessero molto attenti a non entrare in quel cerchio di luce troppo presto; che se l'avessero fatto troppo in fretta, avrebbero rischiato di morire tra le fiamme. Poi, mentre guardavo, uno di loro, un ometto nero, entrò nella luce, attraversò il palco e si mise a giocherellare con la batteria. Quindi, in modo spiritoso ma anche molto cerimonioso, Creole prese Sonny per il braccio e lo accompagnò al pianoforte. Una voce di donna pronunciò il nome di mio fratello e alcune persone nella sala iniziarono a battere le mani. Sonny, anche lui con un'aria spiritosa e cerimoniosa ma anche, penso, cosí emozionato da mettersi quasi a piangere – cosa che non cercava di nascondere né di dare a vedere, ma che cavalcava come un vero uomo –, sorrise, si portò entrambe le mani al petto e fece un profondo inchino.

Allora Creole andò al suo contrabbasso, e un uomo esile, di carnagione quasi bianca, saltò sul palco e prese la tromba. Eccoli lí, dunque. L'atmosfera sul palco e nella sala stava cambiando, si era fatta piú tesa. Qualcuno prese il microfono e li presentò, provocando nella sala un lungo brusio. Qualcun altro dal bar zittí tutti. La cameriera correva da una parte all'altra per prendere freneticamente le ultime ordinazioni, i ragazzi e le ragazze si avvicinarono e le luci sul palco (sul quartetto) cambiarono in una specie di indaco. Ora i musicisti sembravano molto diversi. Creole si guardò intorno per l'ultima volta come per assicurarsi che tutti i polli fossero nel pollaio, quindi fece un piccolo salto e iniziò a suonare. Eccoli qua.

L'unica cosa che so della musica è che non c'è molta gente che la sente davvero. Anche nelle rare occasioni in cui qualcosa si apre dentro di noi e la musica entra, quel che sentiamo soprattutto, o di cui troviamo conferma nell'ascolto, sono ricordi intimi e personali che credevamo scomparsi. L'uomo che crea la musica, però, sente qualcosa di diverso, deve fare i conti con un frastuono che scaturisce dal vuoto e imporgli un ordine nell'istante stesso in cui tocca l'aria. Quello che la musica evoca in lui appartiene, quindi, a un ordine diverso di cose, ancor piú terribile perché sprovvisto di parole ma, proprio per questo, superiore. E il suo trionfo, quando riesce a trionfare, è anche il nostro. Io non facevo che osservare il volto di Sonny. Era teso, ce la stava mettendo tutta, ma con la testa sembrava altrove. Ebbi la sensazione che gli altri musicisti sul palco lo stessero, in un certo senso, aspettando, aspettando e spronando. Ma quando spostai lo sguardo su Creole, mi accorsi che era lui a trattenerli, era lui a mordere il freno. Tenendo il ritmo con il corpo intero mentre faceva urlare il contrabbasso con gli occhi semichiusi, ascoltava tutto, ma soprattutto Sonny. Dialogava con lui. Lo stava incoraggiando ad allontanarsi dalla costa e a puntare il mare aperto con decisione. Lo rassicurava sul fatto che mare aperto non significa annegare, lui poteva dirlo perché c'era stato, e voleva che anche Sonny lo imparasse. Creole stava aspettando che Sonny gli facesse capire, con i tasti del suo pianoforte, che ora si trovava in mezzo all'acqua.

Intanto, mentre Creole restava in ascolto, Sonny si agitava, profondamente assorto nei suoi pensieri, come se stesse soffrendo le pene dell'inferno. Non avevo mai pensato prima a come dev'essere difficile il rapporto tra il musicista e il suo strumento. Il musicista deve infondergli il respiro della vita, la propria. Deve fargli fare quello che vuole. Un piano, però, non è che un piano, fatto di una certa quantità di legno e di fili metallici, di martelletti grandi e piccoli, di avorio. E anche se non ci si può fare poi molto, l'unico modo per scoprirne i limiti è provare; provare a fargli fare qualsiasi cosa.

Sonny, poi, non toccava una tastiera da piú di un anno. Anche con la vita non gli andava meglio, e con il futuro che gli si prospettava. Sonny e il pianoforte balbettavano, saltavano in una direzione, si spaventavano e si fermavano; partivano in un'altra direzione, si facevano prendere dal panico, battevano il tempo e ricominciavano; poi sembrava che avessero trovato una direzione, ma si facevano prendere di nuovo dal panico e si bloccavano. Era la prima volta che vedevo quell'espressione sul suo volto. Le fiamme della battaglia che si combatteva dentro di lui avevano cacciato via ogni espressione, lasciando affiorare al contempo tutte le cose che di solito erano nascoste.

Eppure, guardando il viso di Creole mentre si avvicinava la fine del primo pezzo, ebbi la sensazione che fosse successo qualcosa, qualcosa che era sfuggito alle mie orecchie. Al termine ci fu un forte applauso e, subito dopo, senza un attimo di preavviso, Creole iniziò un pezzo nuovo, quasi per scherzo; era *Am I Blue?*, e Sonny, come se Creole glielo avesse ordinato, si mise a suonare. Stava iniziando a succedere qualcosa. E Creole allentò le redini. L'ometto nero e riservato disse qualcosa di terribile con la sua batteria, Creole rispose, e la batteria rilanciò. Quindi intervenne a lungo la tromba, dolce e altissima, forse un po' staccata, e Creole rimase in ascolto, e di tanto in tanto faceva qualche commento secco, per poi ripartire a condurre, bello, sereno e maturo. Poi ripresero a suonare tutti insieme, e Sonny tornò finalmente a essere parte della famiglia. Lo capii dalla sua espressione del volto. Era come se, in quell'istante, Sonny si fosse trovato sotto le dita un pianoforte nuovo di zecca e non riuscisse a capacitarsene. E mi parve che anche gli altri, soddisfatti di lui, per un attimo gli dessero ragione: era vero, i pianoforti nuovi di zecca erano proprio uno sballo. Poi Creole si fece avanti per ricordare a tutti che quello che stavano suonando era un blues. Toccò qualcosa dentro ognuno di loro e toccò qualcosa dentro di me, e la musica si fece tesa e profonda, e l'atmosfera nella sala si riempí d'inquietudine. Creole iniziò a spiegarci il blues, a spiegarci di cosa si trattava. Il blues, a dire il vero, non era nulla di nuovo. Erano lui e i suoi ragazzi che cercavano di mantenerne la freschezza, che rischiavano di cadere, distruggersi, impazzire o anche morire per trovare nuovi modi di farcelo ascoltare; perché anche se il racconto della nostra sofferenza, di come possiamo essere felici e delle nostre possibilità di trionfare non è mai nuovo, è pur sempre necessario ascoltarlo. Non ci sono altre storie da raccontare: è questa l'unica luce che ci è concessa in tanta oscurità.

E quella storia, stando al volto, al corpo, alle mani forti di Creole sulle corde, ha un aspetto diverso in ogni paese, una diversa profondità in ogni generazione. Ascoltate, sembrava dire Creole, ascoltate. Ecco: questo è il blues di Sonny. Lo fece sapere all'ometto nero alla batteria e a quello quasi bianco che suonava la tromba. Creole aveva smesso di spingere Sonny in acqua. Adesso, gli stava augurando buona fortuna. Quindi si ritrasse molto lentamente, lasciando che nell'aria risuonasse l'immensa esortazione per Sonny, perché cominciasse a parlare da sé.

A quel punto si raccolsero tutti intorno a lui, che partí a suonare da solo. Ogni tanto sembrava che uno di loro dicesse «amen». Le dita di Sonny riempivano l'aria di vita, della sua vita, che però ne conteneva molte altre. E Sonny ritornò indietro fino all'inizio, e riprese davvero con quell'esposizione semplice e scarna del primo fraseggio. Quindi prese a farla sua. Era stupenda, perché non la suonava piú in modo precipitoso, non era piú un lamento. Mi sembrò di sentire con che sofferenza era riuscito a farla sua, e quanto avremmo dovuto soffrire anche noi prima di riuscirci, e poter finalmente smettere di lamentarci. La libertà era annidata intorno a noi. Alla fine capii che lui se lo avessimo ascoltato ci avrebbe aiutato a essere liberi, e che lui stesso non si sarebbe liberato fino ad allora. Eppure sul suo volto non c'era piú alcuna battaglia. Ora sentivo quanto aveva sofferto, e quanto ancora avrebbe dovuto soffrire prima di riposare sotto terra. Sonny l'aveva fatta sua, quella linea infinita di cui noi conoscevamo soltanto mamma e papà, e ce la stava restituendo, come ogni cosa va restituita perché, attraversando la morte, possa diventare eterna. Rividi il volto di mia madre e avvertii, per la prima volta, che i ciottoli delle strade su cui aveva camminato dovevano averle procurato molte piaghe. Rividi la strada illuminata dalla luna su cui era morto il fratello di mio padre. Quella musica mi riportò alla mente molte altre cose, e mi aiutò ad andare oltre, e rividi ancora la mia bambina, e risentii le lacrime di Isabel, e capii che stavo per mettermi a piangere. Ma ero anche consapevole che quello era solo un momento, che là fuori c'era il mondo in attesa, un mondo affamato come una tigre, e che la sofferenza ci sovrastava piú vasta del cielo.

Poi tutto finí. Creole e Sonny tirarono il fiato, entrambi bagnati fradici e sorridenti. Ci furono molti applausi, e alcuni erano veri. Nella penombra, la cameriera passò accanto al tavolo e io le chiesi di portare da bere alla band. Ci fu una lunga pausa, mentre loro se ne stavano a parlare sotto le luci indaco del palco, e dopo un po' vidi la ragazza appoggiare sul pianoforte un whisky e latte per Sonny. Lui sembrò non accorgersene, ma poi, un attimo prima di ricominciare a suonare, ne bevve un sorso, guardò verso di me e mi fece un cenno con la testa. Quindi lo riappoggiò sul pianoforte. E allora, ai miei occhi, quando si rimisero a suonare, quel bicchiere sopra la testa di mio fratello parve splendere e vibrare come il calice della vertigine.

Vladimir Nabokov

Musica

Il vestibolo traboccava di cappotti di entrambi i sessi; dal salotto veniva il suono di un pianoforte, una rapida successione di note. Il riflesso di Viktor nello specchio del vestibolo raddrizzò il nodo della cravatta. Protendendosi verso l'alto, la cameriera appese il cappotto di Viktor che però cadde trascinandone con sé altri due, ed ella dovette cominciare tutto daccapo.

In punta di piedi, Viktor si diresse verso il salotto, e la musica divenne all'improvviso piú forte e piú maschia. Al piano sedeva Wolf, ospite raro in quella casa. Gli altri, una trentina di persone in tutto, ascoltavano in atteggiamenti diversi, alcuni appoggiando il mento alla mano, altri mandando verso l'alto il fumo della sigaretta, la luce incerta conferiva un tocco vagamente pittoresco alla loro immobilità. Da lontano, la padrona di casa gli indicò con un sorriso eloquente un posto libero, una poltroncina il cui schienale si intrecciava in un nodo, collocata quasi all'ombra del pianoforte a coda. Egli rispose con un gesto schivo – grazie, non importa, posso restare in piedi; poi, però, si diresse lentamente verso il posto che gli era stato indicato, si sedette con movimenti cauti e con movimenti altrettanto cauti incrociò le braccia. La moglie del pianista, le labbra dischiuse, e le palpebre che battevano rapidamente, era sul punto di voltare la pagina; ecco, ora l'ha voltata. Una scura foresta di note ascendenti, un pendio, un burrone, quindi un gruppo a sé stante di trapezisti volanti. Wolf aveva ciglia lunghe e bionde; le orecchie traslucide mostravano una delicata sfumatura cremisi; batteva sui tasti con una velocità e una forza straordinarie e, nelle profondità laccate del coperchio ribaltato, le sue mani duplicate ne eseguivano un'imitazione spettrale, complessa, per certi versi addirittura clownesca.

Per Viktor, qualsiasi musica sconosciuta – e lui conosceva soltanto una decina di motivi assai comuni – assomigliava al cicaleccio di una conversazione in lingua straniera: invano ci si sforza di capire almeno l'inizio e la fine delle parole, tutto scivola e si fonde, cosicché l'orecchio infingardo comincia ad annoiarsi. Viktor cercò di concentrarsi sull'ascolto, ma dopo poco si sorprese a guardare le mani di Wolf e il loro riflesso spettrale. Quando i suoni si impennavano in un crescendo fragoroso e prolungato, il collo dell'esecutore si gonfiava, le dita aperte si tendevano ed egli emetteva un lieve grugnito. A un certo punto la moglie andò avanti troppo in fretta; egli bloccò la pagina assestandole uno schiaffo fulmineo con il palmo sinistro, poi a velocità incredibile la voltò egli stesso, e già entrambe le mani impastavano furiosamente l'arrendevole tastiera. Viktor studiò accuratamente il pianista: naso appuntito, palpebre sporgenti, cicatrice da foruncolo sul collo, capelli simili a una bionda lanugine, giacca nera con le spalle dal taglio ampio. Per un momento cercò di seguire di nuovo la musica, ma non aveva fatto in tempo a concentrarsi che l'attenzione svaní. Lentamente si girò, tirò fuori il portasigarette e prese a esaminare gli altri ospiti. Tra i volti sconosciuti ne scoprí alcuni che gli erano familiari – ecco lí quello gentile e paffuto di Kočarovskij – dovrei fargli un cenno di saluto? Lo fece, ma andò oltre il bersaglio: un altro conoscente, Šmakov, rispose al suo saluto: ho sentito che sta per lasciare Berlino alla volta di Parigi – devo chiedergli se è vero. Su un divano, in mezzo a due signore attempate, Anna Samojlovna, fulva di capelli, corpulenta, giaceva semireclinata a occhi chiusi, mentre il marito, un otorinolaringoiatra, sedeva puntellando il gomito sul bracciolo della poltrona. Che cos'è quell'oggetto luccicante che rigira fra le dita dell'altra mano? Ah, sí, un pince-nez con un nastro alla Čechov. Piú lontano, una spalla nell'ombra, un uomo barbuto e gobbo, noto appassionato di musica, ascoltava intento, il dito indice teso contro la tempia. Viktor non riusciva mai a ricordarne il nome e il patronimico. Boris? No, non era Boris. Borisovič? No, neanche. Altri volti. Chissà se ci sono i Charazin. Sí, eccoli là. Non guardano dalla mia parte. E un attimo dopo, proprio dietro di loro, Viktor vide l'ex moglie.

Abbassò immediatamente lo sguardo, e con un gesto automatico cercò di far cadere la cenere dalla sigaretta, che tuttavia non aveva ancora fatto in tempo a formarsi. Da un punto imprecisato, laggiú in fondo al cuore, montò una specie di pugno che lo colpí con un montante, si ritrasse, quindi lo colpí ancora, e poi riprese l'assalto disordinatamente, velocemente, contrastando la musica, anzi sommergendola. Non sapeva da che parte guardare, lanciò un'occhiata di traverso al pianista, ma non sentiva alcun suono, come se Wolf martellasse su una tastiera muta. La morsa al petto era tale che Viktor dovette raddrizzarsi e inspirare profondamente; dopo di che, tornando in tutta fretta da grandi distanze, boccheggiante, la musica resuscitò, e il cuore riprese un ritmo piú regolare.

Si erano separati due anni prima, in un'altra città, dove il mare rombava di notte e dove erano vissuti dal giorno del matrimonio. Con le palpebre ancora abbassate, Viktor cercò di respingere il fragore e l'impeto del passato con pensieri futili: per esempio, che lei doveva averlo visto pochi istanti prima quando, a grandi passi silenziosi, intervallati da qualche rapido inchino, aveva attraversato in punta di piedi l'intera stanza per raggiungere il suo posto. Era come se qualcuno lo avesse visto nudo o alle prese con una stupida occupazione; e nel ricordare come egli, inconsapevole, fosse scivolato nella stanza e fosse caduto a sedere sulla sedia sotto lo sguardo (ostile? derisorio? curioso?) di lei, si chiese se la padrona di casa o chiunque altro là dentro si rendesse conto della situazione, e come lei fosse arrivata lí, se da sola o con il nuovo marito, e che cosa lui, Viktor, avrebbe dovuto fare: rimanere cosí o guardare dalla sua parte? No, guardare non era ancora possibile; per prima cosa, doveva abituarsi alla sua presenza in quell'ambiente spazioso ma pur sempre circoscritto... la musica infatti li aveva chiusi in un recinto e per loro era diventata una specie di prigione, nella quale entrambi erano destinati a rimanere chiusi fino a quando il pianista non avesse smesso di costruire e sorreggere le sue volte sonore.

Che cosa aveva potuto osservare fugacemente un attimo prima, quando l'aveva riconosciuta? Cosí poco: lo sguardo che veniva distolto, la guancia pallida, una ciocca di capelli neri e, vaga caratteristica di secondaria importanza, delle pietre o qualcosa di simile attorno al collo. Cosí poco! E tuttavia quell'abbozzo approssimativo, quell'immagine incompleta *era* già sua moglie, quella momentanea fusione di sprazzi luminosi e di ombre formava già l'entità unica che portava il suo nome.

Come tutto sembrava lontano nel tempo! Si era perdutamente innamorato di lei una sera afosa, sotto un cielo da estasi, sulla terrazza del circolo del tennis e, un mese dopo, la notte di nozze, pioveva cosí forte che non si sentiva il rumore del mare. Che beatitudine era stata! Beatitudine... una parola umida, sciabordante, sciaguattante, cosí viva, cosí docile, una parola che sorride e piange al contempo. E il mattino dopo: le foglie che sfavillavano in giardino, il mare quasi silenzioso, quel mare languido, latteo, argenteo.

Doveva fare qualcosa con il mozzicone. Girò il capo e di nuovo il cuore si fermò. Qualcuno si era spostato impedendogli quasi del tutto di vederla, e ora tirava fuori un fazzoletto bianco come la morte; ma il gomito dello sconosciuto si sarebbe presto scostato e lei sarebbe riapparsa, sí, un attimo ancora e sarebbe riapparsa. No, non ce la faccio a guardare. Sul pianoforte c'è un posacenere.

La barriera dei suoni rimaneva sempre alta e impenetrabile. Le mani spettrali nelle profondità laccate continuavano a eseguire le medesime contorsioni. «Saremo felici per sempre»... quanta melodia in quella frase, quanto bagliore! Era morbida come il velluto, dappertutto, avevi voglia di raccoglierla tra le braccia come si fa con un puledrino tutto rannicchiato su se stesso. Abbracciarla e stringerla fra le braccia. E poi? Che cosa fare per possederla completamente? Amo il tuo fegato, i tuoi reni, i tuoi globuli rossi. E lei rispondeva: – Non essere disgustoso –. Non vivevano nel lusso, ma neppure in povertà, e andavano a nuotare in mare quasi tutto l'anno. Le meduse, deposte dalle onde sulla spiaggia di ciottoli, tremolavano al vento. Gli scogli della Crimea luccicavano tra gli spruzzi. Una volta videro alcuni pescatori trasportare il corpo di un annegato; i piedi scalzi che spuntavano dalla coperta parevano sorpresi. Di sera lei preparava della cioccolata in tazza.

La guardò ancora. Ora sedeva tenendo gli occhi bassi, con le gambe incrociate, il mento appoggiato alle nocche: aveva molto orecchio, di certo Wolf stava suonando un pezzo famoso, bellissimo. Non riuscirò a dormire per chissà quante notti, pensò Viktor contemplando il bianco collo di lei e la morbida piega del ginocchio. Indossava un leggero abito nero, che egli non aveva mai visto, e la collana continuava a catturare la luce. No, non riuscirò a dormire e dovrò smetterla di venire qui. È stato tutto inutile: due anni di sforzi e di lotte, avevo quasi riconquistato la pace mentale... e ora devo ricominciare daccapo, sforzandomi di dimenticare tutto, tutto ciò che era stato quasi dimenticato, e aggiungervi questa sera, per di piú. All'improvviso gli parve che lei lo stesse guardando furtivamente e si voltò.

La musica dovrebbe ormai avviarsi al finale. Quando

arrivano quegli accordi tempestosi, ansimanti, di solito vuol dire che siamo verso la fine. Un'altra parola intrigante: *fine*, *finire*... Squarciare, soffocare... Fulmine che squarcia il cielo, soffocanti nuvole di polvere del destino incombente. All'inizio della primavera lei era diventata stranamente apatica. Parlava muovendo a malapena le labbra. Le chiedeva: – Cos'hai? – Niente. Niente di particolare –. A volte lo fissava con gli occhi socchiusi e un'espressione enigmatica: – Cosa c'è che non va? – Niente –. All'imbrunire era come morta. Non c'era verso di fare niente con lei perché, nonostante fosse piccola e snella, diventava pesante e impacciata nei movimenti, sembrava fatta di pietra. – Non vuoi dirmi una buona volta che cosa ti succede? – Continuò cosí per circa un mese. Poi, una mattina – sí, proprio la mattina del suo compleanno –, disse calma, come se parlasse di cose prive d'importanza: – Separiamoci per un po'. Non possiamo andare avanti cosí –. La bambina dei vicini entrò di corsa nella stanza per mostrarci il suo gattino (unico sopravvissuto di una cucciolata che avevano annegato). – Va', va', piú tardi –. La bambinetta se ne andò. Ci fu un lungo silenzio. Dopo un po', lentamente, senza dire una parola, egli cominciò a torcerle i polsi... voleva romperle tutto, slogarle ogni giuntura con uno schianto rumoroso. Lei si mise a piangere. Poi egli si sedette al tavolo e finse di leggere il giornale. Lei andò in giardino, ma ritornò ben presto. – Non posso tenertelo ancora nascosto, devo dirti tutto –. E con uno strano stupore, come se parlasse di un'altra di cui si stupiva, e invitandolo a condividere quel medesimo stupore, glielo disse, gli disse tutto. L'uomo in questione era un individuo corpulento, modesto e riservato; a volte veniva a giocare a whist e parlava di pozzi artesiani. La prima volta era successo nel parco, la seconda a casa di lui.

Il resto è tutto molto vago. Camminai avanti e indietro lungo la spiaggia fino all'imbrunire. Sí, sembra proprio che la musica si avvii al finale. Quando lo schiaffeggiai sul molo, disse: – Pagherà caro per questo, – raccolse il berretto da terra e se ne andò. Non la salutai. Cosí come sarebbe stato sciocco pensare di ucciderla. Continua a vivere, vivi. Vivi come vivi ora; come siedi ora, siedi cosí per sempre. Avanti dunque, guardami, ti imploro, ti prego, ti prego, guardami. Ti perdonerò tutto, perché un giorno dovremo tutti morire, e allora comprenderemo ogni cosa, e ogni cosa sarà perdonata... quindi, perché rimandare? Guardami, guardami, volgi lo sguardo da questa parte, i tuoi occhi, i miei occhi, i miei cari occhi. No. Finito.

Gli ultimi accordi gravi suonati da quella moltitudine di chele – e poi un altro, ed esalando l'ultimo respiro un altro ancora, e, dopo quell'ultimo accordo conclusivo, con il quale parve che la musica avesse finalmente reso l'anima, l'esecutore prese la mira e, con precisione felina, suonò un'unica, singola, breve nota dorata. La barriera musicale si dissolse. Applausi. Wolf disse: – Non la suonavo da molto tempo –. La moglie di Wolf soggiunse: – Sa, è da molto tempo che mio marito non suonava questo pezzo –. Avvicinandosi a Wolf, standogli addosso, spingendolo leggermente con la pancia, l'otorinolaringoiatra gli disse: – Meraviglioso! Ho sempre detto che è la cosa piú bella che l'autore abbia mai scritto. Mi pare che verso il finale lei abbia modernizzato il colore del suono forse un po' troppo. Non so se riesco a spiegarmi ma, vede...

Viktor guardava in direzione della porta. Laggiú una signora snella dai capelli neri si stava congedando con un sorriso smarrito dalla padrona di casa che, sorpresa, insisteva: – Non sento ragioni, adesso prendiamo tutti il tè e poi ascolteremo una cantante –. Ma lei continuò a sorridere smarrita e si diresse verso la porta e Viktor comprese che la musica, che prima gli era parsa una prigione sotterranea in cui, incatenati l'uno all'altra dai suoni, erano stati costretti a sedere faccia a faccia a sei metri di distanza, era stata in realtà una felicità incredibile, una magica cupola di vetro che aveva accolto e imprigionato entrambi, che gli aveva permesso di respirare la stessa aria di lei; e ora tutto si era frantumato e si era sparso qua e là, lei scompariva oltre la porta, Wolf aveva chiuso il pianoforte, e quella magica prigionia non poteva tornare.

Lei se ne andò. A quanto pareva, gli altri non si erano accorti di nulla. Un uomo di nome Bok lo salutò e gli disse con tono garbato: – La stavo guardando. Che strana reazione alla musica, la sua! Sa, sembrava cosí annoiato che mi è dispiaciuto per lei. Possibile che sia cosí insensibile alla musica?

– No, assolutamente, non ero annoiato, – rispose Viktor, a disagio. – È solo che non ho un orecchio musicale e quindi non sono un intenditore. A proposito, che cosa ha suonato?

– Faccia lei, – sussurrò Bok con il tono comprensivo del perfetto estraneo. – *La Preghiera di una vergine* o la *Sonata a Kreutzer*, come preferisce.

John Cheever

L'insegnante di musica

Sembrava tutto studiato. Quando quella sera aprí la porta di casa e, oltrepassato l'ingresso, entrò in soggiorno, Seton ebbe questa sensazione. Sembrava che fosse stato tutto preparato con cura, con la stessa cura che, quando lui era giovane, le ragazze avevano per i fiori, le candele, i dischi del grammofono. Quella scena non era stata studiata per fargli piacere, ma neanche per qualcosa di cosí semplice come il rimprovero.

– Ciao, – disse forte, in tono allegro. La casa era occupata da lamenti e singhiozzi. In mezzo al piccolo soggiorno era aperta un'asse da stiro, e dall'asse penzolava una camicia sua, e Jessica, la moglie, stirava e intanto si asciugava qualche lacrima. Accanto al pianoforte c'era Jocelin, la figlia minore, che strillava. Seduta su una sedia accanto a lei, Millicent, la maggiore, singhiozzava tenendo in mano alcuni pezzi di una bambola rotta. Phyllis, la mediana, a quattro zampe, tirava fuori l'imbottitura da una poltrona strappandola con un apriscatole. Dalla porta aperta della cucina giungevano in salotto nuvole di fumo di qualche pietanza che stava bruciando: dall'odore sembrava cosciotto d'agnello.

Non poteva credere che avessero passato tutto il giorno in quel disordine. Doveva essere tutta una messa in scena studiata e organizzata – compresa la conflagrazione nel forno – per il momento in cui sarebbe tornato a casa. Sul viso tormentato della moglie quando si guardò in giro nella stanza per ammirare l'efficacia della scena, credette persino di scorgere un'espressione di serenità. Seton si sentí sconfitto ma non ancora disperato e, rimanendo fermo sulla porta del soggiorno, fece un rapido calcolo delle forze che gli restavano e optò per un bacio come prima mossa. Mentre si avvicinava all'asse da stiro, tuttavia, la moglie gli fece il gesto di stare lontano e disse: – Non venirmi vicino, prenderai il raffreddore. Ho un raffreddore *terribile* –. Allora Seton allontanò Phyllis dalla poltrona, promise a Millicent di aggiustarle la bambola, e portò la piccola in bagno per cambiarle il pannolino. Dalla cucina si udivano intanto le urla e le imprecazioni di Jessica che stava cercando di tirar fuori la carne dal forno lottando contro le nuvole di fumo.

Si era bruciata. Bruciava sempre tutto in quella casa, i panini, le patate, la torta di mele surgelata. Seton si accorse di avere la bocca piena di cenere e il cuore pesante, mentre guardava, oltre il piatto con la cena rovinata, il viso di Jessica – quel viso che un tempo era ricco di spirito e passione e che ora gli sembrava cupo e smarrito. Dopo mangiato aiutò a riordinare la cucina e lesse una storia alle bambine, e gli parve che il loro sincero interesse per ciò che leggeva e faceva – la certezza assoluta del loro affetto – rendesse il sapore di quella carne bruciata, oltre che amaro, triste. L'odore di fumo rimase ancora per molto nell'aria dopo che tutti, tranne Seton, erano andati a letto. Lui era rimasto seduto da solo in soggiorno, e stava passando in rassegna i suoi problemi. Pur essendo sposato da dieci anni, trovava che Jessica avesse ancora, nella figura e nel modo di fare, un'insolita grazia. Nell'ultimo paio d'anni, tuttavia, qualcosa di grave e di misterioso li aveva fatti allontanare. L'arrosto bruciato non era un'eccezione: era la regola. Jessica faceva bruciare le braciole, gli hamburger, faceva bruciare perfino il tacchino per il pranzo del giorno del Ringraziamento, e sembrava quasi che facesse bruciare il cibo di proposito, come se fosse un modo per esprimere il risentimento che covava nei suoi confronti. La sua non era ribellione verso un lavoro ingrato. Le donne delle pulizie e gli elettrodomestici – il fatto di alleggerirle il carico di lavoro – non facevano alcuna differenza. Secondo lui non si trattava neanche di risentimento. Era come una metamorfosi marina sotterranea, una crociata o una rivoluzione sessuale che si agitavano dentro di lei, sotto le belle apparenze della normalità, e di cui, probabilmente, non era nemmeno consapevole.

Seton non voleva assolutamente lasciarla; ma per quanto tempo ancora sarebbe riuscito a tirare avanti in quel modo, con le figlie che piangevano, gli sguardi cupi e la casa caotica piena di fumo? Sentiva che non era dagli attriti con Jessica che doveva difendersi, ma dal pericolo che correva la parte piú sana e preziosa della sua autostima; e nello stesso tempo, date le circostanze, sopportare senza lamentarsi gli sembrava inammissibile. Che cosa poteva fare? Era convinto che lui e Jessica avessero bisogno di cambiamenti, di muoversi e di aprirsi a nuove cose, ma il fatto che in quel momento, mentre cercava di escogitare un piano per prolungare il suo matrimonio, l'unica cosa che gli venisse in mente era di portarla a cena in un ristorante dove erano già stati molte volte, dieci anni prima, quando ancora non erano sposati, era, probabilmente, un segno dei suoi limiti. E anche questa cosa, ne era perfettamente consapevole, non sarebbe stata facile da realizzare: un invito secco non avrebbe procurato altro che un secco, e amaro, rifiuto. Doveva andare coi piedi di piombo: doveva riuscire a sorprenderla, e a disarmarla.

Tutto ciò accadeva all'inizio dell'autunno. Le giornate erano limpide. Dappertutto cadevano foglie gialle. Si vedevano cadere attraverso le finestre di casa, e attraverso i pannelli di vetro della porta d'ingresso. Seton aspettò due o tre giorni. Aspettò che arrivasse una giornata particolarmente bella e a quel punto, a metà mattinata, la chiamò dall'ufficio. Sapeva che a casa c'era la donna delle pulizie. Millicent e Phyllis erano a scuola, e Jocelin stava probabilmente dormendo. Jessica quindi non doveva avere molto da fare. Poteva addirittura essere un momento in cui non stava facendo niente, un momento di riflessione. La chiamò e le disse (non la invitò) di andare a cena con lui in città. Lei esitò, disse che non sarebbe stato facile trovare qualcuno che stesse con le bambine, ma alla fine cedette. Gli parve perfino di scorgere nella sua voce, mentre accettava di andare, una traccia della dolce amorevolezza che lui adorava.

Era da un anno che non facevano niente del genere, che non andavano a cena insieme in un ristorante; e quella sera, quando uscí dall'ufficio e deviò dal solito percorso che faceva per andare alla stazione, si rese conto che il loro rapporto era appesantito da un colossale mucchio di abitudini che smorzavano l'entusiasmo. Intorno alla sua vita, pensò, erano stati tracciati troppi cerchi, ma in fondo non doveva essere cosí difficile scavalcarli. Il ristorante dove andò ad aspettarla era semplice ma buono. Quando arrivò, quella sera, il locale era tirato a lucido, inamidato, c'era profumo di salse e pane fresco e una deliziosa atmosfera accogliente. La ragazza del guardaroba si ricordò di lui, e lui si ricordò della baldanza con cui scendeva quelle scale quando era piú giovane. Tutto profumava meravigliosamente. Il barista aveva appena iniziato il suo turno, si era appena sbarbato e indossava una giacca bianca. L'atmosfera era cordiale e solenne. Ogni superficie brillava, e la luce che gli cadeva sulle spalle era la stessa di dieci anni prima. Quando il capocameriere si fermò per dargli la buonasera, Seton gli chiese di portare una bottiglia di vino – il *loro* vino – ghiacciato. La porta che si affacciava sulla sera era la stessa porta che Seton aveva tenuto d'occhio per veder Jessica entrare con la neve tra i capelli, per vederla entrare con un nuovo abito e scarpe nuove, per vederla entrare con una buona notizia, con una preoccupazione, oppure scusandosi per il ritardo. Si ricordò di come lei avesse dato un'occhiata al bar per vedere se lui era lí, di come si fosse fermata a parlare con la ragazza del guardaroba e quindi avesse attraversato la pista da ballo spensierata per mettere la sua mano in quella di lui e passare con lui piacevolmente il resto della serata.

Udí, in quell'istante, il pianto di un bambino, e si voltò verso la porta giusto in tempo per vedere Jessica entrare. Era lei con in braccio il bambino che piangeva. Phyllis e Millicent le venivano dietro con le loro tute da neve. Era presto, e il ristorante non era ancora affollato. Il loro ingresso, tutta la scena, non era spettacolare come sarebbe stato un'ora dopo, ma faceva comunque un certo effetto – a Seton, perlomeno. Vedendola ferma all'ingresso del locale, con una figlia singhiozzante in braccio e le altre due accanto, si capiva che Jessica non era venuta all'appuntamento col marito e, per un qualche contrattempo, era stata costretta a portare con sé le figlie ma che, diversamente, era venuta per accusare pubblicamente l'uomo che l'aveva offesa; non lo faceva puntandogli il dito contro, ma il gruppo aveva in sé un significato drammatico e accusatorio.

Seton si alzò e andò verso di loro. Non era il genere di ristorante in cui di solito si portano dei bambini, ma la ragazza del guardaroba fu lo stesso gentile e aiutò Millicent e Phyllis a togliersi la tuta. Seton prese Jocelin nelle sue braccia, e la piccola smise di piangere.

– La baby-sitter non è potuta venire, – disse Jessica guardandolo appena, e quando lui fece per baciarla girò la testa. Li fecero accomodare a un tavolo in una sala sul retro del locale. Jocelin rovesciò una ciotola di olive, e la cena fu caotica e deprimente come qualsiasi altra cena bruciata a casa. Durante il viaggio di ritorno, le bambine si addormentarono e Seton rifletté e capí di aver sbagliato: sí, forse lui aveva sbagliato, oppure Jessica dimostrava ancora una volta di essere piú furba di lui. Si domandò, per la prima volta, se non stesse lottando contro una pura e semplice ribellione, e non, come aveva creduto, con le ombre e i misteri di Jessica e del suo essere donna.

Decise di ritentare con lo stesso sistema. Un sabato pomeriggio invitò i Thompson per un aperitivo. Capí che loro non avevano molta voglia di andare perché erano stati invitati dai Carmignole – tutti erano stati invitati dai Carmignole – ed era da un anno e piú che i Seton non facevano un invito: casa loro era stata tacciata di una sorta d'infamia sociale. I Thompson vennero solo per amicizia, e solo per un drink. Erano una bella coppia, e Jack Thompson sembrava esercitare sulla moglie un'amorevole autorevolezza che Seton gli invidiò. Seton aveva detto a Jessica che venivano i Thompson, e lei non aveva detto nulla. Quando arrivarono, Jessica non era in soggiorno, ma apparve pochi minuti dopo con in mano il cesto della biancheria pieno di bucato e, quando Seton le chiese se non voleva prendere un aperitivo, rispose che non aveva tempo. I Thompson si accorsero che Seton era in difficoltà, ma non potevano fermarsi per aiutarlo perché sarebbero arrivati in ritardo dai Carmignole. Ma quando Lucy Thompson fu salita in macchina, Jack ritornò verso Seton che era fermo sulla porta di casa e gli parlò con una tale forza – chiaramente dettata da simpatia e amicizia – che Seton pendette dalle sue labbra. Disse che aveva capito come stavano andando le cose, e che Seton secondo lui doveva assolutamente trovarsi un hobby. Un hobby ben preciso: doveva prendere lezioni di pianoforte. Lui conosceva una signora, la signorina Deming: era da lei che doveva andare. Gli sarebbe stata d'aiuto. Quindi fece un cenno di saluto con la mano e tornò alla macchina. Seton non trovò affatto strano quel consiglio. Era stanco e disperato, e che senso aveva la sua vita? Quando tornò di nuovo in soggiorno, Phyllis si era rimessa ad attaccare la poltrona con l'apriscatole, e gli disse per scusarsi che aveva perso nell'imbottitura una monetina da venticinque centesimi. Jocelin e Millicent piangevano. Jessica si era messa a bruciare la cena.

Domenica avevano bruciato il vitello, lunedí il polpettone, e martedí la carne era cosí bruciata che Seton non riuscí a capire cosa fosse. Pensò alla signorina Deming, e immaginò che fosse una donnina allegra che, fingendo di dar lezioni di pianoforte, consolava gli uomini della zona. Quando le telefonò, tuttavia, rispose una voce da vecchia malefica. Seton spiegò che Jack Thompson gli aveva dato il suo nome, e lei gli diede appuntamento per la sera seguente alle sette. Mercoledí, uscendo di casa dopo cena, Seton pensò che quantomeno gli avrebbe fatto bene lasciare quel posto e concentrarsi su qualcosa di diverso dai problemi familiari e di lavoro. La signorina Deming abitava in Bellevue Avenue, dall'altro lato della città. Non era facile leggere i numeri civici della via, cosí Seton parcheggiò lungo il marciapiede e andò a piedi in cerca della casa.

Era una serata d'autunno. Bellevue Avenue era una di quelle strade secondarie con le case in legno, assolutamente irreprensibili per contegno e impatto, ma che, per un capriccio, sono decorate con piccoli minareti e tende di perline in legno come per un erroneo o quantomeno misterioso ammiccamento alle lontane moschee e agli harem del sanguinario Islam. Questo paradosso donava al luogo un certo fascino. La strada era decadente, ma di una decadenza aggraziata, di un declino lussureggiante. Nei giardini delle case fiorivano rose a profusione, sugli abeti cantavano cardinali rossi. Alcuni proprietari stavano ancora rastrellando il prato di casa. Seton era cresciuto in un posto simile, e gli faceva piacere ritrovare per caso quel frammento di passato. Il sole stava tramontando, c'era una traccia di luce rossa ai piedi della strada, e quando la vide sentí un morso allo stomaco acuto come il morso della fame, ma non era fame, era semplice ambizione. Ah, avere una vita illustre!

La casa della signorina Deming era senza veranda, e a Seton parve che necessitasse piú di altre di una bella rinfrescata, anche se, ora che il sole stava scomparendo, non ne poteva essere cosí certo. Un cartello sulla porta diceva: «Bussate ed entrate». Nel piccolo ingresso c'erano una scala e un attaccapanni in legno. In una stanza poco lontana, Seton vide un uomo piú o meno della sua età chinato sulla tastiera del pianoforte. – È in anticipo, – gridò dalla stanza la signorina Deming. – Si sieda e aspetti, prego.

Lo disse con un tono di voce cosí stanco e profondamente rassegnato da convincere Seton che, ad aspettarlo, dovesse esserci qualcosa di estremamente spiacevole e ripugnante. Si sedette su una panca sotto l'attaccapanni. Era a disagio. Gli sudavano le mani, aveva la sensazione spiacevole d'essere troppo grande per quella casa, per quella panca, per quella situazione. La sua vita era proprio un mistero, pensò, con la moglie che nascondeva le sue grazie e lui che aveva deciso di studiare pianoforte. Provò un senso cosí acuto di disagio che per un momento pensò di fuggire. Sarebbe potuto uscire dalla porta, in Bellevue Avenue, e non tornare mai piú. Ma il ricordo della confusione a casa lo fece restare dov'era. Poi lo assalí il pensiero dell'attesa in termini di eternità. Quanto tempo si passava ad aspettare nelle sale d'attesa del dentista o del dottore, aspettando il treno o l'aereo, aspettando davanti a una cabina telefonica o al ristorante. Ebbe l'impressione di aver sprecato il meglio della sua vita ad aspettare, e pensò che, imponendosi ora di aspettare la lezione di piano, avrebbe probabilmente buttato via i pochi anni vivi che gli restavano. Pensò di scappare di nuovo ma, proprio in quell'istante, nell'altra stanza finí la lezione. – Non ha studiato abbastanza, – sentí dire alla signorina Deming con tono scocciato. – Se non studia un'ora al giorno tutti i giorni, senza eccezioni, mi fa perdere soltanto del tempo –. L'allievo attraversò la piccola sala d'ingresso con il bavero del cappotto sollevato in modo che Seton non riuscisse a vederlo in faccia. – Avanti il prossimo, – disse la donna.

Nella piccola stanza con il pianoforte verticale c'era ancor piú disordine che nell'ingresso. Quando Seton entrò, la signorina Deming alzò a malapena lo sguardo. Era piccola. Aveva capelli castani striati di grigio, e li portava pettinati in trecce fissate a corona sul capo. Sedeva su un cuscino gonfiabile, le mani incrociate in grembo, e muoveva di tanto in tanto le labbra in un'espressione di disgusto, come se qualcosa la irritasse. Seton si mise a sedere goffamente sullo sgabellino del pianoforte. – Non ho mai preso lezioni di pianoforte, – disse. – Un po' di tempo fa ho studiato la cornetta. Al liceo ne avevo una a noleggio.

– Scordiamoci la cornetta, – disse la signorina Deming. Indicò il do centrale e gli chiese di suonare una scala. Sotto la luce intensa del leggio, le dita di Seton parevano enormi e nude. Seton tentò di suonare la scala di do; un paio di volte lei gli diede un leggero colpetto sulle nocche con una matita e gli spostò le dita per metterle nella giusta posizione, e Seton s'immaginò che la vita di quella donna fosse un incubo di mani pulite, mani sporche, mani pelose, mani delicate e muscolose, e pensò che il senso di disgusto della signorina Deming fosse dovuto proprio a questo. Verso la metà della lezione Seton allontanò le mani dalla tastiera e se le mise in grembo; ma la sua titubanza non fece altro che render ancor piú insofferente la signorina Deming, la quale gli prese le mani e le riportò sulla tastiera. Avrebbe voluto fumarsi una sigaretta, ma un grande cartello sulla parete dietro al pianoforte lo vietava. Quando la lezione fu finita, Seton aveva la camicia fradicia di sudore.

– La prossima volta che viene porti per cortesia la cifra esatta. Metta pure i soldi nel vaso sulla scrivania, – disse la signorina Deming. – Avanti il prossimo –. Seton e l'allievo successivo si incrociarono all'ingresso, ma lo sconosciuto evitò di guardarlo.

La fine del travaglio lo mise di buon umore e, uscendo nel buio di Bellevue Avenue, Seton s'immaginò di essere un pianista, e trovò quel pensiero piacevole ma anche un po' ridicolo. Si domandò se fossero questi i piaceri semplici che intendeva Jack Thompson. Quando arrivò a casa le bambine erano a letto, e Seton si mise a esercitarsi al pianoforte. La signorina Deming gli aveva dato un esercizio di tecnica a due mani, una breve melodia, e la ripeté di continuo per un'ora. Si esercitò tutti i giorni, compresa la domenica, sperando che alla seconda lezione la signorina Deming si complimentasse con lui e gli desse da fare qualcosa di piú difficile. Lei, invece, aveva passato tutta l'ora a criticare il suo modo di fraseggiare e la sua diteggiatura, e alla fine gli aveva detto di fare ancora lo stesso esercizio per una settimana. Seton pensava che almeno dopo la terza lezione gliel'avrebbe cambiato, ma ritornò a casa ancora una volta con lo stesso esercizio.

Jessica non lo incoraggiava e neppure si lamentava. Sembrava quasi disorientata di fronte a quell'improvvisa svolta degli eventi. La musica le dava sui nervi, e lui sapeva anche dire quando ciò accadeva. Quell'esercizio semplice, con la sua semplice melodia, si impresse persino nella mente delle figlie. Era come se stesse diventando parte della loro vita, poco gradito come un'infezione, e altrettanto pestilenziale. A Seton continuava a girare in testa per tutto il giorno, in ufficio, e a ogni cambiamento di stato d'animo, che fosse di dolore o di meraviglia, era come se quella melodia si dilatasse e riaffiorasse alla sua coscienza. Non avrebbe mai pensato che ci volesse quella fatica, quel tormento mentale per arrivare a dominare la tecnica pianistica. Da qualche tempo, quando la sera dopo cena si sedeva a esercitarsi, Jessica usciva immediatamente dalla stanza e andava al piano di sopra. Sembrava intimidita dalla musica, o forse spaventata. Anche Seton aveva un rapporto ambiguo e ossessivo con quel giro di note. Una sera che aveva preso l'ultimo treno, Seton stava passando davanti a casa dei Thompson mentre rientrava dalla stazione quando udí il suo stesso pestilenziale esercizio. Probabilmente era Jack che studiava: non c'era nulla di strano. Ma quando passò davanti a casa dei Carmignole e riudí la stessa melodia, si chiese se non fosse per caso la sua mente a fargliela risuonare nell'orecchio. La notte era buia, e si fermò sul gradino della porta di casa, il suo senso della realtà profondamente scosso, a pensare che il mondo cambiava molto piú rapidamente di quanto non ci si rendesse conto – moriva e si rinnovava – mentre lui si muoveva attraverso gli avvenimenti della sua vita con la stessa comprensione di un nuotatore nudo.

Quella sera, Jessica non aveva bruciato la carne. Gli aveva tenuto da parte, in forno, una cena passabile, e gliela serví con una tale timidezza da fargli pensare che avesse intenzione di tornare a essere sua moglie. Dopo cena Seton lesse una storia alle bambine, quindi si rimboccò le maniche e si mise al pianoforte. Preparandosi a lasciare la stanza, Jessica si voltò e gli rivolse la parola. Il tono di supplica le rendeva gli occhi ancora piú grandi e scuri, il suo naturale pallore ancor piú intenso. – Odio intromettermi, – disse dolcemente, – e so di non sapere nulla di musica, ma mi chiedevo se non potresti domandarle, alla tua insegnante voglio dire, di darti un altro pezzo da studiare. Quell'esercizio ce l'ho sempre in testa. Lo sento tutto il giorno. Se potesse darti un pezzo nuovo...

– Capisco cosa intendi, – rispose Seton. – Glielo chiederò.

Alla quinta lezione, le giornate si erano molto accorciate e ai piedi di Bellevue Avenue non c'era piú alcun tramonto infuocato a ricordargli le sue grandi speranze, i suoi intensi desideri. Bussò, entrò nella casetta e notò immediatamente l'odore di sigaretta. Si tolse cappello e soprabito ed entrò nel soggiorno, ma la signorina Deming non era seduta, come al solito, sul cuscino di gomma. La chiamò, e lei rispose dalla cucina, aprendo la porta su una scena che lo lasciò sbalordito. Seduti al tavolo della cucina c'erano due giovanotti che fumavano e bevevano birra. Avevano capelli scuri tirati indietro, lucidi di brillantina. Indossavano stivali da moto e una camicia rossa da caccia, e il loro atteggiamento sembrava studiato nei minimi dettagli per dare l'impressione di una gioventú ribelle. – Dolcezza, ti aspettiamo qui, – disse uno dei due a voce alta mentre lei si richiudeva la porta alle spalle. E man mano che la signorina Deming gli veniva incontro, Seton le vide scomparire dal volto quell'espressione di piacere, di spensieratezza e sicurezza di sé, per lasciar spazio alla sua solita espressione seccata.

– I miei ragazzi, – disse sospirando.

– Sono i suoi vicini di casa? – chiese Seton.

– Oh, no. Sono di New York. Ogni tanto vengono su a passare la notte. Quando posso li aiuto, poverini. Per me sono come dei figli.

– Per loro dev'essere una bella cosa, – disse Seton.

– Cominci, prego, – disse lei. Nella sua voce non c'era piú il minimo sentimento.

– Mia moglie chiedeva se fosse possibile avere qualcosa di diverso, un pezzo nuovo.

– Lo chiedono sempre, – disse lei stancamente.

– Qualcosa di un po' meno ripetitivo, – disse Seton.

– Nessuno dei signori che vengono qui si è mai lamentato del mio metodo. Se lei non è soddisfatto, non è obbligato a venire. Certo, il signor Purvis ha un po' esagerato, e la signora Purvis è ancora in manicomio, ma non credo che la colpa sia mia. Lei vuole ridurla in ginocchio, non è cosí? Cominci, prego.

Seton iniziò a suonare in modo ancor piú impacciato del solito. I terribili commenti della vecchia lo avevano lasciato di sasso. In che cosa si era cacciato? Era colpevole di qualcosa? Forse l'istinto di fuggire che aveva provato la prima volta in quella casa era giusto. Solo per aver perdonato a quel posto di essere opprimente si era forse lasciato coinvolgere in qualche tipo di oscenità, in qualche tipo di stregoneria? Aveva forse intenzione di tenere in ostaggio una donna meravigliosa con la sottile minaccia della pazzia? La vecchia adesso parlava con un tono di voce dolce ma, pensò Seton, malvagio. – Suoni la melodia con leggerezza, leggerezza, leggerezza, – disse. – È cosí che farà il suo effetto.

Seton continuò a suonare guidato da un'irragionevole fedeltà alla coerenza perché, se avesse protestato, come sapeva di dover fare, non avrebbe che confermato quell'incubo. La testa e le mani funzionavano indipendentemente dal suo stato d'animo, e mentre una parte di sé era colma di spavento, di ansia e di sensi di colpa, le sue dita continuavano a produrre quell'insidiosa melodia. Dalla cucina si udivano grandi risate, una birra versata in un bicchiere, stivali da moto sul pavimento. La signorina Deming interruppe la lezione in anticipo – forse voleva tornare dai suoi amici, dai suoi ragazzi – e per il sollievo Seton si sentí euforico.

Continuava a domandarsi se la signorina Deming avesse veramente detto quelle parole che pensava di aver sentito, e trovò quasi incredibile di volersi fermare a parlarne con Jack Thompson; ma poi si rese conto che non avrebbe potuto menzionare quel che era successo, perché non sarebbe stato in grado di esprimerlo con le parole. Non era questo il mondo in cui voleva vivere, un mondo di tenebre in cui uomini e donne lottano spietatamente per la supremazia, e vecchie avvizzite praticano la stregoneria. Era come se la signorina Deming appartenesse a una barriera corallina della coscienza, a un momento grigio dopo il risveglio che la luce del giorno avrebbe annientato.

Quando Seton arrivò a casa, Jessica era in soggiorno, e appena lui appoggiò lo spartito sul leggio, scorse il terrore sul suo viso. – Ti ha dato un pezzo nuovo? – chiese Jessica. – Ti ha dato qualcos'altro, oltre a quell'esercizio?

– Non ancora, – disse Seton. – Immagino di non essere ancora pronto. Forse la prossima volta.

– Hai intenzione di esercitarti adesso?

– Magari sí.

– Oh, tesoro, non stasera! Ti prego, stasera no! Ti prego, ti prego, *ti prego*, non stasera, amore! – e Jessica cadde in ginocchio.

Il recupero della felicità di Seton – ma entrambi ritornarono a essere felici in un battibaleno – lo rese inspiegabilmente ipocrita su come fosse potuta accadere una cosa simile, e ogni volta che pensava alla signorina Deming lo faceva con disprezzo e disgusto. Trascinato in un turbine di cene squisite e di notti d'amore, Seton non si avvicinava mai al pianoforte. Non ne voleva piú sapere del metodo della signorina Deming: aveva deciso di lasciar perdere. Il mercoledí sera successivo, tuttavia, si alzò per andare all'appuntamento alla solita ora, per salutarla definitivamente. Avrebbe potuto telefonarle. Jessica era agitata per il fatto che andasse, ma lui le spiegò che era semplicemente per porre fine all'accordo, la baciò e uscí.

Era una notte buia. Una luce fioca illuminava i profili turchi delle case di Bellevue Avenue. Qualcuno stava bruciando delle foglie. Seton bussò alla porta della signorina Deming ed entrò. La casa era buia. L'unica luce filtrava dalla strada attraverso le finestre. – Signorina Deming? – chiamò. – Signorina Deming? – La chiamò tre volte, per nome. La sedia accanto allo sgabello del pianoforte era vuota, ma Seton sentiva la presenza della vecchia in ogni cosa, in quel posto. Lei non c'era – o meglio, non rispondeva alla sua chiamata – eppure Seton aveva l'impressione che fosse lí ferma sulla soglia della cucina, sulle scale, al buio in fondo all'ingresso, e udí dal piano di sopra un suono leggero che assomigliava al suo passo.

Ritornò a casa, e non era lí neanche da mezz'ora, quando arrivò la polizia. Gli agenti gli dissero di andare con loro. Uscí – non voleva che le bambine sentissero – e fece il comprensibile errore di protestare, perché, dopotutto, si considerava uno ligio alla legge. Non aveva sempre pagato il giornale del mattino, rispettato i semafori, fatto il bagno tutti i giorni, detto le preghiere una volta alla settimana, tenuto in ordine le questioni fiscali, pagato le cambiali il dieci del mese? Nell'ampio scenario del suo passato non vi era traccia – neppure un accenno – d'illegalità. Che cosa voleva da lui la polizia? Gli agenti non dissero nulla, ma gli intimarono di andare con loro, e Seton alla fine salí sull'autopattuglia. Lo portarono dall'altra parte della città, attraversando i binari della ferrovia, in un luogo senza via d'uscita, una discarica, dove c'erano altri poliziotti. Era il set perfetto di una scena di violenza: spoglio, sgradevole, completamente isolato, un posto in cui sarebbe stato inutile gridare in cerca d'aiuto, perché nessuno avrebbe sentito. La signorina Deming era stesa sull'incrocio come una strega. Aveva il collo spezzato e i vestiti ancora in disordine per la lotta con le grandi potenze della morte. Gli chiesero se la conoscesse, e Seton rispose di sí. Gli domandarono se avesse mai visto dei giovanotti nelle vicinanze della casa, e Seton disse di no. Il suo nome e il suo indirizzo erano saltati fuori da un bloc-notes sulla scrivania della donna, e lui spiegò che era stata la sua insegnante di musica. Questa spiegazione li soddisfò, e lo lasciarono andare.

Vitaliano Trevisan

Bic

Una sera di novembre, il noto musicologo svizzero Peter R., mentre si accingeva a scrivere la parte finale di un saggio su Keith Jarrett, saggio che lo impegnava da piú di due anni, nel corso dei quali aveva seguito Keith Jarrett per il mondo, con l'intenzione di riuscire a carpire allo stesso Keith Jarrett quanto serviva al suo lavoro di musicologo, alzò la testa dal saggio e guardò fuori dalla finestra. Prese una sigaretta dal pacchetto di Camel senza filtro, che teneva sempre a portata di mano, e si mise una mano in tasca per prendere l'accendino. Al posto dell'accendino Bic di colore nero, che usava ormai da piú di un mese, si trovò nella tasca un accendino sempre Bic, ma di un colore che non aveva mai visto prima. Un Bic di quel colore era certo di non averlo mai visto. Certo, durante la sua lunga carriera di fumatore, cosí come succede a tutti i fumatori, anche lui era capitato piú di una volta in quella particolare catena di sant'Antonio dei fumatori, meccanismo in virtú del quale i fumatori si scambiano di continuo accendini Bic nei vari colori, formati e imitazioni, e aveva visto ormai tutta la gamma cromatica e morfologica degli accendini Bic; eppure, un accendino Bic di quella particolare sfumatura di verde era sicuro di non averlo mai visto prima di allora. Certo ieri non l'aveva. Ieri avevo il mio solito accendino Bic di colore nero, pensò accendendosi la sigaretta, dunque devo esserne entrato in possesso tra ieri e oggi. E ricordò che la sera prima, dopo aver assistito al concerto di Keith Jarrett, era andato a bere qualcosa con il tecnico del suono di Keith Jarrett, nella speranza di cavarci qualcosa di buono per il suo saggio. Nel corso della conversazione doveva essere avvenuto lo scambio. Ora ne era certo: aveva scambiato il suo Bic di colore nero con quello dal colore indefinito del tecnico del suono. Chiamò subito l'albergo dove il tecnico e lo stesso Keith Jarrett alloggiavano, e chiese del tecnico. Spiegò al tecnico dello scambio di accendini. Questi gli riferí che aveva notato il colore decisamente fuori della norma del suo accendino, ma che no, non lo voleva indietro, dato che anche quello nero funzionava benissimo e... No, disse il tecnico del suono, non l'aveva comprato: se l'era semplicemente trovato in tasca. L'aveva scambiato quasi sicuramente a Tokyo, lasciando il suo Bic rosso a un collega giapponese, un certo Yukio T... Sí, disse il tecnico, aveva l'indirizzo del suo collega giapponese.

Il giorno seguente il musicologo Peter R., lasciando incompiuto il saggio su Keith Jarrett, partí per Tokyo con il primo aereo.

Che cosa sia stato di lui da quel giorno non ci è dato sapere. Qualcuno dice di averlo visto a New York, mentre chiedeva a uno degli uscieri del Metropolitan se riconoscesse come proprio quell'accendino Bic di un verde cosí particolare che lui... Un'altra voce lo dà a Sydney; un'altra ancora a Kuala Lumpur, sempre sulle tracce del Bic.

Il saggio su Keith Jarrett, rimasto incompiuto, essendo il musicologo scomparso, è stato comunque pubblicato ed è a tutt'oggi considerato, malgrado la sua manifesta incompiutezza, il miglior contributo all'interpretazione del Jarrett che mai sia apparso.

Secondo Intermezzo

Eduardo Galeano

Finestra sulla musica (I)

– Chi sa suonare la fisarmonica, la fa parlare, – diceva don Alejo Durán. – Per colui che sa, uomo e fisarmonica sono una cosa sola.

Don Alejo fu vaccaro e trovatore, maestro del laccio e del tocco lieve, cronista cantore della costa colombiana. E sempre per piacere, mai su commissione. Quando lui non era innamorato, la sua fisarmonica taceva.

Non fece musica strappalacrime. La sua musica fu schietta e godereccia, come schiette e goderecce erano le donne che la sua musica chiamava, da lontano, senza bisogno del telefono.

Compositori II

Julian Barnes
Interferenze

Erano due le cose che aspettava con ansia: la morte, e l'arrivo dei suoi dischi. Per il resto il capitolo vita poteva considerarsi concluso. Quel che doveva fare l'aveva fatto; gli anni a venire avrebbero stabilito se il suo lavoro dovesse essere dimenticato o celebrato, a seconda del grado di maggiore o minore stupidità verso il quale procedeva il genere umano. Anche il capitolo Adeline era chiuso: attualmente lei gli offriva per lo piú insulsaggini e sentimentalismi. Era giunto alla conclusione che le donne sono fondamentalmente esseri convenzionali: anche quelle di spirito libero alla fine crollano. Cosí si spiegava la scena nauseante della settimana prima. Come se uno potesse aver voglia di farsi incastrare a quel punto, quando l'unica prospettiva era l'estremo volo solitario.

Guardò la stanza intorno a sé. Il grammofono Emg era in un angolo, come un mostruoso giglio laccato. La radio l'avevano sistemata sulla toilette dopo aver tolto la brocca e il catino: aveva ormai rinunciato a rinfrescare il corpo decrepito. C'era una seggiola bassa di paglia intrecciata sulla quale Adeline sedeva anche troppo a lungo, convinta che se solo si fosse entusiasmata abbastanza per le meschinità della vita, anche lui avrebbe potuto riscoprirne gli appetiti. Poi c'era un tavolo di bambú su cui poggiavano gli occhiali, le medicine, Nietzsche e l'ultimo libro di Edgar Wallace. Un autore dotato della prodigalità di certi compositori italiani minori. – Dacci oggi il nostro Wallace quotidiano, – diceva Adeline, senza stancarsi di ripetere la battuta che lui aveva fatto una volta. A quanto pare la Dogana di Calais non aveva alcun problema a far passare il «nostro Wallace quotidiano». Ma non valeva lo stesso per le sue *Quattro Stagioni Inglesi*. Dovevano accertare che i dischi non fossero importati per ragioni commerciali. Assurdo! Avrebbe spedito Adeline fino a Calais, se non ne avesse avuto bisogno qui.

La sua finestra era affacciata a settentrione. Ultimamente pensava al paese solo come a una seccatura. La moglie del macellaio con il suo motore elettrico. Le fattorie che pompavano foraggio a tutte le ore del giorno. Il panettiere con il suo motore elettrico. La casa americana con quel maledetto bagno moderno. Viaggiò rapido col pensiero oltre il paese, al di là della Marna, su verso Campiègne, Amiens, Calais, Londra. Erano tre decenni che non tornava in patria, forse anche quattro – e non ci sarebbero tornate nemmeno le ossa in vece sua. Aveva lasciato precise istruzioni in tal senso. E Adeline le avrebbe rispettate.

Si chiese che tipo fosse Boult. «Il tuo giovane eroe», come lo definiva sempre Adeline, eliminando ogni deliberata ironia dal soprannome originariamente scovato da lui per il direttore d'orchestra. Non aspettarti mai niente da chi ti critica, e ancor meno da chi ti esalta. Era sempre stato questo il suo motto. Anche a Boult aveva fatto avere una copia delle sue volontà. Restava da vedere se il personaggio in questione avrebbe inteso i principî base dell'Impressionismo Cinetico. Chissà, forse proprio in questo momento quei maledetti galantuomini della Dogana stavano già ascoltando l'esito dell'esperimento. Aveva inviato un telegramma alla casa discografica chiedendo se non fosse possibile far entrare di contrabbando un altro set di dischi. E un telegramma l'aveva spedito anche a Boult supplicandolo di usare tutta la sua influenza per consentirgli di ascoltare la suite prima di morire. Ad Adeline non era piaciuto il modo in cui aveva formulato la richiesta; ma ormai erano poche le cose che piacevano ad Adeline.

Era diventata un tormento. Nei primi tempi della loro relazione, a Berlino e poi a Montparnasse, lei aveva creduto nel suo lavoro e nella sua filosofia di vita. Poi era diventata possessiva, gelosa, pedante. Come se per diventare un'esperta della carriera di lui, le fosse bastato abbandonare la propria. Aveva messo a punto un repertorio di cenni e smorfie che contraddicevano le sue stesse parole. Quando le aveva esposto il progetto e l'intento delle *Quattro Stagioni Inglesi*, Adeline aveva reagito, come faceva ormai di consueto, dicendo: – Sono certa che sarà bellissimo, Leonard, – ma mentre lo diceva aveva il collo teso e scrutava il suo rammendo con eccessiva intensità. Perché non dire quello che pensi, donna? Stava diventando reticente e ipocrita. Ad esempio, Leonard nutriva seri sospetti che negli ultimi anni fosse diventata bigotta. *Punaise de sacristie*, l'aveva chiamata per provocarla. La cosa non le era andata giú. E ancor meno aveva digerito il fatto che lui avesse scoperto un altro dei suoi piccoli trucchi. – Io di preti non ne voglio vedere, – le aveva detto. – Anzi, fa' solo che ne annusi uno di lontano e gli volo addosso con le pinze del camino –. Quella proprio non le era piaciuta, oh no.

– Ormai siamo vecchi tutti e due, Leonard, – aveva borbottato.

– Vero. Infatti, se non lo dovessi aggredire, ti autorizzo a considerarmi rimbambito.

Batté sulle assi di legno e la cameriera, comunque si chiamasse, arrivò su al trotto. – *Numéro six*, – disse. Lei non sapeva rispondere, ma annuí, caricò l'Emg, mise su il primo movimento della *Sonata per Viola* e osservò il regolare procedere della puntina finché non arrivò il momento di girare il disco, con un gesto rapido e preciso del polso. Era in gamba, la ragazza: giusto una breve pausa di passaggi, e la musica riprese. Era soddisfatto. Quel Tertis sapeva il fatto suo. Sí, pensò, mentre la cameriera sollevava la puntina, è innegabile. – *Merci*, – mormorò, congedandola.

Al suo ritorno Adeline rivolse come sempre uno sguardo interrogativo a Marie-Thérèse.

– *Numéro six*, – replicò la ragazza.

Il primo movimento della *Sonata per Viola*. Doveva essere nervoso; nervoso o improvvisamente in ansia per la sua reputazione. Aveva imparato a riconoscere la stenografia delle sue richieste, a leggere i suoi umori dalla musica che voleva ascoltare. Tre mesi prima aveva chiesto Grieg per l'ultima volta; due mesi prima, Chopin. Da allora, nemmeno piú i suoi beniamini, Busoni e Sibelius; soltanto le musiche di Leonard Verity. Il *Secondo Quartetto per Pianoforte*, la *Suite Berlinese*, la *Fantasia per Oboe* (con il venerato Goossens), la *Sinfonia Pagana*, le *Nove Canzoni Francesi*, la *Sonata per Viola*... Conosceva le articolazioni della sua opera come un tempo aveva conosciuto quelle del suo corpo. E doveva riconoscergli il merito di saper quasi sempre distinguere il meglio della sua produzione.

Ma non era cosí nel caso delle *Quattro Stagioni Inglesi*. Sin dal momento in cui gliene aveva parlato per la prima volta e quando poi gliel'aveva accennato al pianoforte con le sue dita smagrite, aveva pensato che il progetto non reggesse. Quando le disse che doveva essere in quattro movimenti, uno per ogni stagione, a partire dalla primavera per concludersi con l'inverno, lei lo giudicò banale. Quando le spiegò che naturalmente non si trattava della mera rappresentazione sistematica delle stagioni, ma di un'evocazione cinetica della memoria attraverso la conoscenza diretta di altre stagioni diverse da quelle inglesi, lo giudicò troppo astratto. Quando lo vide ridacchiare soddisfatto al pensiero che i quattro movimenti sarebbero stati esattamente sulle due facciate di un disco, lo giudicò artificioso. Se i primi abbozzi l'avevano trovata scettica, il lavoro finito non l'aveva appagata di piú, e dubitava che l'ascolto potesse farle cambiare idea.

Sin dal principio avevano stabilito di comune accordo

di attribuire maggiore importanza alla verità che alle buone maniere. Quando però le verità entrano in collisione, e una delle due viene liquidata come la squallida opinione personale di una donnetta francese stupida e ignorante, allora non è escluso che si rivalutino almeno in parte le buone maniere. Il cielo le era testimone: aveva sempre apprezzato la musica di Leonard. Aveva rinunciato alla propria carriera, alla vita stessa per lui, ma ultimamente, anziché pesare a suo favore, questo fatto pareva giocare contro di lei. La verità, secondo lei, – quella che lei riteneva essere la verità, – era che certi compositori chiudono la propria carriera in bellezza e altri no. Forse l'*Elegia per Violoncello Solo* sarebbe entrata nella storia della musica, anche se di recente Leonard aveva accolto con sospetto le sue lodi troppo frequenti in proposito; ma le *Quattro Stagioni Inglesi*, no. Certe cose lasciale a Elgar, gli aveva detto. Il che significava: mi pare che tu stia facendo la corte al paese che hai scelto di abbandonare, concedendoti un tono nostalgico che hai sempre disprezzato; peggio ancora, sembra che tu ti stia inventando una nostalgia che non senti solo per potertela concedere. Hai sempre disdegnato la celebrità e adesso invece dài l'impressione di volerla. Se almeno mi avessi detto in tono trionfante che l'opera *non* stava di misura su un disco solo.

Ce n'erano altre di verità, o di squallide opinioni personali, che Adeline non poteva esprimere. Per esempio che neppure lei stava bene e che il dottore aveva parlato di un intervento chirurgico. Lei gli aveva risposto che avrebbe aspettato la fine dell'attuale momento di crisi. Il che significava dopo la morte di Leonard, quando non le sarebbe piú importato di sottoporsi a un'operazione. La morte di lui aveva priorità assoluta sulla sua. Le stava bene cosí.

Quello che invece non le stava bene affatto era sentirsi chiamare *punaise de sacristie*. A messa non ci andava, e l'idea di confessarsi dopo tutti quegli anni le pareva grottesca. Però uno deve essere lasciato libero di avvicinarsi all'eternità come gli pare, e quando si ritrovava da sola in una chiesa deserta i suoi pensieri riguardavano la fine, non un modo per alleviarla attraverso il rito. Leonard fingeva di non capire la differenza: – È una strada pericolosa, – aveva detto. Per lei, era solo che assumevano posizioni diverse di fronte all'ineluttabile. Ovviamente a lui questo non garbava, o non lo capiva. Piú si avvicinava alla fine, e piú diventava tirannico. Piú si indeboliva, e piú cercava di ribadire la propria forza.

Le pinze del camino batterono le note iniziali della *Quinta* di Beethoven sul soffitto. Doveva aver sentito, o immaginato, che fosse tornata. Adeline corse di sopra con passo pesante, andando a sbattere con il gomito contro il corrimano. Era seduto sul letto con le pinze levate in alto. – Hai portato il tuo prete? – le chiese. Ma una volta tanto sorrideva. Lei trafficò con le coperte e lui finse di essere infastidito, ma quando gli si chinò accanto, le appoggiò una mano sulla nuca, appena sotto lo chignon sempre piú grigio, e la chiamò *ma Berlinoise*.

Non aveva previsto, quando si trasferirono a Saint-Maure-de-Vercelles, che sarebbero vissuti cosí isolati dal resto del paese. Leonard, pedante, glielo aveva spiegato per l'ennesima volta. Ma voleva capirlo, sí o no, che lui era un artista. Non un esule, dal momento che ciò prevedeva un paese al quale uno poteva, o voleva tornare. E nemmeno un immigrante, che prevedeva il desiderio di farsi accettare, di sottoporsi al giudizio della terra d'adozione. Uno non lascia un paese con tutte le sue convenzioni sociali e le regole e le miserie, per accollarsi il peso di convenzioni, miserie e regole analoghe da un'altra parte. No, lui era un artista. E perciò viveva solo con la sua arte, in silenzio e in libertà. No, grazie tante, non aveva lasciato l'Inghilterra per poi presenziare a un *vin d'honneur* alla *mairie*, o per tamburellare con dita nervose durante la *kermesse* locale, elargendo sorrisi cretini di approvazione ai lamenti strazianti di un trombettiere.

Adeline scoprí di dover intrattenere con la gente del posto rapporti essenziali e sbrigativi. Imparò anche a tradurre la *profession de foi* di Leonard in termini meno scostanti. M'sieur era un artista famoso, un compositore le cui opere erano state eseguite da Helsinki a Barcellona; nulla doveva turbare la sua concentrazione per evitare l'eventuale interruzione, o peggio, la perdita delle squisite melodie che andava creando. M'sieur è fatto cosí, vive con la testa tra le nuvole, è solo che non vede nessuno, se no, di sicuro, si leverebbe il cappello in segno di saluto, ma pensi che certe volte non vede neppure me che gli sto davanti...

Dieci anni dopo il loro trasferimento a Saint-Maure, il fornaio che era la terza cornetta della banda dei *sapeurs-pompiers* le chiese timidamente se M'sieur avrebbe fatto loro l'onore di comporre un ballabile, preferibilmente una polka, per il loro venticinquesimo anniversario. Adeline rispose che era piuttosto improbabile, ma promise di riferire la richiesta a Leonard. Scelse un momento in cui non stava lavorando a nessuna composizione, e sembrava di umore radioso. In seguito si rammaricò di non aver scelto invece un periodo nero. Sí, disse lui con uno strano sorriso, sarebbe stato felice di comporre una polka per la banda locale; lui, che aveva visto i suoi lavori eseguiti da Helsinki a Barcellona, non era cosí superbo da rifiutarsi di fare una cosa del genere. Due giorni dopo, le consegnò una busta sigillata di carta Manila. Il fornaio fu entusiasta e le chiese di voler porgere a M'sieur i suoi migliori rispetti e sentiti ringraziamenti. La settimana dopo, quando entrò nella *boulangerie*, non la degnò di uno sguardo e non le rivolse nemmeno la parola. Alla fine, le chiese perché M'sieur avesse deciso di prenderli in giro. Lo spartito prevedeva un'orchestra di trecento elementi, quando loro erano in dodici soltanto. L'aveva definita una polka, ma non aveva il ritmo della polka; sembrava piuttosto una marcia funebre. E poi, né Pier-Marc né Jean-Simon, che avevano studiato musica, erano riusciti a cogliere nel brano il minimo accenno di melodia. Il fornaio era rincresciuto, ma anche furioso e avvilito. Forse, propose Adeline, era stata lei a prendere per errore la busta sbagliata. Le fu consegnata la busta di carta Manila e le chiesero cosa significasse la parola *poxy*[1] in inglese. Disse che non lo sapeva. Estrasse lo spartito. Il titolo era *Poxy Polka for Poxy Pompiers*. Disse che secondo lei voleva dire «brillante, vivace, lucente, come i bottoni d'oro delle vostre uniformi». Be', Madame, peccato allora che il brano non fosse sembrato vivace e brillante a coloro che non lo avrebbero mai eseguito.

Passarono altri anni, il fornaio cedette al figlio l'attività, e toccò all'artista inglese, allo stravagante M'sieur che non si levava il cappello nemmeno quando passava il curato, chiedere un favore. Saint-Maure-de-Vercelles rientrava appena nel raggio di trasmissioni della Bbc. L'artista inglese possedeva un potente apparecchio radio che gli consentiva di ricevere musica da Londra. La ricezione, purtroppo, era di qualità assai variabile. Certe volte le perturbazioni atmosferiche causavano problemi; se c'erano tempeste o maltempo, non c'era nulla da fare. Ci si mettevano pure le colline oltre la Marna. Tuttavia M'sieur aveva scoperto per deduzione, un giorno in cui, a causa di un matrimonio, su tutto il paese era calato il silenzio, l'esistenza di turbolenze anche locali prodotte da motori elettrici di ogni genere. Uno lo possedeva il macellaio, poi c'erano due agricoltori che pompavano il foraggio con una macchina, e naturalmente il fornaio quando faceva il pane... Chissà se li poteva convincere, per un pomeriggio soltanto, in via del tutto eccezionale s'intende... Ne conseguí che l'artista inglese udí gli accordi iniziali della *Quarta Sinfonia* di Sibelius, quel grave lamento di archi e fagotti

[1] *Poxy*: sifilitico, ma anche impestato, dannato.

che in genere si manteneva al di sotto della soglia acustica, con improvvisa e recuperata chiarezza. Perciò l'esperimento ebbe a ripetersi di quando in quando, previa richiesta di permesso. In tali occasioni Adeline faceva da tramite, un po' con l'aria di chi chiede scusa e un po' sfruttando l'idea che fosse un onore per Saint-Maure-de-Vercelles ospitare un grande artista, un uomo la cui grandezza nobilitava il paese e la cui gloria avrebbe potuto brillare un poco di piú se soltanto i contadini accettavano di pompare il foraggio a mano, il *boulanger* cuoceva il pane senza fare ricorso all'elettricità, e anche la moglie del macellaio spegneva la macchina. Un pomeriggio Leonard scoprí una nuova fonte di disturbo che richiese notevoli doti d'intuito per essere localizzata, nonché delicatezza diplomatica per essere eliminata. Le signore americane che nella bella stagione villeggiavano nel mulino ristrutturato, oltre al *lavoir*, avevano naturalmente installato ogni sorta di elettrodomestico del tutto superfluo alla qualità della vita, per come la vedeva Leonard. In particolare uno di questi congegni alterava la ricezione del potente apparecchio di M'sieur. L'artista inglese non aveva nemmeno il telefono, in compenso le due signore americane avevano avuto l'impudenza perversa di farsi installare un gabinetto elettrico! Ci volle un certo tatto, qualità che Adeline aveva avuto modo di sviluppare sempre di piú nel corso degli anni, per convincerle a posporre l'azionamento dello sciacquone in determinate circostanze.

Era difficile spiegare a Leonard che non poteva chiedere a tutto il paese di chiudere bottega ogni volta che lui voleva ascoltare un concerto. E poi capitava che le americane semplicemente si scordassero, almeno apparentemente, della richiesta dell'inglese; inoltre, se Adeline entrava nella *boulangerie* e a servire trovava il vecchio padre del fornaio, tuttora terzo cornettista nella banda dei *sapeurs-pompiers*, allora poteva essere certa che non valeva neppure la pena di chiedere. Quando lei falliva, Leonard tendeva a diventare collerico e il suo consueto pallore si tingeva di grigio. Sarebbe stato tutto piú facile se lui si fosse degnato di porgere una parola di personale ringraziamento, magari un piccolo dono; macché, lui si comportava come se il silenzio di tutto il circondario gli fosse dovuto. Da quando si era ammalato gravemente e la radio era stata trasferita in camera da letto, la frequenza dei suoi desideri era aumentata parecchio, il che aveva messo a dura prova la tolleranza del paese. Per fortuna, negli ultimi mesi non aveva piú voluto ascoltare altra musica che la sua. Capitava ancora che Adeline fosse spedita a richiedere ai paesani la promessa di silenzio, ma lei fingeva solo di farlo, sicura che entro l'ora prevista per l'inizio del concerto, Leonard avrebbe deciso di non prendersi la pena di accendere la radio per quella sera. Invece, avrebbe preferito farle caricare l'Emg, ruotare la tromba del fonografo e mettere su la *Fantasia per Oboe*, o le *Canzoni Francesi*, o l'adagio della *Sinfonia Pagana*.

Quelli sí che erano tempi, quando stavano ancora a Berlino, Lipsia, Helsinki, Parigi. L'Inghilterra era la morte per un vero artista. Per aver successo in Inghilterra dovevi essere un secondo Mendelssohn: e proprio questo aspettava il pubblico britannico, una specie di secondo Messia. Avevano proprio la nebbia nelle orecchie. Pensavano di parlare d'arte quando in realtà stavano a discutere solo di gusto. Non avevano idea di cosa fosse la libertà, di quali fossero i bisogni di un artista. A Londra risolvevano tutto con Gesú e il matrimonio. Sir Edward William Elgar, cavaliere, Order of Merit, Maestro della King's Musick, baronetto, coniugato. Il *Falstaff* era un'opera degna, c'erano brani di pregio nell'Ouverture e nell'Allegro; peccato che avesse sprecato il suo tempo con Gesú, scrivendo quegli infernali Oratori. E Parry! Se fosse vissuto abbastanza avrebbe musicato la Bibbia intera.

In Inghilterra non era permesso essere artisti. Che uno fosse pittore, compositore o scrittore di vario genere andava anche bene, solo che le menti annebbiate del pubblico non afferravano il requisito essenziale che stava alla base di tali professioni, e cioè l'*essere artisti*. In Europa, sul continente, nessuno rideva all'idea. Anche a lui erano toccati tempi gloriosi, giorni mirabili. In compagnia di Busoni, Sibelius. Il viaggio a piedi in Tirolo quando si era letto l'amato Nietzsche in lingua originale. Il Cristianesimo è dottrina di morte. Il peccato, un'invenzione ebraica. La castità produce nell'anima le stesse bassezze della lussuria. L'uomo è il piú crudele degli animali. La pietà è debolezza.

In Inghilterra, l'anima stava in ginocchio e si trascinava verso un Dio inesistente come il garzone di un macellaio. La religione aveva avvelenato l'arte. Il *Sogno di Geronzio* di Elgar metteva la nausea. Palestrina componeva musica matematica. Il canto fermo era roba da fogna. Bisognava andarsene dall'Inghilterra per risalire la china, per risollevarsi lo spirito. Quell'isola comoda ti sprofondava nella mollezza e nella meschinità, Gesú e matrimonio. La musica è un'emanazione, un'esaltazione dello spirito, e come potrebbe fluire quando lo spirito è messo in catene? Tutto questo lui lo aveva spiegato ad Adeline appena si erano conosciuti. E lei aveva capito. Se fosse stata un'inglese avrebbe preteso che suonasse l'organo in chiesa la domenica e che l'aiutasse a preparare la confettura di frutta. Ma al tempo Adeline era a sua volta un'artista. Non aveva una voce del tutto impostata, ma sicuramente espressiva. E aveva capito che per permettere a Leonard di seguire il proprio destino, la sua arte doveva cedere il passo. Non si va in alto quando si è ostacolati. E, al tempo, lei aveva capito anche questo.

Era assolutamente decisivo per lui che Adeline ammirasse le *Quattro Stagioni Inglesi*. Diventava ogni giorno piú convenzionale e ottusa, le era scesa la nebbia nelle orecchie: era questo il castigo della vecchiaia. Alla fine si era vista spalancare davanti l'immensità del vuoto e non aveva saputo come reagire. Lui, sí. Bisogna legarsi all'albero di maestra, per non essere trascinati via. Ecco perché lui aveva tenuto fede con sempre maggior fermezza ai rigorosi principî di vita e d'arte che per tanti anni era andato enunciando. Se ti infiacchisci sei perduto, e in poco tempo in casa loro sarebbero apparsi il prete, il telefono e l'opera completa di Palestrina.

Quando arrivò il telegramma di Boult, ordinò a Marie-Thérèse di non farne parola con Madame, pena il licenziamento. Poi aggiunse una croce a matita sul concerto del martedí annunciato dal «Radio Times». – Ascolteremo questo, – informò Adeline. – Avverti in paese –. Mentre lei seguiva con lo sguardo il dito di Leonard sul giornale, lui percepí il suo stupore. Una ouverture di Glinka, seguita da Schumann e Čajkovskij: niente a che vedere con le consuete scelte d'ascolto di Leonard Verity. Non era neppure Grieg, né tanto meno Busoni o Sibelius. – Vedremo come se la cava il mio giovane eroe con questa roba d'altri tempi, – aggiunse a titolo di spiegazione. – Devi avvertire in paese, hai capito?

– Sí, Leonard, – replicò lei.

Lui sapeva che era uno dei suoi capolavori; sapeva che se lei lo avesse ascoltato davvero, sarebbe stata costretta a riconoscerlo. Ma doveva coglierla di sorpresa. L'incanto iniziale della memoria bucolica, con un pianissimo del *cor anglais* avvolto nel fruscio appena percettibile delle viole in sordina. Immaginava il soave trascolorare sul viso di lei, vedeva i suoi occhi voltarsi a cercarlo come avevano fatto ai tempi di Berlino, di Montparnasse... L'amava abbastanza da considerare un dovere salvarla dall'Adeline che era diventata. Ma tra loro doveva anche esserci sincerità. Perciò, mentre lei gli sistemava la coperta, se ne uscí all'improvviso in un: – Lo sai anche tu che questa volta, a guarirmi, non basterà un *coup de chapeau*.

Adeline fuggí dalla stanza in lacrime. Lui non riuscí a capire se il pianto fosse stato provocato dall'aver menzionato la prospettiva di una morte imminente, o dall'allusione alle loro prime settimane insieme. Probabilmente da entrambi. A Berlino, dove si erano conosciuti, Leonard non si era presentato al secondo appuntamento, ma anziché mostrarsi offesa, come avrebbero fatto altre donne, Adeline era andata da lui e lo aveva trovato a letto con l'influenza. Ricordava il suo cappellino di paglia indossato a dispetto della stagione, e gli occhi lucidi, chiari, le sue dita fresche sulla pelle, e la curva dei fianchi quando si era voltata.

– Adesso ti sistemiamo con il *coup de chapeau*, – aveva annunciato. Si trattava, a quanto pare, di una sorta di terapia o meglio di una superstizione diffusa tra i contadini delle sue zone. Adeline non aveva voluto fornire delucidazioni, ma se n'era andata per poi tornare con una bottiglia avvolta nella carta. Gli disse di mettersi comodo e di unire i piedi. Appena le estremità ebbero formato un poggio morbido sotto le lenzuola, prese il cappello di lui e glielo appoggiò sopra i piedi. Poi gli versò un buon bicchiere di cognac e gli disse di bere. Al tempo, Leonard preferiva la birra ai superalcolici, ma aveva comunque obbedito, meravigliandosi di quanto sarebbe apparsa improbabile la stessa scena in Inghilterra.

Dopo due bei bicchieri, lei gli chiese se riusciva ancora a vedere il cappello. Rispose di sí, certo che lo vedeva. – Continua a fissarlo, – gli disse, e gli versò un terzo bicchiere. Gli impedí di parlare e adesso non ricordava esattamente cosa avesse continuato a cinguettare lei. Leonard non faceva che bere e fissarsi il cappello. Alla fine, verso la metà del quinto cognac, si era messo a ridere e aveva decretato: – Adesso di cappelli ne vedo due.

– Benissimo, – disse lei con inaudita vivacità, – vuol dire che la cura sta funzionando –. Poi gli aveva ripassato le dita sulla fronte, e se n'era andata, portando con sé la bottiglia. Leonard era piombato in una specie di coma dal quale si era svegliato venti ore dopo, quasi del tutto ristabilito. Non poco aveva contato anche il fatto che, aprendo gli occhi e guardando giú verso i piedi, il cappello non c'era, ma si vedeva in compenso il profilo della sua ormai adorata Adeline, seduta a leggere su una seggiola bassa. Fu allora che le disse che sarebbe diventato un grande compositore. E la sua prima Opera, composta per un quartetto d'archi, un flauto, un mezzosoprano e un sousaphone, si sarebbe intitolata *Le Coup de Chapeau*. Facendo ricorso alle sue recenti scoperte metodologiche di Impressionismo Cinetico, il brano avrebbe descritto il tormento dell'artista sottratto al male fisico e al mal d'amore, da una splendida compagna di vita e da una bottiglia di cognac. Voleva dedicare il pezzo a lei; accettava? A patto che le piacesse, aveva risposto Adeline, inclinando maliziosamente la testa. – Se lo scrivo, ti piacerà –. L'affermazione non era presuntuosa, né autoritaria, al contrario. I nostri destini, intendeva Leonard, ormai sono uniti, e io considererò priva di ogni valore qualsiasi composizione che non dovesse piacerti. Ecco che cosa intendeva con quelle parole, e Adeline aveva capito.

In cucina, mentre liberava dal grasso le ossa per il brodo di Leonard, Adeline ricordò quei primi mesi a Berlino. Come era simpatico, con il suo bastone da passeggio, quel modo furbo di ammiccare, e il suo repertorio di canzonette da music-hall; com'era diverso dallo stereotipo dell'inglese impettito. E che malato diverso allora, ai tempi del *coup de chapeau*. Il loro amore era incominciato cosí; e finiva allo stesso modo, con lei a occuparsi di nuovo di lui. A Berlino, quando si era ristabilito, le aveva promesso che sarebbe stata una grande cantante e che lui sarebbe diventato un grande compositore; avrebbe scritto musica per la sua voce e insieme avrebbero conquistato l'Europa.

Non era andata cosí. Adeline aveva messo in dubbio il proprio talento, piú di quello di Leonard. Avevano sancito allora un patto d'artisti. Si erano uniti, anime gemelle, nella vita come nella musica, ma senza mai parlare di matrimonio. Avrebbero volato liberi dai vincoli che limitavano l'esistenza della massa; preferivano il piú nobile vincolo dell'arte. Avrebbero camminato leggeri sulla terra per potersi sollevare piú in alto. Non si sarebbero lasciati invischiare nelle bassezze della vita. Non ci sarebbero stati figli.

E cosí erano vissuti: a Berlino, Lipsia, Helsinki, Parigi, fino a questa valle dolce, scavata a nord dei Coulommiers. Qui avevano camminato leggeri per piú di vent'anni. La fama di Leonard era cresciuta insieme alla sua volontaria reclusione. In casa non c'era telefono; i giornali erano vietati; la radio veniva accesa solo per ascoltare concerti. A giornalisti e ammiratori era stato negato l'accesso; quasi tutte le lettere restavano senza risposta. Una volta l'anno, prima che Leonard si ammalasse, facevano un viaggio al sud: Mentone, Antibes, Tolone, località assurde dalle quali Leonard non vedeva l'ora di andarsene per tornare alla sua valle piovosa e ai rigori solitari della sua vita di sempre. Nel corso di questi viaggi accadeva che Adeline cadesse preda delle piú acute crisi di rimpianto per quella famiglia con la quale aveva litigato tanti anni prima. In un caffè il suo sguardo si posava sul volto ispirato di qualche giovanotto, e per un po' Adeline fantasticava che fosse un suo nipote mai conosciuto. Leonard liquidava simili idee, definendole sentimentali.

Per Adeline la vita artistica era incominciata nell'unione affettuosa, e si concludeva nella gelida solitudine. Quando, non senza imbarazzo, aveva suggerito a Leonard un matrimonio segreto, intendeva due cose soltanto. Prima di tutto che sarebbe cosí riuscita a proteggere meglio la sua musica e a tenere d'occhio i diritti d'autore; e poi, egoisticamente, che avrebbe potuto continuare a vivere nella casa che avevano diviso tanto a lungo.

Illustrò a Leonard l'inflessibilità del diritto francese in materia di concubinaggio, ma lui non volle saperne di starla a sentire. Era diventato irascibile, sempre a battere con le pinze da fuoco sul pavimento per far salire di corsa Marie-Thérèse. Come poteva pensare Adeline di tradire i principî stessi ai quali si era ispirata la loro unione? La sua musica non apparteneva a nessuno e a tutto il pianeta. Che la eseguissero ancora dopo la sua morte, sarebbe dipeso solo dalla stupidità o dall'intelligenza del mondo; e non c'era altro da dire. Quanto a lei, al momento di sancire il loro patto non si era accorto che fosse a caccia di vantaggi economici. Ma se era questo che le premeva, allora poteva prendersi il denaro che avrebbe trovato in casa al momento del suo trapasso. Perché non tornava dai suoi, a vezzeggiare finalmente i vari nipoti immaginari dei quali belava sempre? Ecco, prenditi il Gauguin appeso al muro e vendilo subito, se è questo che ti preoccupa. Smettila solo di piagnucolare.

– È ora, – disse Leonard Verity.

– Sí.

– Vedremo di che stoffa è fatto il mio «giovane eroe».

– Oh, Leonard, ascoltiamo un'altra volta la *Fantasia per Oboe*.

– Accendi, donna. È quasi ora.

Mentre la radio si scaldava lentamente ronzando, e la pioggia suonava un pizzicato sommesso contro la finestra, Adeline si ripeteva che non aveva importanza, anche se non aveva avvertito nessuno in paese. Dubitava che avrebbe resistito oltre l'Ouverture del *Russlan* e *Ludmilla* di Glinka, la quale comunque aveva stridori sufficienti a soverchiare qualsiasi disturbo atmosferico.

– Dal Queen's Hall... Concerto Inaugurale... Direttore Musicale della British Broadcasting Corporation... – Ascoltarono la litania di routine dalle loro posizioni consuete; lui seduto nel letto, e lei sulla seggiola bassa in vimini accanto all'apparecchio, caso mai ci fosse bisogno di regolare la frequenza. – Cambiamento sul programma precedentemente annunciato... Glinka... nuova composizione del musicista inglese Leonard Verity... in occasione del suo settantesimo compleanno che si celebrerà tra qualche mese... Le *Quattro*...

Adeline emise un urlo straziante. Leonard non aveva mai sentito un suono simile provenire dalla sua bocca. La donna si precipitò col suo passo pesante al piano di sotto, ignorò Marie-Thérèse, e corse fuori nel pomeriggio scuro e piovoso. Là sotto, il paese scintillava di luci e rimbombava di chiasso: c'erano giganteschi motori in funzione. Nella sua testa si era scatenata una *kermesse* di trattori e luci, comici svolazzi dell'organino della giostra, frastuono incurante di trombe e cornette, risate, grida di finta paura, torce elettriche e canzoni idiote. Corse giú per il sentiero fino al primo di quei luoghi di baldoria. Il vecchio *boulanger* rivolse uno sguardo perplesso a quella donna fuori di sé, bagnata e poco vestita che aveva fatto irruzione nel negozio del figlio, lo aveva fissato come una pazza, aveva ululato ed era scappata via. Lei che per anni si era mostrata cosí efficiente, spigliata e disponibile con la gente del posto, adesso non riusciva nemmeno a farsi capire. Avrebbe voluto ridurre l'intera campagna al silenzio scagliando fuoco divino. Entrò di corsa in macelleria, dove Madame lavorava alla potente turbina: una cinghia vibrante, il baccano odioso, sangue dovunque. Si precipitò alla fattoria piú vicina e vide mangime per centomila capi di bestiame battuto e lavato da un centinaio di pompe elettriche. Corse alla casa americana, ma chi poteva sentirla bussare con quella dozzina di grotteschi sciacquoni tutti azionati all'unisono. Il paese cospirava, come sempre il mondo cospira contro gli artisti: avevano aspettato che fosse piú debole e adesso volevano distruggerlo. La gente agiva con indifferenza, senza sapere perché, senza nemmeno capire, semplicemente premendo col dito un interruttore qualsiasi. E il mondo non si accorgeva di nulla, non ascoltava, proprio come adesso pareva che nessuno sentisse le parole sulle sue labbra, e tutte quelle facce si limitavano a farsi d'attorno e a fissarla. Aveva ragione Leonard, ma certo che aveva ragione, aveva sempre avuto ragione. E lei lo aveva tradito alla fine, anche in questo senso aveva ragione.

In cucina Marie-Thérèse procedeva all'imbarazzato complotto con il curato. Adeline salí in camera e chiuse la porta. Era morto, ovviamente, lo sapeva. Gli occhi erano chiusi, forse in un gesto naturale, o forse per intervento di qualcuno. Sembrava che lo avessero appena pettinato, e la bocca era atteggiata a un'estrema smorfia di scontento. Gli tolse di mano le pinze da fuoco e si sdraiò nel letto vicino a lui. Il corpo di Leonard non era piú rilassato in morte di quanto lo fosse stato in vita. Finalmente Adeline si placò, e mentre recuperava lucidità, a poco a poco riconobbe il concerto per pianoforte di Schumann provenire dalla radio, tra una scarica e l'altra.

Fece venire da Parigi un *mouleur*, il quale fece un calco del volto del compositore e uno della sua mano destra. La Bbc diede l'annuncio della morte di Leonard Verity, ma poiché era stata recentemente trasmessa la sua ultima opera, ogni ulteriore tributo musicale fu giudicato superfluo.

Tre settimane dopo il funerale, arrivò a casa un pacco quadrato, contrassegnato come FRAGILE. Adeline era sola. Ruppe il grosso grumo di cera lacca intorno ai nodi, rimosse strato dopo strato di cartone, e trovò la lettera ossequiosa del direttore discografico. Estrasse una per volta le *Quattro Stagioni Inglesi* dalla rigida busta di carta Manila e se le appoggiò in grembo. Le ordinò lentamente, con metodo, come avrebbe voluto Leonard. Primavera, Estate, Autunno, Inverno. Fissò il bordo del tavolo di cucina, sentendo altre melodie.

Si sbriciolarono come gallette. Adeline sanguinava da un dito.

Stefan Zweig

Il genio di una notte

LA MARSIGLIESE, 25 APRILE 1792.

1792. Sono già trascorsi due o tre mesi, e l'Assemblea Nazionale francese non riesce a decidere: la guerra contro la coalizione di re e imperatori, o la pace? Lo stesso Luigi XVI è irresoluto, presagisce i pericoli di una vittoria dei rivoluzionari, ma altresí i pericoli di una loro sconfitta. Anche i partiti sono divisi. I girondini incitano alla guerra per conservare il potere, mentre, per aggiudicarlo a sé, Robespierre e i giacobini si battono a sostegno della pace. La situazione va inasprendosi di giorno in giorno, fogli e gazzette usano parole roboanti, i club discutono, circolano voci sempre piú incontrollate che mettono in crescente allarme l'opinione pubblica. E quando, il 20 aprile, il re di Francia dichiara infine guerra all'imperatore d'Austria e al re di Prussia, la decisione una volta presa genera, come sempre accade, una sorta di sollievo.

Durante quelle lunghe settimane Parigi è percorsa da un'eccitazione collettiva che turba e inquieta gli animi, ma sulle città di confine grava un senso di pericolo ancora piú opprimente. Le truppe sono già radunate nei bivacchi; in ogni villaggio, in ogni città si equipaggiano i volontari e le Guardie nazionali, si predispongono alla guerra tutte le fortezze. Gli abitanti dell'Alsazia sono ben consapevoli che la prima vera battaglia avrà luogo sul loro suolo, come sempre in caso di conflitto tra la Francia e la Germania; sulle sponde del Reno, infatti, il nemico è una presenza visibile, un avversario in carne e ossa e non, come a Parigi, un concetto astratto, una formulazione retorica o patetica. Dalla torre della cattedrale si possono riconoscere a occhio nudo, in prossimità della testa di ponte fortificata, i battaglioni prussiani in avvicinamento. Di notte, al di sopra del nastro argenteo del fiume che brilla indifferente nel chiaro di luna, il vento porta lo sferragliare dell'artiglieria nemica, il clangore delle armi, gli squilli di tromba. E lo sanno tutti: una sola parola, un unico ordine, e dalla bocca ora muta dei cannoni prussiani si sprigioneranno tuoni e fulmini, e si riaccenderà per l'ennesima volta la lotta millenaria tra Germania e Francia – in questo caso combattuta in nome della nuova libertà da una parte, per il mantenimento dell'*ancien régime* dall'altra.

È dunque una data senza eguali quel 25 aprile 1792, giorno in cui le staffette recano da Parigi a Strasburgo la notizia dell'avvenuta dichiarazione di guerra. Immediatamente da ogni strada, da ogni casa il popolo si riversa nelle piazze, e l'intera guarnigione, un reggimento dopo l'altro, sfila in assetto di guerra per l'ultima parata. Sulla piazza principale il sindaco Dietrich, con la fascia tricolore a bandoliera, sventola in segno di saluto e in direzione dei soldati il cappello su cui ha appuntato la coccarda. Squilli di fanfara e rulli di tamburo impongono il silenzio. Con voce sonora Dietrich legge, prima in questa piazza e poi in tutte le altre della città, in francese e in tedesco, il testo della dichiarazione di guerra. Appena terminata la lettura, la banda musicale del reggimento intona il *Ça ira*, primo e provvisorio inno di guerra della Rivoluzione. Si tratta, a dire il vero, di musica da ballo, di una melodia spumeggiante, capricciosa, dal tono un po' canzonatorio, ma i passi pesanti e cadenzati del reggimento in marcia le conferiscono un ritmo marziale. Poi la folla si disperde, e nelle case e nelle strade si diffonde la scintilla dell'entusiasmo, nei caffè e nei club i cittadini tengono infiammate orazioni, divulgano proclami. «*Aux armes, citoyens! L'étendard de la guerre est déployé! Le signal est donné!*» Su questo tono, con accenti simili iniziano tutti i discorsi;

ovunque, sui giornali, sui manifesti e sulla bocca della gente ritornano sempre le stesse frasi orecchiabili, incisive e ben ritmate come: «*Aux armes, citoyens! Qu'ils tremblent donc, ces tyrans couronnés! Marchons, enfants de la Liberté!*», e ogni volta la folla applaude entusiasta alle parole esaltanti.

Come sempre, nelle strade e nelle piazze la massa accoglie con manifestazioni di giubilo le dichiarazioni di guerra, come sempre però in simili momenti alle grida d'esultanza si mescola anche una voce piú fievole, piú appartata: il timore e la preoccupazione si ridestano all'ascolto dei proclami di guerra, però si esprimono sommessamente, nell'intimità domestica, oppure, smarriti, tacciono. In ogni tempo e in ogni luogo le madri si chiedono se i soldati nemici uccideranno i loro figli, in ogni paese i contadini temono per i loro beni, per i loro campi, i poderi, il bestiame, il raccolto. Non marceranno gli eserciti sul loro seminato, non saccheggeranno le orde nemiche la loro casa, non sarà il sangue a ingrassare la loro terra? Ma il sindaco di Strasburgo, il barone Friedrich Dietrich, concede diritto di parola soltanto alla voce alta e chiara dell'ottimismo, e trasforma volutamente il giorno della dichiarazione di guerra in un giorno di festa. Dietrich è sí un nobile, ma, come la migliore aristocrazia francese del tempo, è votato con tutta l'anima alla causa della nuova libertà. Cinto della fascia tricolore, corre da un raduno all'altro per accendere d'entusiasmo la popolazione, fa distribuire vino e viveri ai soldati che si apprestano a partire, e la sera convoca nelle ampie sale della sua casa su Place de Broglie i generali, gli ufficiali e gli alti funzionari per una festa di commiato alla quale l'entusiasmo di tutti conferisce in anticipo il carattere di celebrazione della vittoria. I generali, sicuri di vincere come sempre lo sono i generali, presiedono la riunione, e i giovani ufficiali, che nella guerra vedono realizzarsi il senso della loro vita, hanno libertà di parola. Gli invitati si esaltano a vicenda, sguainano le spade, si abbracciano, levano i calici, il vino è buono e i discorsi si fanno via via piú accesi e appassionati. E sempre, in quei discorsi, ricorrono le frasi elettrizzanti dei giornali e dei proclami: «Alle armi cittadini! Marciamo! Salviamo la patria! Presto tremeranno i tiranni coronati. Leviamo alto il vessillo della vittoria, è l'ora di portare il tricolore attraverso il mondo! Ciascuno dia il meglio di se stesso per il re, la bandiera, la libertà!» In momenti simili tutto il popolo, tutta la nazione aspira a un'unione sacra, resa tale dalla fede nella vittoria e dalla dedizione alla causa della libertà.

Improvvisamente, nel bel mezzo di discorsi e proclami, il sindaco Dietrich si rivolge a un giovane capitano del Genio, di nome Rouget, che gli siede accanto. Si è ricordato che questo ufficiale, un giovanotto garbato, non propriamente bello però simpatico, sei mesi prima, quando era stata proclamata la Costituzione, aveva scritto un inno alla libertà assai gradevole, che il musicista del reggimento, Pleyel, aveva subito messo in musica. Era una composizione senza pretese, che si era però rivelata molto orecchiabile; la banda militare l'aveva imparata a memoria e la si eseguiva sulle pubbliche piazze, cantandola in coro. E ora la dichiarazione di guerra e la partenza dei soldati non erano occasioni degne di festeggiamenti analoghi? Cosí, in tono colloquiale, come si chiede un piacere a un amico, il sindaco Dietrich domanda al capitano Rouget (che si è attribuita una nobiltà del tutto arbitraria e si fa chiamare Rouget de Lisle) se non sarebbe disposto, cogliendo l'occasione di questo momento patriottico, a scrivere un inno per le truppe in partenza, un canto di guerra per l'esercito che domani, lungo il Reno, affronterà il nemico.

Rouget è un uomo modesto e insignificante, non si è mai ritenuto un grande compositore – le sue poesie non sono mai state pubblicate né le sue opere rappresentate – sa però che i versi d'occasione gli riescono con facilità. Per compiacere l'alto funzionario e buon amico Dietrich accetta la proposta. D'accordo, proverà. – Bravo Rouget!, – un generale seduto di fronte a lui brinda in suo onore e lo esorta a fargli pervenire subito l'inno al campo: l'armata del Reno avrà veramente bisogno di un inno patriottico che possa alleviare le fatiche della marcia. Ma già riprende la conversazione, animata e chiassosa, già si torna a brindare, a discutere, a far festa. L'onda dell'entusiasmo generale travolge quel breve, fortuito dialogo. In un'atmosfera di grande esaltazione il convito diventa sempre piú rumoroso e frenetico, ed è scandalosamente tardi, ben oltre mezzanotte, quando alla fine gli ospiti si congedano dal sindaco.

Mezzanotte è suonata da tempo. Si è chiuso il 25 aprile, giorno della dichiarazione di guerra, cosí ricco di emozioni per Strasburgo, e il 26 è già iniziato. Le case sono immerse nel buio, ma la calma della notte è solo apparente, la città è ancora in fermento. Nelle caserme i soldati si apprestano a partire, mentre qualche cittadino timoroso, dietro le imposte chiuse, prepara di nascosto la fuga. Per le strade marciano singoli plotoni, lo scalpitio degli zoccoli dei cavalli annuncia a intervalli regolari il rapido passaggio delle staffette, poi sfila rumoroso un nutrito drappello di artiglieri, e da un posto di guardia all'altro risuona, monotono e regolare, il grido delle sentinelle. Troppo vicino è il nemico, troppo inquieto e turbato è l'animo dei cittadini perché si possa trovar sonno in un momento cosí decisivo.

Anche Rouget, salita la scala a chiocciola che conduce nella sua modesta stanzetta al numero 126 della Grande Rue, è in preda a una particolare eccitazione nervosa. Non ha dimenticato la sua promessa di scrivere al piú presto una marcia militare, un inno di guerra per l'armata del Reno. Irrequieto, misura a passi pesanti, avanti e indietro, l'angusto locale. Come iniziare, come iniziare? Gli turbinano ancora in mente tutte le fervide esortazioni dei proclami, dei discorsi e dei brindisi: «*Aux armes, citoyens!... Marchons, enfants de la Liberté!... Ecrasons la tyrannie!... L'étendard de la guerre est déployé!...*» Ma si ricorda anche di parole d'altro tono, colte al volo camminando per la città, risente la voce delle donne in ansia per la sorte dei figli, quella dei contadini preoccupati che milizie straniere calpestino i campi di Francia e li ingrassino col sangue. Senza esserne del tutto consapevole, scrive i primi due versi che sono solo l'eco, la ripresa, la ripetizione di quelle frasi:

Allons enfants de la Patrie,
Le jour de gloire est arrivé!

Poi si ferma sorpreso. Suona bene. L'inizio è buono. Ora si tratta di trovare il ritmo giusto, e una melodia consona alle parole. Prende dall'armadio il violino, prova a suonare. E come per incanto, già dalle prime battute il ritmo si adatta perfettamente alle parole. Ricomincia a scrivere con foga febbrile, travolto e sopraffatto dall'energia che lo pervade. E d'improvviso confluiscono in un unico flusso tutte le frasi sentite per strada o alla festa, tutti i sentimenti provati nel corso delle ultime ore: l'odio verso i tiranni, la preoccupazione per il suolo patrio, la fede nella vittoria, l'amore per la libertà. Rouget non ha bisogno di inventare, di comporre nuovi versi, deve solo mettere in rima le parole passate di bocca in bocca nel corso di questa giornata eccezionale, modellarle al ritmo trascinante della sua melodia, e già avrà detto, espresso, cantato tutto ciò che la nazione sente nel profondo dell'anima. Ma non gli è nemmeno necessario comporre musica, perché attraverso le finestre chiuse penetra il ritmo della strada, dell'ora, ritmo di sfida e di rivolta che pulsa nel passo di marcia dei soldati, negli squilli di tromba, nel rombo dei cannoni. Forse non è lui stesso a percepirlo, non il suo orecchio vigile, quanto piuttosto il nume tutelare di quell'ora fatidica, che per un'unica notte si è insediato nel suo corpo mortale. E la melodia si adegua sempre piú docile al ritmo martellante, ricco di esultanza, scandito sui battiti del cuore di tutto il popolo. Rouget scrive in fretta, sempre piú in fretta, come sotto dettatura, parole e note, investito da un turbine che mai prima d'ora aveva sfiorato la sua piccola anima borghese. Un'esaltazione, un entusiasmo non suoi, provenienti da una forza magica e concentrati in un unico, esplosivo minuto sollevano questo umile dilettante ben al di sopra delle sue possibilità, lo proiettano come un razzo – reso per un attimo luce e fiamma splendente – fino alle stelle. Per una sola notte è concesso al capitano Rouget de Lisle di entrare nel novero degli spiriti eletti: dalle frasi raccolte per le vie e prese a prestito dai giornali nasce la sua parola poetica, che si sublima poi sino alla formulazione di una strofa destinata a restare immortale, come immortale è la melodia:

Amour sacré de la Patrie,
Conduis, soutiens nos bras vengeurs!
Liberté, liberté chérie,
Combats avec tes défenseurs!

Ancora un'ultima strofa, la quinta, e l'inno imperituro in cui parola e musica si fondono in perfetta armonia, composto di getto sull'onda dell'entusiasmo, sarà terminato prima del sorgere dell'alba. Poi Rouget spegne la luce e si lascia cadere sul letto. Un'istanza sconosciuta gli ha conferito una lucidità di mente e una facoltà percettiva finora mai provate, un'istanza sconosciuta lo precipita adesso in una spossatezza opaca. Dorme un sonno di piombo, simile alla morte. E infatti è morto in lui il poeta, il nume, lo spirito creatore. Ma sul tavolo rimane l'opera, ormai libera e autonoma dal dormiente, che l'ha ricevuta in dono, come per miracolo, toccato dalla grazia. Mai nella storia delle genti un inno ha raggiunto in cosí breve tempo una simile, perfetta compenetrazione di musica e parola.

Come di consueto le campane della cattedrale annunciano il nuovo giorno. A tratti, dalle rive del Reno, il vento porta l'eco di spari: sono iniziate le prime scaramucce. Rouget si ridesta. Esce a fatica dal torpore del suo sonno pesante. È successo qualcosa, pensa confusamente, gli è successo qualcosa di cui conserva solo un vago ricordo. Poi nota sul tavolo alcuni fogli freschi d'inchiostro. Versi? Quando li ho scritti? Questa è la mia grafia. Quando l'ho composta? Ah già, è l'inno che mi ha richiesto l'amico Dietrich, la marcia militare per l'armata del Reno. Rouget legge i suoi versi, ne canticchia la melodia, ma si sente del tutto insicuro – come sempre l'artista di fronte all'opera appena compiuta. Accanto a lui abita un camerata del reggimento, Rouget gli fa ascoltare l'inno. L'amico pare soddisfatto, suggerisce solo qualche piccola modifica. Ricevuta una prima approvazione, Rouget acquista una certa fiducia. Con la tipica impazienza dell'autore, fiero di aver mantenuto cosí rapidamente la promessa, si precipita dal sindaco Dietrich, e lo coglie di sorpresa mentre, durante la sua consueta passeggiata mattutina nel giardino, va meditando il prossimo discorso. Come, Rouget? Ha già finito? Bene, facciamo subito una prova. I due vanno in salotto, Rouget canta l'inno, Dietrich lo accompagna al pianoforte. Attirata da quel concerto inusuale e cosí di buonora, entra nella stanza la moglie del sindaco. Di formazione è musicista, e si dichiara subito disposta ad approntare copie del nuovo inno e a elaborarne la parte armonica, cosí che già durante il ricevimento di quella sera lo si possa inserire fra gli altri brani del programma musicale. Dietrich, fiero della sua bella voce di tenore, s'incarica di studiare bene parole e musica. E il 26 aprile, dinanzi a un pubblico eterogeneo, nel salone del sindaco viene eseguito per la prima volta l'inno, composto solo all'alba di quello stesso giorno.

Sembra che gli invitati abbiano applaudito in modo caloroso la nuova composizione, colmando, com'è verosimile, di complimenti il suo autore, presente fra loro. Ma certo gli ospiti dell'Hôtel de Broglie, che si affaccia sulla piazza principale di Strasburgo, non vengono nemmeno sfiorati dall'idea che su ali invisibili una melodia immortale sia scesa in terra per manifestarsi proprio a loro. Accade molto di rado che i contemporanei avvertano subito la grandezza di un uomo o di un'opera; e quanto poco consapevole fosse la moglie del sindaco dell'importanza del momento lo prova una lettera al fratello, in cui un prodigio viene degradato alla banalità di un evento mondano: «Come sai, noi diamo molti ricevimenti, e ogni volta bisogna escogitare qualche nuovo diversivo per intrattenere piacevolmente gli ospiti. Cosí mio marito ha avuto l'idea di far comporre una musica d'occasione. Il capitano del Genio, Rouget de Lisle, un giovane simpatico, poeta e musicista, ha buttato giú in poche ore un inno di guerra, e mio marito, che ha una bella voce tenorile, l'ha cantato. È un brano molto piacevole e non manca di originalità. Ricorda, in meglio, la musica di Gluck, ma è piú vivace e animato. Quanto a me, ho dato fondo al mio talento per l'orchestrazione arrangiando la partitura per pianoforte e altri strumenti, lavoro certo non da poco. Abbiamo eseguito il brano a casa nostra, con piena soddisfazione di tutti i presenti».

«Con piena soddisfazione di tutti i presenti»: stupisce oggi un commento cosí anodino. Ma è comprensibile che l'inno abbia ricevuto soltanto un consenso tiepido, un'approvazione moderata, perché nel corso della sua prima esecuzione non aveva potuto ancora manifestare appieno la propria efficacia. La *Marsigliese* non è un brano di musica da camera, non è fatta per essere cantata in un salotto piccolo-borghese da una gradevole voce di tenore, fra romanze e arie italiane. Un inno che, in un crescendo travolgente, porta al ritmo dinamico e scattante delle battute «*Aux armes, citoyens*», si rivolge a una massa, a una folla, e la sua vera orchestrazione sono gli squilli di fanfara, il passo cadenzato dei reggimenti in marcia, il fragore delle armi. Non è musica concepita per un pubblico comodamente seduto, che si gode placido il concerto, bensí per compagni di lotta, per soldati in guerra. Non è una melodia composta per voce solista, di soprano o di tenore, ma per un coro di migliaia di voci, esempio perfetto di marcia militare, inno di trionfo e di morte, inno nazionale e patriottico di un intero popolo. Ma solo l'entusiasmo saprà infondere a questo brano musicale, che dall'entusiasmo è nato, la capacità di infiammare i cuori. Per ora il fuoco non è attecchito, parole e musica non hanno ancora raggiunto con la loro magica risonanza l'anima della nazione, l'esercito non conosce il suo canto di marcia e di trionfo, né la Rivoluzione il suo immortale peana.

Lo stesso Rouget de Lisle, l'artefice del miracolo, ignora al pari degli altri la portata di ciò che nel corso di un'unica notte, quasi in stato di trance e assistito da un nume volubile, è riuscito a creare. Naturalmente il buon giovanotto, musicista dilettante, si rallegra moltissimo del caloroso applauso che gli tributano gli ospiti del sindaco, va fiero dei garbati complimenti rivolti all'autore. Con la modesta vanità di un uomo modesto, fa del suo meglio per sfruttare il momentaneo successo nel suo ristretto ambiente provinciale. Canta l'inno nei caffè dove si radunano i commilitoni, fa approntare copie dello spartito e le invia ai generali dell'armata del Reno. Nel frattempo, per ordine del sindaco e raccomandazione delle autorità militari, la banda della Guardia nazionale di Strasburgo prova «l'inno di guerra per l'armata del Reno», e quattro giorni piú tardi, in occasione della partenza delle truppe, suona la nuova marcia sulla piazza principale della città. Inoltre, mosso da sentimento patrio, un editore di Strasburgo si dichiara disposto a stampare il *Chant de guerre pour l'armée du Rhin*, che viene rispettosamente dedicato al generale Luckner dai suoi subalterni. Eppure, nemmeno uno dei generali dell'armata del Reno pensa di far cantare o suonare davvero la nuova melodia ai soldati durante la marcia, cosí che anche questo «*Allons enfants de la Patrie*», come tutti i precedenti tentativi artistici di Rouget, sembra destinato a rimanere il fugace successo mondano di un giorno solo, un fatterello di provincia, e in quanto tale condannato all'oblio.

Ma il valore intrinseco di un'opera non può restare nascosto o ignorato troppo a lungo. Un capolavoro può cadere negli abissi del tempo, può subire censura o essere sepolto, prima o poi però l'imperituro celebrerà la sua vittoria sull'effimero. Per qualche mese non si sente piú parlare dell'inno di guerra per l'armata del Reno. Le copie, manoscritte o a stampa, vengono distribuite e fatte circolare nell'indifferenza generale. Ma, come sempre accade, è sufficiente per l'opera d'arte accendere d'entusiasmo anche solo un'unica persona; perché ogni vero entusiasmo fa già di per se stesso da moltiplicatore. All'estremità opposta della Francia, a Marsiglia, il 22 giugno il Club degli Amici della Costituzione offre un banchetto in onore dei volontari in partenza per la guerra. Alla lunga tavola imbandita siedono cinquecento focosi giovanotti che indossano per la prima volta le uniformi della Guardia nazionale. Circola tra di loro la stessa animazione febbrile del 25 aprile a Strasburgo, resa ancora piú ardente e appassionata dal temperamento mediterraneo dei marsigliesi, anche se non si avverte piú quella baldanzosa fede nella vittoria che caratterizzava le ore successive alla dichiarazione di guerra. Si sono rivelate fallaci e speciose le assicurazioni dei generali, secondo cui le truppe rivoluzionarie francesi, attraversato senza alcuna difficoltà il Reno, sarebbero state accolte ovunque a braccia aperte. Al contrario, è il nemico che è penetrato ben dentro il territorio francese, la libertà è in pericolo, inficiata la sua stessa causa.

All'improvviso, nel corso del banchetto, uno dei presenti – si chiama Mireur, è uno studente di medicina all'Università di Montpellier – chiede attenzione battendo leggermente sul bicchiere, e si alza. Tutti fanno subito silenzio, gli sguardi rivolti a lui. Si aspettano un discorso, un brindisi. Il giovane invece leva il braccio destro e intona un canto, un inno sconosciuto, nessuno sa dove l'abbia imparato: «*Allons enfants de la Patrie*». È come se cadesse una scintilla in una polveriera. Sentimento risponde a sentimento, tutti questi giovani che domani partiranno per la guerra, desiderosi di battersi per la libertà e disposti a morire per la patria, riconoscono in queste parole i loro piú riposti pensieri, il loro piú profondo volere, e il ritmo li trascina irresistibilmente a un'esaltazione estatica e unanime. Ogni strofa suscita grida di giubilo e deve essere ripetuta, già alla seconda ripresa dell'inno hanno imparato tutti la melodia; in preda a forte emozione, levando i bicchieri, cantano in coro a gran voce il ritornello: «*Aux armes, citoyens! Formez vos bataillons!*» Alcuni passanti si avvicinano incuriositi per ascoltare che cosa stiano cantando con tanto ardore questi giovani, e subito si uniscono al coro; il giorno seguente il motivo è già sulle labbra di decine di migliaia di persone. L'inno, ristampato in grande tiratura, si accompagna ai cinquecento volontari che il 2 luglio partono per il fronte: quando la marcia diventa faticosa e il passo si fa pesante, basta che uno di loro lo intoni, e subito il ritmo travolgente ridona nuovo vigore; quando marciano attraverso i villaggi, gli abitanti accorrono stupiti e curiosi, e poi uniscono al coro le loro voci. Ormai i giovani volontari marsigliesi se ne sono appropriati, non possono immaginare che fosse destinato all'armata del Reno, e nemmeno sanno chi e quando l'abbia composto: è diventato l'inno del battaglione, è assurto a loro testimonianza di fede, per la vita e per la morte. Appartiene a loro come la bandiera, e come una bandiera lo vogliono portare con fierezza attraverso il mondo.

La prima grande conquista della *Marsigliese* – come si chiamerà presto l'inno di Rouget – è Parigi. Il 30 luglio il battaglione marcia attraverso i sobborghi della capitale, la bandiera alta, cantando l'inno. Migliaia e migliaia di cittadini si riversano nelle strade per accoglierli in festa e, quando si avvicinano, la folla si fa attenta: i marsigliesi – cinquecento uomini – cantano in coro un inno, senza interruzione, riprendendolo sempre a capo e scandendo il ritmo col passo di marcia. Ma che canto è mai questo, cosí trascinante, uno squillo di fanfara che penetra in tutti i cuori, sostenuto dal rullo dei tamburi, che cos'è questo «*Aux armes citoyens!*» cantato dai marsigliesi? Due o tre ore dopo, il ritornello risuona già in tutte le strade. Dimenticato il *Ça ira*, dimenticate le vecchie marce e le melodie tradizionali: la Rivoluzione ha riconosciuto la sua vera voce, ha trovato il suo inno.

La *Marsigliese* inizia cosí a diffondersi con una velocità vertiginosa, la sua marcia trionfale è inarrestabile. La si canta ai banchetti, nei teatri e nei club, addirittura in chiesa dopo il *Te Deum*, e presto anche in luogo del *Te Deum*; trascorsi un paio di mesi, è diventata l'inno del popolo e dell'intero esercito. Servan, il primo ministro della Guerra repubblicano, riconosce acutamente la straordinaria capacità di galvanizzare gli animi implicita in un inno nazionale cosí particolare. Ordina che ne siano distribuite in gran fretta centomila copie a tutte le compagnie, e nel giro di pochi giorni l'inno d'autore anonimo è piú noto delle opere di Molière, Racine e Voltaire. Nessuna festa che non termini con la *Marsigliese*, nessuna battaglia in cui la banda del reggimento non intoni dapprima l'inno di guerra della libertà. A Jemappes e Fleurus i reggimenti si preparano all'assalto decisivo cantandola in coro, e i generali nemici, che per infondere coraggio ai loro soldati si servono ancora della sperimentata ricetta di una doppia razione di acquavite, constatano spaventati di non avere nulla di equivalente da opporre alla forza esplosiva di questo «terribile» inno, specialmente quando, cantato all'unisono da migliaia e migliaia di voci, si rovescia come un'onda possente e fragorosa contro le schiere dei loro soldati. Come la Nike alata, dea greca della vittoria, la *Marsigliese* si libra su tutti i campi di battaglia, trascinando all'entusiasmo e alla morte innumerevoli vite umane.

Nel frattempo, nella piccola guarnigione di Hüningen, un oscuro ufficiale del Genio di nome Rouget progetta in modo diligente fortificazioni e trincee. Forse ha già dimenticato «l'inno per l'armata del Reno», composto nell'ormai lontana notte del 26 aprile 1792, e quando legge sulle gazzette la notizia di un canto di guerra che ha conquistato Parigi non s'immagina certo che la trionfale *Marsigliese* corrisponda parola per parola, nota per nota al capolavoro da lui creato – o ricevuto in dono – quella notte. Per una crudele ironia della sorte, infatti, la melodia che spinge alle stelle l'entusiasmo dei soldati e trascina in alto i cuori di tutti, a un solo uomo non riesce a far spiccare il volo: al suo artefice. Nessuno in Francia si preoccupa minimamente del capitano Rouget de Lisle, non lo raggiunge nemmeno una pallida eco del piú clamoroso successo che mai abbia arriso a un canto. Il suo nome non compare sui fogli a stampa, Rouget de Lisle sparirebbe dalla memoria di quest'ora storica se egli stesso non si incaricasse di lasciare di sé uno sgradevole ricordo. Perché – per un geniale paradosso come la storia soltanto è capace d'inventarne – l'autore dell'inno rivoluzionario, rivoluzionario non è; anzi: lui che piú di chiunque altro ha sostenuto la causa della Rivoluzione dandole voce immortale, ora con tutte le sue forze vorrebbe zittirla. Quando i reparti marsigliesi e la plebe parigina – con il suo canto sulle labbra – assaltano le Tuileries e depongono il re, Rouget de Lisle ne ha abbastanza della Rivoluzione. Si rifiuta di prestare giuramento alla Repubblica ed è disposto a lasciare l'esercito pur di non passare al servizio dei giacobini. L'espressione «*Liberté chérie*» del suo inno non è una formulazione vuota per quest'uomo sincero, che aborre i nuovi despoti e i tiranni della Convenzione non meno di quanto disprezzi le teste coronate e gli unti del Signore al di là del confine. Manifesta dunque apertamente la propria indignazione verso il Comitato di salute pubblica quando vengono condotti alla ghigliottina il suo amico Dietrich, il sindaco di Strasburgo che aveva tenuto a battesimo la *Marsigliese*, il generale Luckner, dedicatario dell'inno, e tutti i nobili e gli ufficiali che quella famosa sera ne erano stati i primi uditori. E si determina presto la situazione grottesca per cui il cantore della Rivoluzione è arrestato come controrivoluzionario e sottoposto a processo con l'accusa – proprio a lui! – di traditore della patria. Sarà il 9 di Termidoro soltanto – il giorno in cui con la caduta di Robespierre si aprono le porte delle prigioni – a risparmiare alla Rivoluzione francese l'onta di aver consegnato alla lama di Guillotin il poeta del suo immortale inno.

Sarebbe stata peraltro una morte eroica, e non quell'oscuro, squallido declino cui l'infelice Rouget è condannato. Sopravvive infatti piú di quarant'anni, migliaia e migliaia di giorni, all'unico momento veramente creativo della sua vita. L'hanno radiato dall'esercito, gli negano il diritto alla pensione, non trova editori per le sue poesie, le sue opere non vengono rappresentate. Il destino non perdona al dilettante di essersi indebitamente introdotto nella cerchia degli spiriti immortali. Conduce, quest'uomo mediocre, una vita di stenti, dedito a ogni sorta di piccoli traffici, non sempre puliti. Il suo stato muove a compassione Carnot, e piú tardi Bonaparte, che provano invano ad aiutarlo. Ma qualcosa nel carattere di Rouget si è irrimediabilmente guastato. Per qualche ora la sorte crudele ha fatto di lui un genio, l'ha reso simile a un dio per poi rigettarlo con disprezzo nella sua nullità. E ora Rouget litiga querimonioso con tutti i potenti, scrive a Bonaparte, che gli offriva aiuto, lettere al tempo stesso patetiche e insolenti, e dopo il plebiscito si vanta pubblicamente di aver votato contro di lui. I suoi commerci lo coinvolgono in affari loschi, tanto che, accusato di morosità, conosce addirittura i rigori del carcere di Sainte-Pélagie.

Inviso a tutti, con i creditori alle calcagna e la polizia che lo tiene costantemente d'occhio, si rintana alla fine in un luogo sperduto della provincia e da lí, segregato dal mondo che di lui non si ricorda, segue le sorti del suo inno immortale. Viene ancora a sapere che gli eserciti vittoriosi diffondono la *Marsigliese* in ogni paese europeo, quindi che Napoleone, proclamatosi imperatore, la fa escludere da qualsiasi programma perché troppo rivoluzionaria, e i Borboni la proibiscono del tutto. Ma prova ormai solo stupore, il vecchio inacidito, quando nel 1830 – una generazione dopo – sulle barricate di Parigi la rivoluzione di luglio fa rinascere con antico vigore le sue parole, la sua musica, e il «re cittadino» Luigi Filippo gli assegna (come compenso d'autore) un'esigua pensioncina. Gli sembra un sogno che qualcuno si ricordi ancora di lui, cosí a lungo negletto e ignorato, ma si tratta solo di una breve reviviscenza. Quando finalmente nel 1836, ormai settantaseienne, Rouget muore a Choisy-le-Roi, piú nessuno ricorda il suo nome. Altre generazioni devono passare, e solo molto piú tardi, quando nel corso della Grande guerra la *Marsigliese*, divenuta ormai da tempo inno nazionale, riecheggia bellicosa per tutto il fronte francese, si decide di inumare la salma del piccolo capitano Rouget accanto a quella del piccolo sottotenente Bonaparte: nel Dôme des Invalides. Cosí, nella cripta piú ricca di gloria della sua patria, trova finalmente riposo il piú misconosciuto creatore di un inno immortale – tardivo conforto alla delusione di non essere stato null'altro che il poeta d'una notte.

Hans Magnus Enzensberger

F. C. (1810-1849)

Un bambino allegro: questo ci consta. In provincia a quei tempi
i castelli erano ancora tutti di legno. Nella capitale
l'acciottolato tutto intoppi e inciampi. Le sere erano quiete.
Torce, fiaccole e lanterne.

Mi rimpinzano come fossi un cavallo. Nondimeno lo zar
gli regala un diamante. Scarseggiano per altro i ricordi
di quegli anni: qualche biglietto, fiocco e violetta pressata
contro il cristallo della vetrina, *souvenirs* di Varsavia.

Il viaggio in occidente tira per le lunghe. *Copiate sono*
le mie partiture, orlati i miei fazzoletti. Parigi
ha ciottoli a sufficienza per quattromila barricate.
Le diligenze non sono puntuali. È un anno di sangue.

Eppure tutto esaurito nei teatri. Corone d'alloro, banchetti.
Tutto ciò che sinora ho veduto mi pare insopportabilmente antiquato.
Ricevimenti dai Rothschild e dai Radziwiłł. Il suo tocco discreto
sino all'estinguimento: *i martelletti sfiorano appena le corde*, dice Berlioz.

Nel Passage du Panorama crepitano le lucerne a gas. È lí
che s'incontrano due emigranti. Al grande Salone
d'Autunno
nella capitale del secolo decimonono fa la sua apparizione
un filosofo di Berlino. Si discute di moda. *Come siamo
grandi*

*e poetici nelle nostre scarpe di vernice e nelle nostre
cravatte.*
È forse una citazione? Colazione al Cafè Anglais. Le
redingotes di Dautremont:
color malva. La biancheria puro batista. L'incarnato
quasi trasparente.
Congedandosi B. dice: *La forza decisiva*

è quella della mano sinistra. Ma cos'è una forza decisiva?
Le ammiratrici: *ochette colte*, alta nobiltà. Sulla sua
vita privata
sarebbe eccessivo ogni commento. Sono *disadatto ai
concerti. L'alito*
del pubblico mi soffoca. Lavoratore minuzioso.
Legittimista. Dandy.

Diffida d'ogni lode. Si paragona a un cipresso.
Il pianoforte
è un secondo me stesso. I critici vedono «progressi».
Si atteggia a timido e scontroso, parla di mera tecnica.
Eppure per la barcarola prescrive *voce sfogato*: libero e
spregiudicato.

Le duchesse dicono: *è incantevole quel suo tossire.* Una
spossatezza
che difficilmente si spiega. Bagni a Enghien. Irritabilità.
Nella laringe la morte agguata. La prima emorragia,
la rivoluzione di febbraio: *il mio concerto dovette
cancellarsi.*

In sua vece un viaggio in Inghilterra. Suona per la
regina.
Il prato è gradevole, *ma quell'olezzo di carbone!*
(Manca d'impegno). L'economia dei suoi lavori:
cannoni sommersi dai fiori - sommersi, o seppelliti?

Sente dolore, chiede il medico. (Vista sulla Place
Vendôme).
Risposta: *Non piú*. Di una cattiva coscienza
egli non era dotato. La mano sinistra era buona.
L'implacabile foga con cui, vita natural durante,

parteggiò per il superfluo, difficilmente si spiega.

Terzo Intermezzo

Murakami Haruki

La ragazza di Ipanema 1963/1982

Tall and tan and young and lovely,
The girl from Ipanema goes walking,
When she walks, it's like a samba
That swings so cool and sways so gently.
How can I tell her I love her?
Yes, I would give my heart gladly.
But each day when she walks to the sea,
She looks straight ahead, not at me.

È cosí che la ragazza di Ipanema guardava il mare, nel 1963. Anche adesso che siamo nel 1982 continua a guardarlo nello stesso modo. Non è invecchiata. Fissata nella sua immagine, vaga in silenzio nel mare del tempo. Se per lei gli anni fossero passati, adesso ne avrebbe quasi quaranta. È probabile che non sarebbe piú cosí snella e nemmeno cosí abbronzata, ma naturalmente non lo si può dare per scontato. Forse avrebbe tre figli, e penserebbe che il sole rovina la pelle. Forse sarebbe ancora piuttosto bella, ma non piú giovane come vent'anni fa – ecco, le cose stanno cosí.

Nella canzone però lei non invecchia. Portata dal sassofono vellutato di Stan Getz, ha sempre diciotto anni, è sempre la ragazza di Ipanema, dolce e distaccata. Metto il disco sul piatto, abbasso la puntina, ed eccola immediatamente davanti a me.

How can I tell her I love her?
Yes, I would give my heart gladly...

Ogni volta che ascolto questo disco, mi torna in mente il corridoio del mio liceo. Era un corridoio scuro e un po' umido. Quando lo si percorreva, il rumore dei passi sul pavimento di cemento si ripercuoteva contro l'altro soffitto. Sulla parete a nord c'erano diverse finestre, ma poiché subito al di là si ergevano le montagne, il corridoio era sempre buio. E quasi sempre silenzioso. Per lo meno è silenzioso nella mia memoria.

Perché mi torni in mente il corridoio del mio liceo ogni volta che ascolto *La ragazza di Ipanema*, non lo saprei dire. Non c'è alcun nesso logico. Quale sassolino la ragazza di Ipanema nel 1963 ha dunque gettato nel pozzo della mia coscienza?

Quando penso al corridoio del mio liceo, mi viene in mente l'insalata mista. Lattuga, pomodori, cetrioli, peperoni, asparagi e cipolla affettata, il tutto condito con salsa rosa. Non che in fondo al corridoio ci fosse uno snack bar specializzato in insalate. In fondo al corridoio c'era soltanto una porta, e al di là della porta una banalissima piscina di venticinque metri.

Allora perché quel corridoio mi fa sempre venire in mente l'insalata mista? Di nuovo non c'è alcun nesso logico. Per qualche caso fortuito le due cose si sono trovate associate. Come una signora che per colmo di sfortuna vada a sedersi su una panchina, senza rendersi conto che è stata verniciata di fresco.

Quel che mi ricorda l'insalata mista è una ragazza che all'epoca conoscevo. Questa volta il nesso c'è. Perché lei mangiava sempre e solo verdura in insalata.

– Allora, *crunch crunch*, la relazione d'inglese, *crunch crunch*, l'hai finita?

– No, non ancora, *crunch crunch*, quasi, *crunch crunch*, me ne resta un pezzo.

A me la verdura piace, e quando mangiavo con lei prendevo sempre un'insalata mista anch'io. Quella ragazza, quando aveva un'idea, ci credeva sul serio. Era convinta che seguendo una dieta ricca di verdure ogni cosa sarebbe andata per il meglio. Bastava che la gente continuasse a mangiare verdura, e il mondo sarebbe stato un luogo bello e pacifico, traboccante di amore e di salute. Come nel film *Fragole e sangue*.

«Molto tempo fa, – ha scritto un filosofo, – ci fu un'epoca in cui i fatti e la memoria erano separate da un abisso metafisico».

La ragazza di Ipanema 1963/1982 continua a camminare in silenzio sulla sabbia caldissima di una spiaggia metafisica. Una spiaggia molto lunga. Piccole onde bianche vengono a infrangersi sulla battigia. Non c'è un filo di vento. Sulla linea dell'orizzonte non si vede nulla. C'è odore di sale. I raggi del sole sono roventi.

Sdraiato sotto l'ombrellone, io prendo una lattina di birra dalla borsa termica e strappo la linguetta. Lei sta ancora camminando. Alta, abbronzata, un bikini di un colore primario incollato addosso.

– Salve, – le dico di punto in bianco.

– Buongiorno, – mi risponde lei.

– Ti andrebbe una birra? – le chiedo.

La ragazza esita. Ma si è stancata di camminare, persino lei. E ha sete.

– Perché no? – dice.

Cosí beviamo una birra insieme sotto l'ombrellone.

– A proposito, – le dico, – sai che ti ho già vista? Nel 1963. In questo stesso posto, a questa stessa ora.

– Oh, è passato tanto di quel tempo… – fa lei inclinando perplessa la testa.

– Già, – rispondo, – è passato davvero molto tempo.

Beve in un sorso metà della lattina, poi guarda dentro l'apertura. È un banalissimo buco in una lattina. Ma sotto il suo sguardo sembra prendere un significato profondo. Come se il mondo intero dovesse sparire lí dentro.

– Sí, può essere che ci siamo già incontrati. Nel 1963,

dici? Dunque, nel 1963... sí, magari ci siamo davvero incontrati.

– Tu non sei cambiata affatto.

– Per forza, io sono una ragazza metafisica.

Annuisco.

– All'epoca non ti accorgevi nemmeno della mia esistenza. Guardavi solo il mare, sempre e solo il mare.

– Può darsi, – dice lei. E sorride. Il suo viso è stupendo quando sorride. Però sembra anche un po' triste. – Forse hai ragione, guardavo sempre e solo il mare. Forse non vedevo nient'altro.

Mi apro un'altra birra e ne offro una anche a lei. Scuote la testa. Dice che non beve tanta birra. – Ti ringrazio. Ora però devo rimettermi a camminare, camminare sempre...

– Non ti scotti la pianta dei piedi, camminando per tutto il tempo?

– No, per niente. Anche la pianta dei miei piedi è metafisica. Vuoi vedere?

– Mhm.

Tende le gambe snelle e mi mostra la pianta dei piedi. Ha ragione, sono metafisiche. Provo a sfiorarle col dito. Non sono né calde né fredde. Toccandole sento un flebile rumore di onde. Metafisico pure quello.

Per qualche momento tengo gli occhi chiusi. Poi li riapro e bevo un sorso di birra fredda. Il sole non si è mosso di un millimetro. Il tempo si è fermato. Come se fossi stato inghiottito dentro uno specchio.

– Ogni volta che penso a te, mi viene in mente il corridoio del mio liceo, – le dico a un tratto. – Chissà come mai...

– Sai, la vera natura umana sta nella complessità, – risponde lei. – L'obiettivo della ricerca scientifica non è l'oggetto, ma il soggetto che è contenuto nel corpo.

– Già...

– In ogni caso devi vivere. Vivere, vivere, vivere. Non

c'è altro. È importante, continuare a vivere. Non posso dirti altro. Veramente, non posso dirti altro. Io sono soltanto... una ragazza con la pianta dei piedi metafisica.

Poi la ragazza di Ipanema 1963/1982 spolvera via la sabbia che le è rimasta attaccata alle cosce e si alza.

– Grazie per la birra.

– Prego.

Ogni tanto, molto raramente, mi capita di vederla nella metropolitana. Io la riconosco, e lei riconosce me. Ogni volta mi fa un sorriso, come a dirmi «grazie per la birra, quel giorno». Da allora non ci siamo piú incontrati, eppure ho la sensazione che il nostro spirito sia rimasto in qualche modo legato. In cosa consista questo legame non lo so. Il nodo deve probabilmente trovarsi lontano, da qualche parte in uno strano mondo.

Provo a immaginarlo, quel nodo. Un nodo nella mia coscienza che riempie in silenzio un corridoio buio dove non passa mai nessuno. A questo pensiero, tante cose, tanti ricordi mi tornano a poco a poco in mente con un senso di nostalgia. Sono sicuro che da qualche parte esiste anche un nodo che lega me a me stesso. Ho l'impressione che un giorno, in qualche strano posto in un mondo lontano, io mi incontrerò. E spero tanto, possibilmente, che sia un posto pieno di calore. E se avessi magari anche qualche birra ghiacciata, non avrei piú nulla da desiderare. Lí io sarei me stesso, e viceversa. L'oggetto sarebbe il soggetto, il soggetto sarebbe l'oggetto. Tra l'uno e l'altro non esisterebbe piú alcun tipo di discrepanza. Combacerebbero in maniera prodigiosa. Questo strano posto deve esistere da qualche parte al mondo.

Intanto la ragazza di Ipanema 1963/1982 cammina sempre sulla sabbia ardente. E continuerà a farlo senza mai fermarsi finché l'ultimo disco non sarà fuori uso.

Compositori III

Michel Tournier

La leggenda della musica e della danza

In principio Dio creò il cielo e la terra. E le tenebre coprivano la terra e il silenzio riempiva il cielo. Dio creò dunque gli astri, le stelle e i pianeti.

E la luce fu.

Ma non la luce soltanto, perché gli astri, le stelle e i pianeti, compiendo in cielo le loro parabole e rivoluzioni, emettevano suoni. E dappertutto si sentiva una sorta di concerto celeste, dolce, profondo e ammaliante: la musica delle sfere.

Poi Dio creò l'uomo. E lo fece maschio e femmina, vale a dire che aveva insieme seno di donna e membro di ragazzo. E Dio si ritrasse dietro una nuvola per vedere che cosa avrebbe fatto Adamo.

Che cosa avrebbe fatto Adamo? Tese l'orecchio e ascoltò il canto flautato che pioveva dal cielo. Poi mise un piede davanti all'altro, allargò le braccia e girò lentamente su se stesso. Girò, girò, girò tanto che, colto da vertigine, cadde a terra, dove rimase per un istante intontito. Alla fine si riscosse e, contrariato, chiamò suo padre:

– Ohé, Dio del cielo!

Dio, che aspettava soltanto quella chiamata, apparve subito:

– Che c'è, figliolo?

– C'è, – disse Adamo, – che non posso sentire questa musica senza ballare. Ma le sfere sono numerose e la loro musica è quella di un vero e proprio balletto. E io... io sono solo. Quando i miei piedi avanzano, non sanno verso che cosa; quando le mie braccia si tendono, non sanno verso chi.

– È vero, – disse Dio. – Se l'uomo deve ballare, non è bene che sia solo.

Allora fece piombare Adamo in un sonno profondo. Poi separò il suo corpo in due metà, la metà maschile e la metà femminile, e di quell'essere divenuto duplice fece un uomo e una donna. Quando quelle due creature aprirono gli occhi, Dio disse all'uno:

– È la tua dama.

E disse all'altra:

– È il tuo cavaliere.

Poi si ritrasse dietro una nuvola per vedere che cosa avrebbero fatto. Che cosa fecero dunque Adamo ed Eva, scoprendosi cosí meravigliosamente diversi e complementari? Tesero l'orecchio alla musica delle sfere.

– Non è un passo a due, quello che si sente? – chiese Eva.

E ballarono il primo passo a due.

– Non è un minuetto? – chiese poco dopo Adamo.

E ballarono il primo minuetto.

– Non è un valzer? – chiese poi Eva.

E ballarono il primo valzer. Infine, porgendo l'orecchio, Adamo chiese:

– E questa qua non è una quadriglia?

– È proprio una quadriglia, – gli rispose Eva. – Ma per ballare questa bisogna essere almeno in quattro. Fermiamoci dunque un momento e pensiamo a Caino e Abele.

E fu, cosí, per amore della danza che l'umanità si moltiplicò.

Ora, c'erano numerosi alberi in Paradiso, e ciascuno, con i propri frutti, conferiva una conoscenza particolare. Uno rivelava la matematica, l'altro la chimica, un terzo le lingue orientali. Dio disse ad Adamo ed Eva:

– Potete mangiare i frutti di tutti gli alberi e acquisire ogni tipo di conoscenza. Guardatevi, tuttavia, dal mangiare il frutto dell'albero della musica, perché, conoscendo le note, smettereste subito di sentire la grande sinfonia delle sfere celesti, e, credetemi, niente è piú triste del silenzio eterno degli spazi infiniti[1]!

Adamo ed Eva erano perplessi. Il Serpente disse loro:

– Mangiate pure i frutti dell'albero della musica. Conoscendo le note, potrete fare da soli la vostra musica, ed essa eguaglierà quella delle sfere celesti.

Finirono col cedere alla tentazione. Ma, non appena ebbero dato il primo morso a uno dei frutti dell'albero della musica, le loro orecchie si turarono. Smisero di sentire la musica delle sfere, e un silenzio funereo piombò su di loro.

Cosí finí il paradiso terrestre. Cominciava la storia della musica. Adamo ed Eva, poi i loro discendenti si misero a tendere pelli su zucche e budelli su archetti. Fecero buchi nelle canne e torsero barrette di rame per fabbricare diapason. Fu cosí per millenni, e ci fu Orfeo, e ci furono Monteverdi, Bach, Mozart, Beethoven. Ci furono Ravel, Debussy, Benjamin Britten e Pierre Boulez.

Ma il cielo restò per sempre silente, e mai piú si udí la musica delle sfere.

[1] Il che dimostra che Dio aveva letto Pascal [*N.d.A.*].

Arthur Schnitzler

Che melodia!

A sentirla sembra una favola... Un ragazzo sedeva alla finestra di una casa di campagna e ogni tanto guardava giú nel bosco che confinava con la villa ed era cosí silenzioso come se di tutti quegli alberi non una fronda si muovesse. Era un sonnolento pomeriggio d'estate e l'aria azzurro carico gravava come una cappa sopra la terra. Dinanzi a sé, sul davanzale, il ragazzo teneva un foglio di carta da musica sul quale tracciava dei segni a casaccio, cosí come gli venivano in mente lí per lí. In modo del tutto meccanico, pensando a tutt'altro, disegnò sul pezzo di carta diverse teste di note e, preso da una sorta d'infantile entusiasmo, lo arricchí di barre e diesis fino a riempire un rigo intero, dopo di che valutò con un sorriso soddisfatto il suo giochetto. Non aveva idea di cosa avesse scritto in realtà su quel foglio. L'afa che entrava dalla finestra spalancata gli faceva venir sonno: posò la matita e lasciò vagare lo sguardo nel vuoto, sognando a occhi aperti. Si levò un refolo, leggero leggero, e il foglio volò via; senza rammarico il ragazzo lo seguí con lo sguardo e lo vide dapprima impigliarsi nei rami e poi scendere dolcemente verso il viottolo del bosco e posarsi sul ciglio. Il ragazzo non se ne curò oltre e di lí a un po' raggiunse la sua stanza, si sedette al pianoforte e si esercitò nelle scale.

Poco dopo un giovanotto, nel cui aspetto anche un osservatore superficiale avrebbe riconosciuto l'artista in erba, o per lo meno il dilettante appassionato, canterellando un motivo se ne veniva per quel viottolo diretto alla strada principale, quando il suo sguardo fu attratto dal foglio che il vento aveva portato fin lí e che ora gli si presentava dalla parte scritta. Il giovane fu lesto a raccoglierlo e l'osservò con curiosità. «Ehi, ma guarda un po', – si disse divertito, – dunque neppure in questo boschetto fuori mano sono l'unico compositore! Dei veri ghirigori ha dipinto il mio sconosciuto collega all'ombra di questi alberi!» E intanto cercava di raccapezzarsi e a bocca chiusa canticchiava un po' alla volta, per cosí dire a pezzi, la melodia che veniva pian piano decifrando da quel foglio di esercizi. «Davvero niente male! Sí, senza dubbio, c'è qualcosa in queste note! Chi può buttar via una cosa del genere deve avere la testa piena di ben altre idee... Parola mia, se mai mi venisse in mente una cosa del genere, non l'abbandonerei di certo nel bosco». E riprese a canterellare, questa volta tutta intera, la melodia che il ragazzo aveva cosí inconsapevolmente scribacchiato sul foglio, poi scrollò il capo e disse: – Un pezzo sentito, molto sentito, può piacere alle donne, ad Ännchen!

E corse dalla sua ragazza, corse da Ännchen. Era questa una dolce e affascinante creatura, unica gioia e consolazione della madre, una povera vedova. Dai lineamenti del suo volto traspariva un'innocenza assoluta e il giovane artista la amava con un ardore, una passione di cui la fanciulla, nella sua purezza, non aveva ancora colto la vera, piú profonda natura. Il giovane entrò dunque nella sua stanza. La trovò sola, la madre era da una parente. Dopo un breve, quasi frettoloso saluto, l'amato si sedette al pianoforte e incominciò a improvvisare. Lei si sedette accanto a lui e in silenzio, guardandolo negli occhi con incantevole, tranquilla gentilezza, si mise in ascolto. Ma dopo le prime note e alcuni accordi, l'espressione del suo viso cambiò. Ascoltò con maggiore curiosità e attenzione. Un lieve rossore le imporporò le guance pallide e negli occhi, ancora limpidi e seri fino a un momento prima, brillò uno strano luccichio. Tutto nel suo viso tradiva una forte emozione. Sembrava profondamente commossa, come se qualcosa l'avesse toccata fin nelle piú intime fibre dell'animo. – Che melodia! – sussurrò. Il giovane artista andò avanti a improvvisare, sempre sul tema che un incredibile capriccio del caso gli aveva messo tra le mani nel bosco. Come per magia le sue dita traevano dai tasti una serie grandiosa di variazioni e in tutte risuonava quell'unica stupenda melodia che pareva tanto piú appassionata, tanto piú bella, quanto piú veniva eseguita. Che melodia! Solo un genio ha di queste ispirazioni! Solo un genio è capace di ottenere con un semplice motivetto risultati cosí straordinari che l'ascoltatore, come in estasi, si delizia di tanto sublime e incomparabile bellezza...

Che melodia! E terminato che ebbe il giovane artista di suonarla per l'ultima volta, quando a poco a poco essa si spense, come continuò a vibrare nell'aria, quasi che questa ne suggesse l'armonia e volesse inebriarsene!

E la ragazza, estasiata, persa in un sogno celestiale, sedeva immobile al suo posto. Pochi secondi, in verità, poi fissò su di lui i grandi occhi scintillanti, e il suo sguardo intenso esprimeva un'ammirazione appassionata e senza riserve. Egli stava per aprire la bocca e parlare, ma lei si era già buttata ai suoi piedi e portatasi alle labbra le mani dell'artista sbalordito, le copriva di baci ardenti. Senza parlare il giovane si chinò su di lei, e lei lo abbracciò sospirando e ridendo, con un impeto per lui affatto nuovo e inaspettato. La ragazza giaceva nelle sue braccia e il suo respiro avvolgeva l'amato in un'onda di dolcezza inebriante...

Che melodia! Fu il preludio di una felicità infinita per lui e per lei...

Oh, non che lui l'avesse sposata: un grande artista non conclude in maniera tanto banale le sue avventure piú intriganti! Ma le rimase fedele a lungo – un paio di mesi – e durante questo tempo scrisse un pezzo per pianoforte che lo rese celebre.

Davvero sembra una favola!

C'era in quel pezzo un motivo incredibile, come dicevano gli entusiasti. – L'esecuzione è magistrale, ma l'idea è quella di un genio, – dichiarò un critico. Il mondo musicale, e le donne soprattutto, riservarono al brano lodi sperticate: non era stato un amante a comporlo, l'Amore in persona lo aveva creato! Sissignore, e poi era un tema per le donne, soprattutto! – Povera Ännchen, tu l'hai provato sulla tua pelle!

Raramente ci si era atteso qualcosa con la stessa curiosità riservata alla nuova, e di certo anche piú grande, creazione del compositore. Che tuttavia si faceva aspettare, mentre lui, considerato il felice inventore di quella bella idea musicale, festeggiato in tutti i ricevimenti e portato addirittura alle stelle in qualche circolo, dimenticò ben presto la sua Ännchen nelle braccia delle signore piú belle ed eleganti della città... Perché le donne sono straordinariamente generose nei confronti degli artisti, amano contraccambiare i piaceri loro offerti.

Il suo pezzo per pianoforte divenne popolare: fu arrangiato per orchestre d'archi e fece il giro di tutte le sale da concerto del mondo... Ma quando comporrà di nuovo qualcosa? Il pubblico aspettava, aspettava inutilmente – e cominciava a essere deluso. Ben presto finí col conoscere quell'unico splendido motivo, mentre il nome del compositore a poco a poco cadde nell'oblio.

Ed ecco, passato forse un anno, diffondersi in città la notizia che l'artista tanto acclamato fino a poco tempo addietro si era ficcato una pallottola nel cuore. Le cose stavano proprio cosí: il giovane artista era morto! Perché si era ucciso? Nessuno di coloro coi quali aveva vissuto poteva certo saperlo. Che con lui si fosse perduto qualcosa di grande, chi poteva giudicarlo?

Si può soltanto supporre che in un momento nero si fosse ridestata in lui la consapevolezza di dovere la sua fama improvvisa non tanto alle proprie forze quanto a un caso curioso, all'ispirazione felice di un sognatore che aveva perduto quel foglio di musica nel bosco; e a ucciderlo fu forse il rimorso, la vanità ferita, fors'anche l'invidia per colui che quel tema aveva creato. Sia come sia, si accomiatò da questo mondo, non poteva piú restare tra quelli che lo adoravano.

E colui che la melodia, sia pure inconsapevolmente, aveva creato? A sentirla, non sembra una favola? Una storia incredibile, triste e insieme sorprendente?

Quel ragazzo tentò di suonare il celebre pezzo; non riuscendovi, chiese al suo insegnante di eseguirlo al pianoforte per lui. Seduto con la testa fra le mani, ascoltò assorto quelle note stupende e provò ciò che provava chiunque s'immergesse nella bellezza del tema. Un mondo nuovo, sconosciuto gli si schiuse, lo colse come il presagio di una magnificenza lontana, fantastica, che forse si poteva profondamente sentire, ma era quasi impossibile esprimere...

Attorno a lui risuonava la musica delle sfere celesti. «Che melodia!»

Philippe-Auguste-Mathias Villiers de l'Isle-Adam

Il segreto della musica vecchia

A Richard Wagner

Era giorno di audizione all'Accademia nazionale di Musica.

Lo studio dell'opera di un certo compositore tedesco (il cui nome, ormai dimenticato, per fortuna mi sfugge!) era stato deciso in alto loco; e questo maestro straniero, a prestar fede a diversi memorandum pubblicati dalla «Revue des Deux Mondes», era nientemeno che il *fautore* di una musica «nuova»!

I musicisti dell'Opéra erano quindi riuniti solo allo scopo di mettere, come suol dirsi, le cose in chiaro, decifrando la partitura del preteso innovatore.

Il momento era solenne.

Il sovrintendente si presentò in scena e consegnò al direttore d'orchestra la voluminosa e controversa partitura. Il maestro la aprí, vi gettò uno sguardo, trasalí e dichiarò che l'opera gli sembrava ineseguibile presso l'Accademia di Musica di Parigi.

– Spiegatevi, – disse il sovrintendente.

– Signori, – riprese il maestro, – la Francia non può assumersi la responsabilità di travisare, con una esecuzione imperfetta, il pensiero di un compositore... *a qualsiasi nazione appartenga*. Ora, nelle parti orchestrali specificate dall'autore, figura... uno strumento militare oggi caduto in disuso, e non c'è piú tra noi chi lo sappia suonare; questo strumento, che deliziò i nostri padri, si chiamava un tempo *Cappello Cinese*. Devo concluderne che la scomparsa radicale del Cappello Cinese in Francia ci obbliga a rinunciare, sia pure con rimpianto, all'onore di questa interpretazione.

Questo discorso aveva fatto sprofondare l'uditorio in quello stato che i fisiologi chiamano *comatoso*. – Il Cappello Cinese! I piú anziani si ricordavano a stento di averlo sentito nella loro infanzia. Ma oggi gli sarebbe difficile persino dire che forma avesse. All'improvviso, una voce articolò queste insperate parole: – Permettete... Credo di conoscerne uno... – Tutte le teste si voltarono; il direttore d'orchestra si drizzò in un balzo: – Chi ha parlato?

– Io, i piatti, – rispose la voce.

L'istante dopo, i piatti erano sul palcoscenico, circondati, adulati e bombardati di domande frenetiche. – Sí, – continuava il suonatore di piatti, – conosco un vecchio professore di Cappello Cinese, ai suoi tempi un maestro, e so che è ancora vivo!

Gridarono tutti. Il suonatore di piatti apparve come un salvatore! Il direttore d'orchestra abbracciò il suo giovane seguace (i piatti erano ancora giovani). I tromboni inteneriti lo incoraggiavano con i loro sorrisi; un contrabbasso gli lanciò un'occhiata invidiosa; la grancassa si fregava le mani: – Andrà lontano, – borbottava. Insomma, i piatti conobbero la gloria.

Seduta stante, una delegazione preceduta dal giovane uscí dall'Opéra e si diresse verso Batignolles, nelle cui profondità doveva essersi ritirato, lontano dal clamore, l'austero virtuoso.

Arrivarono.

Chiedere del vecchio, salire i nove piani, attaccarsi al cordone del campanello e aspettare, ansimando, sul pianerottolo, fu per i nostri ambasciatori questione di un secondo.

Ed ecco che si levarono il cappello: un uomo dall'aspetto venerabile, la faccia aureolata da una chioma argentea che gli cadeva in lunghe ondulazioni sulle spalle, una testa alla Béranger, un personaggio da romanzo; stava in piedi di fronte a loro e sembrava invitare i visitatori a penetrare nel suo santuario.

Era lui! Entrarono.

La finestra, incorniciata dai rampicanti, era aperta sul cielo, in quel momento imporporato dagli splendori del tramonto. Le sedie erano poche: il lettino del professore sostituí, per i delegati dell'Opéra, quelle ottomane e quei pouf che, in casa dei musicisti moderni, abbondano, ahimè!, cosí spesso. Negli angoli spuntavano vecchi Cappelli Cinesi; qua e là giacevano molti spartiti i cui titoli richiamavano l'attenzione.

C'era: *Un primo amore!* melodia per Cappello Cinese solista, seguita da *Variazioni brillanti sul Corale di Lutero*, concerto per tre Cappelli Cinesi. Poi un settimino di Cappelli Cinesi (grande unisono) intitolato LA CALMA. Poi un'opera giovanile (un po' impregnata di romanticismo): *Danza notturna di giovani mori nella campagna di Granada, al tempo dell'Inquisizione*, grande bolero per Cappello Cinese; infine, l'opera capitale del maestro: *La Sera di una bella giornata*, ouverture per centocinquanta Cappelli Cinesi.

Il suonatore di piatti, molto emozionato, prese la parola a nome dell'Accademia nazionale di Musica. – Ah! – disse con amarezza il vecchio maestro. – Ci si ricorda di me solo ora? Dovrei... Ma il mio paese prima di tutto. Signori, verrò –. E, avendo insinuato il trombone che la parte da suonare sembrava difficile: – Non importa, – replicò il professore, tranquillizzandoli con un sorriso. E, tendendo loro le sue pallide mani, rotte alla difficoltà di uno strumento ingrato, disse: – A domani, signori, alle otto all'Opéra.

L'indomani, nei corridoi, nelle gallerie, nella buca dell'inquieto suggeritore, c'era una terribile eccitazione: la notizia si era diffusa. Tutti i musicisti, seduti davanti ai loro leggii, aspettavano con l'arma in pugno. La partitura della Musica Nuova non aveva ormai che un interesse secondario. A un tratto, la porticina lasciò passare l'uomo d'altri tempi: suonavano le otto! All'apparire di quel rappresentante della Musica Antica, tutti si alzarono in piedi, rendendogli omaggio come una specie di posterità. Il patriarca portava sotto il braccio, adagiato in un umile fodero di sargia, lo strumento dei tempi passati, che in quell'occasione assumeva le proporzioni di un simbolo. Infilandosi tra i leggii e trovando la strada senza esitare, andò a sedersi al suo vecchio posto, alla sinistra della grancassa. Dopo essersi messo un berretto di seta nera sulla testa e una visiera verde sopra gli occhi, sfoderò il Cappello Cinese, e l'ouverture cominciò.

Ma alle prime battute e al primo sguardo gettato sulla sua parte, la serenità del vecchio virtuoso sembrò oscurarsi; ben presto il sudore dell'angoscia gli imperlò la fronte. Si chinò, come per leggere meglio, e, con le sopracciglia aggrottate, gli occhi inchiodati allo spartito che sfogliava febbrilmente, riusciva a malapena a respirare!

Quel che il vecchio leggeva era dunque talmente straordinario da turbarlo in quel modo?

Infatti! Il maestro tedesco, per una sorta di gelosia teutonica, si era divertito, con germanica asprezza, con maligno rancore, a disseminare la parte del Cappello Cinese di difficoltà pressoché insormontabili! Si susseguivano a grappoli! ingegnose! improvvise! Era una sfida! Si giudichi: questa parte era composta esclusivamente di *pause*. Ora, anche per chi non è del mestiere: cosa può esserci di piú difficile da eseguire su un Cappello Cinese di una *pausa*?... E quello che il vecchio artista doveva eseguire era un CRESCENDO di pause.

A questa vista si irrigidí; gli sfuggí un gesto nervoso!... Ma niente, nel suo strumento, tradí i sentimenti che lo agitavano. Non si scosse una campanella. Non un sonaglio! Non si mosse nulla. Si capiva che possedeva a fondo lo strumento. Era proprio un maestro, anche lui!

Suonò. Senza un passo falso. Con una maestria, una sicurezza, un brio che riempirono d'ammirazione tutta l'orchestra. La sua esecuzione, sempre sobria eppure piena di sfumature, era di uno stile cosí castigato, di una resa cosí pura che – cosa strana! – a tratti sembrava proprio di sentirlo!

I «bravo!» stavano per scoppiare da ogni parte, quando un ispirato furore si accese nell'animo classico del vecchio virtuoso. Con occhi scintillanti e agitando con fracasso il suo strumento vendicatore, che sembrò sospeso come un demone sull'orchestra, il degno professore esplose:

– Signori! Ci rinuncio! Non ci capisco niente. Non si scrive un'ouverture per un solista! Non posso suonare! È troppo difficile! Protesto a nome del signor Clapisson! Qui dentro non c'è melodia. È una carnevalata! L'Arte è perduta! Stiamo precipitando nel vuoto!

E, fulminato dal suo stesso trasporto, perse l'equilibrio.

Nella caduta, sfondò la grancassa e ci sparí dentro come svanisce una visione!

Che peccato! Inabissandosi cosí nei fianchi del mostro, portò con sé il segreto del fascino della Musica Vecchia.

Epilogo

Oliver Sacks

L'uomo che scambiò sua moglie per un cappello

Il dottor P. era un eminente musicista che per parecchi anni godette di notorietà come cantante e in seguito come insegnante alla locale Scuola di musica. Fu qui che per la prima volta, nei suoi rapporti con gli allievi, si manifestarono strani problemi. Talvolta, quando si presentava uno studente, il dottor P. non lo riconosceva, o piú precisamente non riconosceva la sua faccia. Appena lo studente parlava, lo riconosceva dalla voce. Simili incidenti si moltiplicarono causando imbarazzo, perplessità, paura – e a volte situazioni comiche. Perché al dottor P. capitava sempre piú spesso non solo di non vedere le facce, ma anche di vederle là dove non c'erano: per strada, come il buon Magoo, gli capitava di dare affettuosi colpetti agli idranti e ai parchimetri scambiandoli per teste di bambini; rivolgeva gentilmente la parola ai pomelli dei mobili e si stupiva di non ricevere risposta. In un primo tempo questi curiosi abbagli passavano per scherzi ed erano accolti con una risata anche da parte dello stesso dottor P. Non aveva forse sempre avuto uno strambo senso dell'umorismo e amato paradossi e burle di gusto zen? Le sue facoltà musicali erano straordinarie come sempre; non accusava malesseri, non si era mai sentito meglio; e i suoi errori erano cosí assurdamente comici e fantasiosi che si sarebbe stentato a crederli autentici o indici di qualcosa di serio. L'idea che ci fosse qualcosa che «non andava» emerse solo circa tre anni dopo, quando insorse il diabete. Ben sapendo che questo poteva danneggiargli la vista, il dottor P. consultò un oftalmologo, il quale fece un'anamnesi scrupolosa e lo esaminò accuratamente. – I suoi occhi sono a posto, – concluse poi. – Ma c'è qualcosa che non va nelle parti visive del suo cervello. Io non posso aiutarla, deve consultare un neurologo –. Fu cosí che il dottor P. si rivolse a me.

Pochi secondi di colloquio mi convinsero che non vi era traccia di demenza nel senso comune. Il dottor P., un uomo di grande cultura e fascino, parlava bene, con scioltezza, fantasia e umorismo. Non riuscivo a capire come mai fosse stato indirizzato alla nostra clinica.

Ma a ben osservare, qualcosa di un po' strano c'era. Parlando, era rivolto verso di me, eppure c'era qualcosa di curioso che non riuscivo a tradurre in parole. Infine mi venne da pensare che si rivolgeva a me non con gli occhi, ma *con le orecchie*. Gli occhi, invece di guardarmi, di fissarmi, di «captarmi» normalmente, saettavano in modo curioso dal mio naso al mio orecchio destro, scendevano al mento, risalivano all'occhio destro, come se notassero (anzi studiassero) i singoli lineamenti, ma senza vedere la mia faccia nel suo complesso, le sue mutevoli espressioni, «me» come un tutt'uno. Non so se me ne resi pienamente conto quella volta – era solo una vaga e persistente stranezza, un difetto nella normale interazione fra sguardo ed espressione. Mi vedeva, mi *esplorava*, eppure...

– Che c'è che non va? – gli chiesi infine.

– Che io sappia, niente, – rispose con un sorriso, – ma secondo gli altri avrei qualcosa agli occhi.

– Ma lei non accusa nessun problema di vista?

– No, direttamente no, ma a volte faccio un po' di confusione.

Uscii un istante dalla stanza per parlare con la moglie. Quando rientrai il dottor P. era tranquillamente seduto vicino alla finestra, e piú che guardare fuori ascoltava attento. – Il traffico, – disse, – i rumori della strada, i treni in lontananza... Formano una specie di sinfonia, non le pare? Conosce *Pacific 231* di Honegger?

Che persona deliziosa, pensai. Come può esserci qualcosa di serio? Mi permetteva di visitarlo?

– Ma sí, certo.

Nella tranquillizzante routine di un esame neurologico – forza muscolare, coordinamento, riflessi, tono... – calmai la mia inquietudine, e forse anche la sua. Fu mentre esaminavo i suoi riflessi, leggermente anormali sul lato sinistro, che accadde il primo fatto strano. Gli avevo tolto la scarpa sinistra e sfregato la pianta del piede con una chiave – una prova di riflessi all'apparenza banale ma determinante – poi mi ero voltato ad avvitare l'oftalmoscopio, in attesa che lui si rimettesse la scarpa. Dopo un minuto mi accorsi con sorpresa che non l'aveva ancora fatto.

– Posso aiutare? – chiesi.

– Aiutare chi? A fare che cosa?

– Aiutare lei a mettersi la scarpa.

– Oh, – disse, – avevo dimenticato la scarpa, – e aggiunse sotto voce: – La scarpa? La scarpa? – Sembrava sconcertato.

– La sua scarpa, – ripetei. – Non deve rinfilarsela?

Lui guardava sempre in basso, non la scarpa però, con una concentrazione intensa ma male indirizzata. Infine il suo sguardo si posò sul piede: – È questa la mia scarpa, vero?

Avevo sentito male? O aveva visto male lui?

– I miei occhi, – spiegò, e si mise una mano sul piede. – È questa la mia scarpa, no?

– No. Quello è il suo piede. La sua scarpa è lí.

– Ah! Credevo che fosse il mio piede.

Stava scherzando? Era pazzo? Cieco? Se questa era una delle sue «strane confusioni», era certo la piú strana in cui mi fossi mai imbattuto.

Lo aiutai a sistemare la scarpa (il piede) per evitare ulteriori complicazioni. Quanto a lui, sembrava tranquillo, indifferente, forse divertito. Ripresi la mia visita. La sua acutezza visiva era buona: non aveva difficoltà a vedere uno spillo sul pavimento, anche se talvolta, quando veniva messo alla sua sinistra, non lo trovava.

Vedeva benissimo, ma che cosa vedeva? Aprii una copia del «National Geographic» e gli chiesi di descrivere alcune foto.

Le sue risposte furono curiosissime. I suoi occhi si spostavano rapidi da una cosa all'altra, cogliendo tratti minuscoli, isolati, come avevano fatto con la mia faccia. Una forte luminosità, un colore, una sagoma trattenevano la sua attenzione e suscitavano un commento, ma in nessun caso colse la scena nella sua totalità. Non riusciva a vedere l'insieme, vedeva solo dettagli, che individuava come puntini sullo schermo di un radar. Non entrò mai in relazione con l'immagine come un tutto, non affrontò mai, per cosí dire, la fisionomia *dell'immagine*. Non aveva il minimo senso di un paesaggio o di una scena.

Gli mostrai la copertina, una distesa ininterrotta di dune del Sahara.

– Che cosa vede?

– Vedo un fiume, – disse. – E un piccolo albergo con la terrazza sull'acqua. Sulla terrazza c'è gente che mangia. Qua e là vedo ombrelloni colorati –. Stava guardando, se questo era «guardare», fuori della copertina, a mezz'aria, e confabulava di elementi inesistenti, come se l'assenza di elementi nella foto lo avesse spinto a immaginare il fiume, la terrazza e gli ombrelloni colorati.

Devo aver avuto un'aria esterrefatta. Il dottor P. invece pareva soddisfatto delle sue risposte e accennava un sorriso. Poi, evidentemente convinto che la visita fosse finita, si guardò intorno alla ricerca del cappello. Allungò la mano e afferrò la testa di sua moglie, cercò di sollevarla, di calzarla in capo. Aveva scambiato la moglie per un cappello! La donna reagí come se fosse abituata a cose del genere.

Non riuscivo a spiegarmi quanto era successo in termini di neurologia (o neuropsicologia) convenzionale. Sotto certi aspetti sembrava perfettamente integro, sotto altri devastato in modo totale e incomprensibile. Come poteva da un lato scambiare sua moglie per un cappello e dall'altro svolgere, come faceva, la sua attività didattica alla Scuola di musica?

Dovevo riflettere, rivederlo – e rivederlo nel suo ambiente familiare, a casa sua.

Di lí a qualche giorno andai a trovarlo. Nella mia cartella avevo lo spartito di *Dichterliebe* (sapevo che gli piaceva Schumann) e tutta una serie di oggetti per i test di percezione. La signora P. mi fece entrare in un appartamento spazioso che ricordava la Berlino di fine secolo. In mezzo alla stanza campeggiava un vecchio splendido Bösendorfer, circondato da strumenti, leggii, spartiti... C'erano anche libri e quadri, ma la musica era il centro di tutto. Il dottor P. entrò e con aria distratta e tendendo la mano avanzò verso la vecchia pendola, poi, sentendo la mia voce, si corresse e venne nella mia direzione. Ci salutammo e chiacchierammo un po' dei concerti e degli spettacoli del momento. Con una certa diffidenza, gli chiesi se volesse cantare.

– *Dichterliebe!* – esclamò. – Ma non riesco piú a leggere la musica. Non mi accompagnerebbe lei?

Dissi che ci avrei provato. Su quel meraviglioso pianoforte persino la mia esecuzione pareva buona e il dottor P. era un Fischer-Diskau non piú giovane ma con una dolcezza infinita e a un orecchio perfetto univa una voce guidata da un'acutissima intelligenza musicale. Era chiaro che la Scuola di musica non lo teneva per pietà.

I lobi temporali del dottor P. erano evidentemente intatti: aveva un'eccellente corteccia musicale. Che cosa succedeva, mi chiesi, nei lobi parietali e occipitali, specialmente in quelle aree dove avvengono i processi visivi? Nella mia attrezzatura per le visite neurologiche porto sempre i solidi platonici, sicché decisi di cominciare con quelli.

– Che cos'è? – chiesi estraendo il primo.

– Un cubo, naturalmente.

– E questo? – domandai sollevandone un altro.

Il dottor P. lo prese e lo esaminò velocemente e in modo sistematico: – Un dodecaedro, naturalmente. E non si disturbi a tirar fuori gli altri: riconoscerò anche l'icosaedro.

Era chiaro che le forme astratte non presentavano problemi. E le facce? Estrassi un mazzo di carte. Le identificò tutte senza alcuna esitazione: fanti, regine, re e jolly. Ma le carte dopotutto sono disegni stilizzati ed era impossibile stabilire se egli vedesse delle facce o semplicemente delle strutture disegnate. Decisi di mostrargli un volume di vignette che avevo nella cartella. Anche questa volta se la cavò piuttosto bene. Il sigaro di Churchill, il naso di Jimmy Durante: non appena aveva colto un tratto chiave era in grado d'identificare il volto. Ma le caricature sono anch'esse formali e schematiche. Restava da vedere come si sarebbe comportato con dei volti veri, rappresentati in modo realistico.

Accesi la televisione, esclusi il sonoro e trovai un vecchio film di Bette Davis. Si stava svolgendo una scena d'amore. Il dottor P. non seppe riconoscere l'attrice, ma questo era spiegabile col fatto che forse la Davis non era mai entrata a far parte del suo mondo. La cosa piú sorprendente era invece che egli non riuscisse a identificare le espressioni sul viso dell'attrice e del suo partner, benché nel corso di una sola scena infuocata esse passassero dal desiderio ardente alla passione, alla sorpresa, alla ripugnanza, alla furia, fino a sciogliersi in una tenera riconciliazione. Il dottor P. non capí nulla di tutto questo. Non riusciva ad afferrare il senso della scena, l'identità dei personaggi, addirittura il loro sesso. I suoi commenti sembravano quelli di un marziano.

Ma forse c'era la remota possibilità che parte delle sue difficoltà fosse connessa all'irrealtà del mondo di celluloide hollywoodiano; e mi venne in mente che magari gli sarebbe stato piú facile identificare volti che appartenessero alla sua vita. Alle pareti dell'appartamento c'erano fotografie di familiari, colleghi, allievi e sue. Ne feci una pila e, con una certa apprensione, gliele sottoposi. Quello che rispetto al film era stato divertente, o farsesco, riferito alla vita reale fu tragico. Si può dire che non riconobbe nessuno: né i familiari, né i colleghi, né gli allievi, né se stesso. Riconobbe un ritratto di Einstein perché ne individuò i caratteristici capelli e baffi; lo stesso avvenne con un paio di altre persone. – Ah, Paul! – disse quando gli mostrai un ritratto del fratello. – Quella mandibola squadrata, quei grossi denti! Lo riconoscerei dovunque! – Ma era Paul che riconosceva, o erano alcuni tratti che gli permettevano di azzardare un nome con buona probabilità di aver ragione? In assenza di «contrassegni» inconfondibili era assolutamente perso. Ma ciò che non funzionava non erano soltanto le facoltà cognitive, la *gnosis*; era tutto il suo modo di procedere che assolutamente non andava. Egli si accostava a questi volti, anche quelli delle persone a lui piú vicine e care, come a dei rompicapo o a test astratti. Non stabiliva nessun rapporto con loro, non li «vedeva». Nessun viso gli riusciva familiare, non lo vedeva come un «tu», ma lo identificava come un semplice insieme di tratti, un «esso». Vi era quindi *gnosis* formale, ma nessun accenno a una gnosi personale. E questo si accompagnava all'indifferenza, o alla cecità, verso l'espressione. Un viso, per noi, è una persona che si affaccia; vediamo, per cosí dire, la persona attraverso la sua *persona* (nel senso latino del termine), il suo viso. Ma per il dottor P. non c'era *persona*: nessuna *persona* all'esterno, nessuna persona dentro.

Andando a casa sua, mi ero fermato da un fiorista per comprare una vistosa rosa rossa da mettermi all'occhiello. Ora me la sfilai e gliela porsi. Egli la prese non come qualcuno cui si offra un fiore, ma come un botanico o un morfologo cui venga porto un esemplare.

– Quindici centimetri circa di lunghezza, – commentò. – Una forma rossa convoluta con un'appendice lineare verde.

– Sí, – dissi incoraggiante. – Cosa pensa che sia?

– Difficile dirlo –. Sembrava perplesso. – Non ha la simmetria semplice dei solidi platonici, pur potendo forse avere una simmetria superiore tutta sua... Potrebbe essere un'infiorescenza o un fiore, credo.

– Potrebbe essere? – sondai.

– Sí, potrebbe, – confermò.

– L'annusi, – suggerii, e di nuovo egli parve un po' sconcertato, come se gli avessi chiesto di annusare una simmetria superiore. Ma accondiscese gentilmente e portò la rosa al naso. Improvvisamente, si animò.

– Che meraviglia! – esclamò. – Una rosa precoce. Che profumo divino! – Si mise a canticchiare: – *Die Rose, die Lilie...* – A quanto pareva, la realtà poteva essere trasmessa dall'odorato, se non dalla vista.

Provai con un ultimo test. Era una giornata ancora fredda, d'inizio di primavera, e avevo gettato sul divano il soprabito e i guanti.

– E questo che cos'è? – chiesi sollevando un guanto.

– Posso esaminarlo? – disse. Me lo prese di mano e si mise a studiarlo come aveva fatto con le forme geometriche.

– Una superficie continua, – annunciò infine, – avvolta su se stessa. Dotata... – esitò, – di cinque estensioni cave, se cosí si può dire.

– Sí, – dissi cautamente. – Lei mi ha fatto una descrizione. Ora mi dica che cos'è.

– Un qualche contenitore?

– Sí, – dissi, – e che cosa potrebbe contenere?

– Potrebbe contenere il suo contenuto! – disse il dottor P. con una risata. – Ci sono varie possibilità. Potrebbe essere un portamonete, per esempio, per monete di cinque valori diversi. Oppure...

Interruppi quel folle flusso di parole. – Non ha un aspetto familiare? Non crede che potrebbe contenere, fasciare, una parte del suo corpo?

Nessun lampo di riconoscimento illuminò il suo viso[1]. Nessun bambino saprebbe vedere e descrivere «una superficie continua, avvolta su se stessa», ma non c'è bambino, anche molto piccolo, che non riconoscerebbe immediatamente un guanto, un oggetto noto, capendo che serve a coprire la mano. Il dottor P. no. Nulla di quello che vedeva gli era familiare. Visivamente, era smarrito in un mondo di astrazioni inanimate. Anzi, non possedeva un mondo visivo reale, cosí come non possedeva un sé visivo reale. Poteva parlare delle cose, ma non le vedeva direttamente. Hughlings Jackson, a proposito degli afasici e di coloro che hanno subíto lesioni all'emisfero sinistro, dice che hanno perso il pensiero «astratto» e «propositivo» e li paragona ai cani (o meglio, paragona i cani agli afasici). Il dottor P. invece funzionava esattamente come una macchina. Non soltanto perché nei confronti del mondo visivo mostrava la stessa indifferenza di un calcolatore, ma perché – cosa ancora piú sorprendente – costruiva il mondo come fa un calcolatore, servendosi di caratteristiche chiave e di relazioni schematiche. Era possibile identificare la struttura – facendo una sorta di «*identikit*» – senza coglierne minimamente la realtà.

I test fatti fino a quel momento non mi dicevano nulla sul mondo interiore del dottor P. Era possibile che memoria e immaginazione visive fossero ancora intatte? Gli chiesi d'immaginare di entrare in una delle piazze della nostra città dal lato nord, di attraversarla, nella fantasia o nel ricordo, e di elencarmi gli edifici davanti ai quali sarebbe passato. Egli nominò gli edifici alla sua destra, ma

[1] In seguito se lo infilò per caso: – Dio mio! – esclamò. – È un guanto! – La cosa ricordava Lanuti, un paziente di Kurt Goldstein, che riusciva a riconoscere gli oggetti solo se cercava di usarli al loro scopo.

non quelli a sinistra. Gli chiesi allora di immaginare di entrare nella piazza da sud. Di nuovo menzionò soltanto gli edifici che si trovavano sul lato destro, sebbene fossero proprio quelli che prima aveva omesso. Gli edifici che aveva «visto» interiormente prima ora non furono menzionati, presumibilmente perché non erano piú «visti». Era evidente che le sue difficoltà relative alla sinistra, i deficit del suo campo visivo, erano tanto esterni quanto interni, e tagliavano in due memoria e fantasia visive.

Che cosa succedeva, a un livello superiore, alla sua visualizzazione interna? Pensando all'intensità quasi allucinatoria con cui Tolstoj visualizza e anima i suoi personaggi, interrogai il dottor P. su *Anna Karenina*. Egli ricordava benissimo i vari episodi, aveva perfettamente presente l'intreccio, ma omise tutte le caratteristiche visive, la narrazione o le scene visive. Ricordava le parole dei personaggi, ma non i loro volti; e nonostante fosse in grado, grazie alla sua straordinaria memoria, di citare, a richiesta, quasi alla lettera le descrizioni visive originali, era evidente che esse erano per lui del tutto vuote e prive di realtà sensoriale, immaginativa o emotiva. C'era quindi anche un'agnosia interiore[2].

Ma ben presto scoprii che ciò si verificava solo in certi tipi di visualizzazione. Quella dei volti e delle scene, della componente visiva di una narrazione o di un evento, era profondamente danneggiata, quasi assente. Ma la visualizzazione degli *schemi* era intatta, e forse addirittura potenziata. Quando lo sfidai a una partita a scacchi menta-

[2] Mi sono sempre chiesto se anche le descrizioni visive di Helen Keller non fossero, con tutta la loro eloquenza, in qualche modo vuote. O se la Keller, trasferendo le immagini dall'ambito tattile a quello visivo, oppure, cosa ancora piú straordinaria, dall'ambito verbale e metaforico a quello sensoriale e visivo, avesse in effetti raggiunto la capacità di creare immagini visive anche se la sua corteccia visiva non era mai stata stimolata direttamente dagli occhi. Ma nel caso del dottor P. il danno riguardava proprio la corteccia, il requisito organico indispensabile alla produzione delle immagini figurative. Interessante e tipico era il fatto che i suoi sogni non fossero piú figurativi e che il «messaggio» del sogno fosse trasmesso in termini non visivi.

le, non ebbe difficoltà a visualizzare la scacchiera o le mosse – né, per essere onesti, a battermi clamorosamente.

Lurija dice di Zasetskij che aveva perso completamente la capacità di giocare, ma che la sua «vivida immaginazione» era intatta. Zasetskij e il dottor P. vivevano in mondi che erano l'immagine speculare l'uno dell'altro. Ma la differenza piú triste fra di loro era che Zasetskij, come dice Lurija, «lottava per riacquistare le facoltà perdute con l'indomita tenacia di un'anima perduta», mentre il dottor P. non lottava, non sapeva quello che aveva perduto, anzi, non sapeva di aver perduto qualcosa. Ma chi era piú tragico, chi era maggiormente anima perduta: l'uomo che sapeva o l'uomo che non sapeva?

Quando la visita fu terminata, la signora P. ci chiamò a tavola, dove c'erano il caffè e una scelta di ottimi pasticcini. Di buon appetito e canticchiando sottovoce, il dottor P. attaccò i dolci con decisione. Con movimenti veloci e sciolti, senza esitare, canterellando, tirava i piatti verso di sé, prendeva questo o quel dolce, in un gran fluire di gorgoglii, in una celebrazione canora del cibo. A un tratto ci fu un'improvvisa interruzione: una serie di veloci e perentori colpi bussati alla porta. Colto alla sprovvista, il dottor P. trasalí, si bloccò, smise di mangiare e si irrigidí sulla sedia, con un'espressione di cieca e smarrita indifferenza. Vedeva la tavola ma non la vedeva piú; non la percepiva piú come una tavola carica di dolci. Sua moglie gli versò il caffè: l'aroma gli stuzzicò il naso e lo riportò alla realtà. La melodia del mangiare riprese.

«Come riesce a fare le cose di tutti i giorni?» mi chiesi. «Che cosa succede quando si veste, va in bagno, si lava?» Seguii sua moglie in cucina e le chiesi come faceva suo marito, per esempio, a vestirsi. – È come per il mangiare, – spiegò. – Io gli tiro fuori i soliti vestiti e li metto al solito posto, e lui si veste senza difficoltà, canticchiando. Fa tutto canticchiando. Ma se viene interrotto e perde il filo, si blocca, non riconosce piú i vestiti, o il suo stesso corpo. Canta continuamente: canta per mangiare, per vestirsi, per fare il bagno, sempre. Non riesce a fare nulla se non lo trasforma in una melodia.

Mentre parlavamo, la mia attenzione fu attratta dai quadri alle pareti.

– Sí, – disse la signora P. – mio marito aveva talento come pittore, oltre che come cantante. Ogni anno la Scuola esponeva i suoi quadri.

Li passai in rassegna con curiosità. Erano in ordine cronologico. Le prime erano tutte opere naturalistiche e realistiche, con un contenuto emotivo vivido e insieme curato nei particolari e concreto. Col passare degli anni si facevano meno vivide e concrete, meno realistiche e naturalistiche, ma molto piú astratte, addirittura geometriche e cubistiche. Infine, negli ultimi quadri, le tele diventavano, almeno per me, astruse: semplici linee caotiche e chiazze irregolari di colore. Commentai la cosa con la signora P.

– Oh, voi dottori, siete i soliti filistei! – esclamò. – Ma non vede l'*evoluzione artistica*? Non vede come ha abbandonato il realismo dei primi anni per passare a un'arte astratta, non figurativa?

– No, non è questo, – mi dissi (ma me ne guardai dal ripeterlo alla povera signora). Il dottor P. era effettivamente passato dal realismo al non figurativismo e alla pittura astratta, ma si trattava di un percorso non artistico bensí patologico – un percorso diretto verso una profonda agnosia visiva, durante il quale erano andati via via distrutti ogni facoltà di raffigurazione e di creazione d'immagini, ogni senso del concreto, della realtà. Quella parete di quadri era un tragico documento patologico, che apparteneva alla neurologia, non all'arte.

E tuttavia, riflettei, non aveva in parte ragione anche la moglie? Perché tra le forze della patologia e quelle della creazione c'è spesso una lotta, e talvolta, cosa ancora piú interessante, una collusione. Forse nel suo periodo cubista c'era stata un'evoluzione artistica e insieme un'evoluzione patologica dalla cui collusione era nata una forma originale: a mano a mano che egli perdeva il senso del concreto forse si arricchiva in quello dell'astratto, sviluppando una maggior sensibilità per tutti gli elementi strutturali, le linee, i perimetri, le sagome: una facoltà quasi picassiana di vedere, e di dipingere, le organizzazioni astratte immerse, e di solito perse, nel concreto... Ma negli ultimi dipinti, purtroppo, vedevo solo caos e agnosia.

Tornammo nella grande sala da musica dove troneggiava il Bösendorfer: il dottor P. canticchiava sull'ultimo pasticcino.

– Allora, dottor Sacks, – mi disse. – Mi pare di capire che lei mi trova un caso interessante. Dov'è il guasto, a suo avviso, e che cosa mi consiglia di fare?

– Dove sia il guasto non so proprio dirglielo, – replicai, – ma le dirò che cosa funziona bene, a mio avviso: lei è un ottimo musicista, e la musica è la sua vita. In un caso come il suo, ciò che prescriverei è una vita interamente dedita alla musica. Finora la musica è stata il centro della sua esistenza; ora la faccia diventare la sua intera vita.

Questo avvenne quattro anni fa. Non l'ho piú rivisto, ma mi sono spesso chiesto in che modo egli cogliesse il mondo, data la sua strana perdita d'immagine, di visualizzazione, e la perfetta conservazione di una grande musicalità. Penso che la musica avesse preso per lui il posto dell'immagine. Invece di un'immagine corporea aveva una musica corporea: ecco perché era in grado di muoversi e agire con tanta disinvoltura, ma si bloccava completamente, confuso, se s'interrompeva la «musica interiore». Lo stesso succedeva con l'esterno, col mondo[3]...

In *Il mondo come volontà e rappresentazione* Schopenhauer parla della musica come di «pura volontà». Co-

[3] Allo stesso modo, come appresi in seguito dalla moglie, quantunque egli non riuscisse a riconoscere i suoi studenti se erano seduti e fermi, se erano «immagini», li riconosceva immediatamente se si muovevano: – Karl, – esclamava. – Conosco i suoi movimenti, la musica del suo corpo.

me lo avrebbe affascinato il dottor P., un uomo che aveva interamente perduto il mondo come rappresentazione ma che lo conservava interamente come musica o volontà.

E per fortuna questo durò sino alla fine, perché nonostante il graduale progredire della malattia (un tumore massivo o un processo degenerativo nelle parti visive del cervello), il dottor P. continuò fino all'ultimo a insegnare e a vivere la musica.

Post scriptum.

Che spiegazione dare della singolare incapacità del dottor P. di interpretare, di giudicare, un guanto per quello che è? Era evidente che in questo caso egli non riusciva a formulare un giudizio cognitivo, pur essendo in grado di produrre numerose ipotesi cognitive. Un giudizio è intuitivo, personale, comprensivo e concreto: noi «vediamo» come stanno le cose, in relazione tra di loro e con noi stessi. Era proprio questa capacità di vedere, di stabilire relazioni che mancava al dottor P. (il cui giudizio in ogni altro campo era del resto rapido e normale). Qual era la causa? Una mancanza d'informazione visiva, o un difetto nell'elaborazione dell'informazione? (Questa sarebbe la spiegazione data da una neurologia classica, che procede per schemi). Oppure il difetto era nell'atteggiamento del dottor P., per cui egli non era in grado di mettere ciò che vedeva in relazione con se stesso?

Queste spiegazioni, o modalità esplicative, non si escludono a vicenda: appunto perché sono modalità diverse, possono coesistere ed essere entrambe vere. E ciò viene ammesso, implicitamente o esplicitamente, dalla neurologia classica: implicitamente da Macrae, quando trova insoddisfacente parlare di schematizzazioni difettose o di difettosa elaborazione e integrazione visiva;

esplicitamente da Goldstein, quando parla di «atteggiamento astratto». Ma anche l'atteggiamento astratto, che permette la «categorizzazione», non spiega il dottor P., e forse nemmeno il concetto di «giudizio» in generale. Perché il dottor P. *aveva* un atteggiamento astratto, anzi, non aveva altro. Ed era precisamente questa assurda astrazione del suo atteggiamento, assurda perché non rafforzata da nient'altro, che lo rendeva incapace di percepire le identità o i particolari, che lo rendeva incapace di giudizio.

È curioso come la neurologia e la psicologia, pur parlando di un'infinità di altre cose, non parlino quasi mai di «giudizio»; eppure è proprio il venir meno del giudizio (sia in ambiti specifici, come nel caso del dottor P., sia piú in generale, come nel caso di pazienti con sindrome di Korsakov o con sindrome del lobo frontale) che costituisce l'essenza di tanti disordini neuropsicologici. Del giudizio e dell'identità, che possono esserne le vittime, la neuropsicologia non dice mai nulla.

Eppure, vuoi in senso filosofico (kantiano) vuoi in senso empirico ed evolutivo, il giudizio è la nostra facoltà piú importante. Un animale, o un uomo, può fare benissimo a meno dell'«atteggiamento astratto», ma perirà rapidamente se privato del giudizio. Il giudizio, senz'altro la *prima* facoltà di una vita o di una mente superiori, è ignorato o male interpretato dalla neurologia classica (computazionale). E se ci chiediamo come possa originarsi questa assurdità, basta guardare gli assunti, o l'evoluzione, della neurologia stessa. Perché la neurologia classica (come la fisica classica), dalle analogie meccaniche di Hughlings Jackson alle odierne analogie con gli elaboratori, è sempre stata meccanicistica.

Certo, il cervello è una macchina e un elaboratore, e la neurologia classica ha perfettamente ragione. Ma i processi mentali, che costituiscono il nostro essere e la nostra vita, non sono soltanto astratti e meccanici, sono anche personali; e in quanto tali implicano non solo la classificazione e l'ordinamento in categorie, ma anche una continua attività di giudizio e di sentimento. Se ciò va perduto, finiamo, come il dottor P., per assomigliare a degli elaboratori. Allo stesso modo, se cancelliamo il giudizio e il sentimento, l'elemento personale, dalle scienze cognitiviste, le riduciamo a qualcosa di carente, come il dottor P., e insieme riduciamo il *nostro* apprendimento del concreto e del reale.

Per una sorta di comica e spaventosa analogia, la neurologia e la psicologia cognitiviste odierne presentano una forte somiglianza proprio col povero dottor P.! Come lui abbiamo bisogno del concreto e del reale; e come lui non ce ne accorgiamo. Le nostre scienze cognitiviste soffrono anch'esse di una agnosia essenzialmente simile a quella del dottor P. Il quale può dunque servire da monito e da parabola, mostrandoci che cosa succede a una scienza che rifugga dal giudizio, dal particolare, dal personale e diventi interamente astratta e computazionale.

Fu sempre motivo di grande rammarico per me il fatto di non aver potuto, per circostanze indipendenti dalla mia volontà, continuare a studiare il suo caso, attraverso osservazioni e indagini come quelle descritte sopra, o la diagnosi dell'esatta patologia.

Si teme sempre che un caso sia «unico», specialmente se presenta caratteristiche straordinarie come quelle del dottor P. Fu quindi con grande interesse e piacere, non disgiunti da sollievo, che, sfogliando l'annata del 1956 della rivista «Brain», m'imbattei nella descrizione dettagliata di un caso quasi comicamente simile, simile (anzi, identico) sotto il profilo psicologico e fenomenologico, pur con la totale diversità della patologia sottostante (una grave lesione al capo) e di tutte le circostanze personali. Gli autori parlano del loro caso come «unico nella storia documentata di questo disturbo», ed evidentemente provarono il mio stesso stupore davanti alle loro scoperte[4]. Rimando il lettore interessato all'articolo di Donald Macrae ed Elli Trolle (1956), di cui riporto qui una breve parafrasi con citazioni dall'originale.

Il loro paziente era un uomo di trentadue anni il quale, in seguito a un grave incidente automobilistico che determinò uno stato d'incoscienza durato tre settimane, «lamentava esclusivamente un'incapacità a riconoscere i volti, persino quelli della moglie e dei figli». Non un solo volto gli era «familiare», ma ce n'erano tre che riusciva a identificare: appartenevano a tre colleghi, uno con un tic che gli faceva sbattere gli occhi, uno con un grosso neo sulla guancia e il terzo «cosí alto e magro che come lui non c'era nessuno». Ognuno di essi, sottolineano Macrae e Trolle, era «riconosciuto unicamente dal singolo tratto saliente menzionato». In genere (come il dottor P.) l'uomo riconosceva i familiari solo dalla voce.

Il paziente aveva difficoltà persino a riconoscere se stesso allo specchio, come riferiscono dettagliatamente Macrae e Trolle: «Nella prima fase della convalescenza egli chiedeva spesso, soprattutto mentre si radeva, se il volto che lo fissava fosse davvero il suo, e pur sapendo che fisicamente non poteva trattarsi di altri, faceva sovente delle smorfie o tirava fuori la lingua "per esser sicuro". A forza di studiare attentamente il proprio volto nello specchio,

[4] Solo dopo aver ultimato questo saggio ho scoperto che esistono in effetti numerosi studi sull'agnosia visiva in generale e sulla prosopagnosia in particolare. In particolare, ho avuto recentemente il grande piacere di incontrare il dottor Andrew Kertesz, autore egli stesso di alcuni studi molto dettagliati su pazienti affetti da queste agnosie (si veda, per esempio, il suo articolo sull'agnosia visiva in «Cortex», 1979). Il dottor Kertesz mi citò il caso a lui noto di un allevatore che aveva sviluppato una prosopagnosia e di conseguenza non riusciva piú a distinguere le (facce delle) sue *mucche*! E di un altro paziente, custode di un museo di storia naturale, che scambiò la propria immagine riflessa per il diorama di una *scimmia*. Come nel caso del dottor P. e in quello del paziente di Macrae e di Trolle, sono soprattutto gli esseri animati che vengono percepiti in modo cosí assurdamente erroneo. I piú importanti studi di questo tipo di agnosie, e in generale dell'elaborazione visiva, sono attualmente svolti da A. R. e H. Damasio (si veda il loro articolo in «Mesulam», 1985).

incominciò pian piano a riconoscerlo, anche se non "in un lampo" come in passato, bensí notandone i capelli, i contorni e due piccoli nei sulla guancia sinistra».

In generale non riusciva a riconoscere gli oggetti «a colpo d'occhio», ma doveva isolarne uno o due tratti e da quelli indovinare, e ogni tanto sbagliava clamorosamente. In particolare, notano gli autori, le sue difficoltà insorgevano con gli esseri *animati*.

Gli oggetti semplici e schematici, invece, ad esempio le forbici, un orologio, una chiave, non presentavano difficoltà. Macrae e Trolle osservano inoltre: «La sua *memoria topografica* era strana: si verificava l'apparente paradosso che egli fosse in grado di trovare la strada da casa sua all'ospedale e di muoversi con sicurezza all'interno dell'ospedale, ma non sapesse dire il nome delle strade *lungo il percorso* [a differenza del dottor P., egli era anche affetto da parziale afasia], né desse segni di visualizzare la topografia».

Altrettanto evidente era una grave compromissione della memoria visiva delle persone, anche di quelle incontrate molto tempo prima dell'incidente, sussisteva il ricordo dei comportamenti, o magari di certi atteggiamenti peculiari, ma non quello dell'aspetto esteriore o del volto. Analogamente, una serie di domande specifiche rivelò che egli non aveva piú immagini visive nemmeno nei *sogni*. Dunque, come per il dottor P., in questo paziente il danno essenziale non riguardava solo la percezione visiva, ma anche le facoltà fondamentali della rappresentazione visiva, ossia l'immaginazione e la memoria visive, quantomeno in attinenza con gli aspetti personali, familiari, concreti della vita.

Un'ultima osservazione divertente. Se il dottor P. arrivava a scambiare la moglie per un cappello, il paziente di Macrae, anch'egli incapace di riconoscere la moglie, aveva bisogno per identificarla che essa portasse un *contrassegno* visivo, «un accessorio di abbigliamento vistoso, ad esempio un largo cappello».

Nota biobibliografica

James BALDWIN (New York 1924 - Nizza 1987) è stato un importante narratore, drammaturgo e saggista afro-americano. Prese parte al movimento per i diritti civili, cui contribuí attivamente con la sua opera. Tra i romanzi si ricordano l'esordio di *Gridalo forte*, in cui la forte impronta religiosa si sposa a uno stile fortemente debitore del jazz, e il celebre *La camera di Giovanni*. Il racconto incluso in questa antologia è tratto da *Going to Meet the Man*, Dell, New York 1966 (trad. di Emilia Sala).

Julian BARNES (Leicester 1946), giornalista culturale e autore di gialli sotto pseudonimo, ha firmato col suo nome romanzi celebri come *Il pappagallo di Flaubert*, *England England*, *Una storia del mondo in 10 capitoli e mezzo*. Il testo incluso in questa raccolta è tratto da *Oltremanica*, Einaudi, Torino 1997 (trad. di Susanna Basso).

Heinrich BÖLL (Colonia 1917 - Bonn 1985), premio Nobel per la letteratura nel 1972, è celebre per i romanzi (*Opinioni di un clown*, *Foto di gruppo con signora*) ma anche per numerose raccolte di racconti. Il testo incluso in questa antologia è tratto da *Vai troppo spesso a Heidelberg*, Einaudi, Torino 1981 (trad. di Italo Alighiero Chiusano).

Achille CAMPANILE (Roma 1900-1977), famoso per il suo umorismo paradossale, fu l'autore di romanzi (*Agosto, amore mio non ti conosco*, *Se la luna mi porta fortuna*, *Manuale di conversazione*) e opere teatrali tanto controverse quanto fortunate (*Tragedie in due battute*, *L'amore fa questo ed altro*).

Truman CAPOTE (New Orleans 1924 - Los Angeles 1984), autore di *L'arpa d'erba* e del celebre *Colazione da Tiffany*, con *A sangue freddo* inaugurò un nuovo genere di romanzo giornalistico. Il racconto incluso in questa antologia è tratto da *Musica per camaleonti*, titolo originale *Music for Chameleons*, © Random House, New York 1980. This translation published by arrangement with Random House, an imprint of The Random House Publishing Group, a division of Random House, Inc. © 1981, 1995 Garzanti Editore s.p.a., Milano; © 2000, 2004 Garzanti Libri s.p.a., Milano (trad. di Maria Paola Dèttore).

Anton ČECHOV (Taganrog 1860 - Badenweiler 1904), medico di professione, deve la sua vastissima fama alle opere teatrali, tra cui *Il gabbiano* e *Il giardino dei ciliegi*, e alla nutrita produzione di narrativa breve. Il testo incluso in questa raccolta è tratto da *Racconti*, Einaudi, Torino 1950 (trad. di Agostino Villa, revisione di Fabiano Massimi).

John CHEEVER (Quincy 1912 - New York 1982), ha scritto celebri romanzi (la serie di Wapshot, *Il prigioniero di Falconer*) e ancor piú celebri racconti, che nel 1975 gli valsero il premio Pulitzer per la letteratura. Il testo incluso nel presente volume, *The Music Teacher*, è tratto da *Collected Stories*, Vintage, London 1990 (trad. di Emilia Sala).

Agatha CHRISTIE (Torquay 1890 - Oxford 1976) è forse la giallista piú nota di ogni tempo. La sua opera spazia dai racconti (*I primi casi di Poirot*), ai romanzi (*L'assassino di Roger Ackroyd*, *Dieci piccoli indiani*), all'opera teatrale (*Trappola per topi*). Il testo incluso in questa raccolta è tratto da *Il mistero di Lord Listerdale e altre storie*, Mondadori, Milano 1996 (trad. di Grazia Griffini); Agatha Christie, *Swan song*, © 1996 Arnoldo Mondadori Editore SpA, edizione su licenza.

Julio CORTÁZAR (Bruxelles 1914 - Parigi 1984) è fra i piú noti scrittori argentini del Novecento. Tra le sue opere si ricordano soprattutto i romanzi *Il gioco del mondo*, *Il viaggio premio*, *Un tale Lucas* e le numerose raccolte di narrativa breve, tra cui il celebre *Bestiario*. Il testo incluso nel presente volume è tratto da *Fine del gioco*, Einaudi, Torino 1994 (trad. di Flaviarosa Nicoletti Rossini).

Roald DAHL (Llandoff 1916 - Oxford 1990) è stato uno dei piú popolari autori per ragazzi al mondo. Fra le sue opere ricordiamo *Matilde*, *La fabbrica di cioccolato*, *Gli sporcelli* e *Gremlins*, nonché numerosi racconti destinati invece a un pubblico adulto. Il testo incluso in questa raccolta è tratto da *Storie impreviste*, Longanesi, Milano 1989 (trad. di Attilio Veraldi).

Hans Magnus ENZENSBERGER (Kaufbeuren 1929) è uno dei decani della letteratura tedesca contemporanea. La sua variegata produzione letteraria comprende raccolte liriche (*La fine del Titanic*, *Musica del futuro*), ricostruzioni storiche (*Hammerstein*), saggi (*La grande migrazione*, *Il perdente radicale*) e il fortunatissimo libro per ragazzi, *Il mago dei numeri*. La poesia inclusa nel presente volume è tratta da *Mausoleum*, Einaudi, Torino 1979 (trad. di Vicky Alliata).

Carlo Emilio GADDA (Milano 1893 - Roma 1973) è famoso soprattutto per *Quer pasticciaccio brutto de via Merulana*, il cui sperimentalismo stilistico e strutturale, presente anche negli altri romanzi (*La cognizione del dolore*), racconti (*L'Adalgisa*) e saggi (*Eros e Priapo*), ha influenzato intere generazioni di scrittori. Il testo incluso in questa raccolta è tratto da *La Madonna dei filosofi*, © 1988, 1995 Garzanti Editore s.p.a., Milano; © 2002 Garzanti Libri s.p.a., Milano.

Eduardo GALEANO (Montevideo 1940), scrittore uruguayano, fu costretto all'esilio in seguito all'instaurazione della dittatura militare del 1973 e poté fare ritorno nel suo paese solo nel 1985. Tra le sue opere piú famose la trilogia di *Memoria del fuoco* e *Splendori e miserie del gioco del calcio*. Il testo incluso in questa antologia è tratto da *Parole in cammino*, Sperling & Kupfer, Milano 2006 (trad. di Marcella Trambaioli).

MURAKAMI Haruki (Kobe 1949) è contemporaneamente il piú quotato e il piú popolare dei narratori giapponesi del secondo Novecento. Autore di numerosi romanzi fra cui *Norwegian Wood. Tokyo Blues* e *Kafka sulla spiaggia*, in ogni suo libro lascia trasparire i propri modelli statunitensi (che ha spesso tradotto in giapponese) e la profonda influenza stilistica della musica nera, derivata in parte dalla lunga esperienza come gestore di un jazz-bar. Il racconto incluso in questa raccolta è stato pubblicato per la prima volta sulla rivista «Torefuru» nel 1982 (trad. di Antonietta Pastore).

Vladimir NABOKOV (San Pietroburgo 1899 - Montreux 1977) nacque da una famiglia aristocratica della Russia zarista che nel 1917 perse tutto e dovette espatriare. Dopo gli esordi letterari in russo, scelse l'inglese come lingua letteraria e si trasferí negli Stati Uniti. È autore di capolavori come *Lolita*, *Il dono* e *Ada*. Il racconto incluso in questa antologia è tratto da *Una bellezza russa e altri racconti*, Adelphi, Milano 2008, su licenza Adelphi Edizioni (trad. di Franca Pece).

Oliver SACKS (Londra 1933), neurologo di fama mondiale, è diventato celebre grazie agli esperimenti sul trattamento dell'encefalite letargica da lui stesso raccontati nel saggio best-seller *Risvegli*. Il successo inaspettato, lo ha incoraggiato a pubblicare una serie di altri volumi di argomento scientifico e autobiografico, tra cui si ricordano

L'isola dei senza colore, *Zio Tungsteno* e *Musicofilia*. Il testo incluso in questa raccolta è tratto da *L'uomo che scambiò sua moglie per un cappello*, Adelphi, Milano 2008, su licenza Adelphi Edizioni (trad. di Clara Morena).

Alberto SAVINIO (pseudonimo di Andrea de Chirico, Atene 1891 - Roma 1952) fu musicista, pittore, giornalista e narratore. Fratello di Giorgio de Chirico, visse a Parigi negli anni della Grande guerra e del primo fascismo, divenendo amico di Apollinaire e sperimentando una nuova musica dissonante che precorse le innovazioni del Novecento. Tornato in Italia si dedicò dapprima alla pittura metafisica, poi alla stesura di racconti (*Achille innamorato*), prose brevi (*Ascolto il tuo cuore, città*) e drammi (*Il capitan Ulisse*, *Emma B.*). Il testo incluso in questa raccolta è tratto da *Narrate, uomini, la vostra storia*, Adelphi, Milano 1984, su licenza Adelphi Edizioni.

Arthur SCHNITZLER (Vienna 1862-1931) visse tutta la vita nella capitale dell'Impero asburgico, di cui testimoniò in prosa e teatro le nevrosi e il lento declino. Medico per formazione, con il successo dei primi drammi (tra cui il capolavoro *Girotondo*) abbracciò la carriera delle lettere, divenendo un maestro riconosciuto nella narrazione breve (*La signorina Else*, *Doppio sogno*, *Il ritorno di Casanova*). Il racconto incluso in questa antologia è tratto da *La piccola commedia*, Adelphi, Milano 1996, su licenza Adelphi Edizioni (trad. di Rosella Carpinella Guarneri).

Michel TOURNIER (Parigi 1924) si è imposto nel panorama letterario francese con il romanzo *Venerdí o il limbo del Pacifico*. Fra le sue opere ricordiamo *Gilles e Jeanne*, *Gaspare, Melchiorre e Baldassarre*. Il racconto incluso nel presente volume è tratto da *Mezzanotte d'amore*, © 1990, 1996 Garzanti Editore s.p.a., Milano (trad. di Francesco Bruno).

Vitaliano TREVISAN (Sandrigo 1960) ha esordito come scrittore verso la fine degli anni Novanta, con i romanzi *Un mondo meraviglioso*, *Quando cado*, seguiti nel 2002 da *I quindicimila passi*. Il testo incluso in questa raccolta è tratto da *Shorts*, Einaudi, Torino 2004.

Philippe-Auguste-Mathias conte di VILLIERS DE L'ISLE-ADAM (Saint-Brieuc 1838 - Parigi 1889) esordí come poeta prima di trasferirsi nella capitale francese, dove nacquero le sue celebri storie sospese tra orrore e fantascienza, il romanzo «hoffmanniano» *Eva futura* e il dramma simbolista *La rivolta*. Il testo incluso in questa raccolta è tratto da *Racconti crudeli*, Frassinelli, Milano 1995 (trad. di Giuseppe Montesano).

Robert WALSER (Berna 1878 - Herisau 1956) è stato tra i piú importanti autori in lingua tedesca del primo Novecento. Deluso dalla fredda accoglienza riservata ai tre romanzi autobiografici *I fratelli Tanner*, *L'assistente* e *Jakob von Gunten*, e vittima di crisi depressive si ritirò in una clinica psichiatrica dove visse fino alla morte, ignaro del plauso tributatogli da grandi contemporanei come Kafka e Musil. Il testo incluso in questa antologia è tratto da *Storie*, Adelphi, Milano 1993, su licenza Adelphi Edizioni (trad. di Maria Gregorio).

Stefan ZWEIG (Vienna 1881 - Rio de Janeiro 1942) nacque da una ricca famiglia ebraica e visse in Austria fino al 1935 quando espatriò in Inghilterra. Da lí continuò la sua carriera letteraria, che dopo la poesia (*Corde d'argento*) e il teatro (*Geremia*) era approdata con successo al racconto (*La novella degli scacchi*) e alla biografia (*Tre maestri: Balzac, Dickens, Dostoevskij*). Morí suicida a Rio de Janeiro. Il testo incluso in questa raccolta è tratto da *Momenti fatali*, Adelphi, Milano 2005, su licenza Adelphi Edizioni (trad. di Donata Berra).

Indice

Stampato per conto della Casa editrice Einaudi
presso Mondadori Printing S.p.A., Stabilimento N.S.M., Cles (Trento)
nel mese di febbraio 2009

C.L. 19476

Ristampa								Anno			
0	1	2	3	4	5	6		2009	2010	2011	2012